CLÁSSICOS DA
LITERATURA UNIVERSAL

CINCO SEMANAS NUM BALÃO

Copyright da tradução e desta edição © 2018 by Edipro Edições Profissionais Ltda.

Título original: *Cinq semaines en ballon*. Publicado originalmente na França em 1863, pela editora de Pierre-Jules Hetzel. Traduzido a partir da 1ª edição.

Todos os direitos reservados. Nenhuma parte deste livro poderá ser reproduzida ou transmitida de qualquer forma ou por quaisquer meios, eletrônicos ou mecânicos, incluindo fotocópia, gravação ou qualquer sistema de armazenamento e recuperação de informações, sem permissão por escrito do editor.

Grafia conforme o novo Acordo Ortográfico da Língua Portuguesa.

1ª edição, 1ª reimpressão 2021.

Editores: Jair Lot Vieira e Maíra Lot Vieira Micales
Coordenação editorial: Fernanda Godoy Tarcinalli
Produção editorial: Carla Bitelli
Edição de texto: Marta Almeida de Sá
Assistente editorial: Thiago Santos
Tradução: Daniel Aveline
Preparação: Thiago de Christo
Revisão: Thaís Totino Richter e Tatiana Tanaka
Editoração eletrônica: Estúdio Design do Livro
Capa: Marcela Badolatto | Studio Mandragora

Dados Internacionais de Catalogação na Publicação (CIP)
(Câmara Brasileira do Livro, SP, Brasil)

Verne, Júlio, 1828-1905.

    Cinco semanas num balão: Viagem de descobertas na África por três ingleses / Júlio Verne; tradução de Daniel Aveline. – São Paulo: Via Leitura, 2018.

    Título original: *Cinq semaines en ballon*.
    ISBN 978-85-67097-56-5 (impresso)
    ISBN 978-65-87034-13-3 (e-pub)

    1. Ficção francesa I. Aveline, Daniel. II. Título.

18-13070   CDD-843

Índice para catálogo sistemático:
1. Ficção : Literatura francesa : 843

VIA LEITURA

São Paulo: (11) 3107-7050 • Bauru: (14) 3234-4121
www.vialeitura.com.br • edipro@edipro.com.br
@editoraedipro @editoraedipro

O livro é a porta que se abre para a realização do homem.

Jair Lot Vieira

JÚLIO VERNE

Cinco semanas num balão
Viagem de descobertas na África por três ingleses

Tradução
Daniel Aveline

VIA LEITURA

I. O fim de um discurso muito ovacionado –
Apresentação do doutor Samuel Fergusson –
Excelsior – Retrato de corpo inteiro do doutor –
Um fatalista convicto – Jantar no Traveller's club –
Muitos brindes

Havia grande afluência de ouvintes, no dia 14 de janeiro de 1862, na reunião da Real Sociedade Geográfica de Londres, praça de Waterloo, 3. O presidente, senhor Francis M..., dava a seus honoráveis colegas uma importante comunicação em um discurso muitas vezes interrompido por aplausos.

Esse exemplo raro de eloquência terminava enfim com algumas frases grandiloquentes, nas quais o patriotismo se desenrolava a pleno pulmão:

– ... a Inglaterra sempre encabeçou a marcha das nações (pois, foi observado, as nações universalmente marcham à frente umas das outras), dada a intrepidez de seus viajantes no caminho das descobertas geográficas (*múltiplas anuências*). O doutor Samuel Fergusson, um de seus filhos gloriosos, não faltará com a sua origem (de toda parte: "Não! Não!"). Essa tentativa, se bem-sucedida ("Ela o será!"), agregará, completando-as, as noções esparsas da cartografia africana (*aprovação veemente*), e, se fracassada ("Jamais! Jamais!"), restará ao menos como uma das mais audaciosas concepções do gênio humano (*tripúdio frenético*).

– Hurra! Hurra! – gritava a assembleia eletrizada por essas palavras emocionantes.

– Hurras para o intrépido Fergusson! – exclamou um dos membros mais expansivos do auditório.

Hurras entusiasmados retumbaram. O nome de Fergusson irrompia em todas as bocas, e somos levados a crer que teve ganhos singulares ao passar pelas cordas vocais inglesas, sacudindo a sala de reuniões.

E muitos, no entanto, estavam lá, envelhecidos, fatigados, esses viajantes intrépidos cujo temperamento inconstante lhes havia levado aos cinco cantos do mundo! Todos, mais ou menos, física ou moralmente, haviam escapado de naufrágios, de incêndios, de *tomahawks*[1] de indígenas, de bastões de selvagens, de suplícios com estacas! Mas nada pôde comprimir o batimento de seus corações durante o discurso do senhor Francis M..., e, que se lembrassem, esse foi certamente o mais belo sucesso oratório da Real Sociedade Geográfica de Londres.

Mas, na Inglaterra, o entusiasmo não se limita às palavras. Eles contam dinheiro ainda mais rapidamente que o balanceiro do The Royal Mint.[2] Uma verba de encorajamento, elevando-se ao montante de duas mil e quinhentas libras,[3] foi imediatamente votada em favor do doutor Fergusson. A importância da quantia era proporcional à importância do empreendimento.

Um dos membros da Sociedade interpelou o presidente quanto à questão de saber se o doutor Fergusson não seria oficialmente apresentado.

– O doutor se mantém à disposição da assembleia – respondeu o senhor Francis M...

– Que ele entre! – exclamaram. – Que entre! É bom ver com os próprios olhos um homem de tão extraordinária audácia!

– Talvez esta inacreditável proposta – disse um velho comodoro apoplético – não tenha outro fim senão mistificar-nos!

– E se o doutor Fergusson nem existisse?! – exclamou uma voz maliciosa.

– Seria preciso inventá-lo – respondeu um membro troçando dessa grave sociedade.

– Façam entrar o doutor Fergusson – disse simplesmente o senhor Francis M...

E o doutor entrou em meio a um trovão de aplausos, diga-se, aliás, nem um pouco impressionado.

---

1. Instrumento de guerra utilizado pelos povos indígenas da América do Norte. (N.T.)
2. A instituição oficial de produção de moedas em Londres. (N.A.)
3. Sessenta e dois mil e quinhentos francos. (N.A.)

Era um homem de cerca de quarenta anos, de tamanho e constituição ordinários; seu temperamento sanguíneo se traía por uma coloração forçada do rosto; tinha uma figura fria, de traços regulares, com um nariz forte, o nariz como proa de navio de homem predestinado a descobertas; seus olhos muito doces, mais inteligentes que audazes, davam grande charme à sua fisionomia; seus braços eram longos, e seus pés se punham sobre a terra com o prumo de um grande andarilho.

Uma gravidade calma respirava através da pessoa do doutor, e a ideia de que ele pudesse ser um instrumento da mais inocente mistificação não vinha à mente.

Assim, os hurras e os aplausos não cessaram senão no momento em que o doutor Fergusson reclamou silêncio com um gesto amável. Ele dirigiu-se até a poltrona preparada para sua apresentação; depois, em pé, fixo, o olhar enérgico, levantou ao céu o indicador da mão direita, abriu a boca e pronunciou uma só palavra:

"Excelsior!"

Não! Jamais uma interpelação dos senhores Bright e Cobden,[4] jamais um requerimento de fundos extraordinários de lorde Palmerston para encouraçar os rochedos da Inglaterra obteriam tamanho sucesso. O discurso do senhor Francis M... havia sido ultrapassado, e por muito. O doutor se mostrava a uma só vez sublime, grande, sóbrio e moderado; ele havia dito a palavra daquele momento:

"Excelsior!"

O velho comodoro, sentindo-se completamente unido a esse homem estranho, reclamou a inserção "integral" do discurso de Fergusson no *The Proceedings of the Royal Geographical Society of London*.[5]

Quem era então esse doutor, e a qual empreendimento iria ele dedicar-se?

O pai do jovem Fergusson, um bravo capitão da marinha inglesa, havia exposto seu filho, desde a mais tenra idade, aos perigos e às aventuras de sua profissão. Essa digna criança, que parece não ter jamais conhecido o temor, mostrou prontamente um espírito vivo, uma

---

4. Políticos britânicos e liberais do século XIX famosos por oporem-se à Lei dos Grãos, que impunha tarifas à importação de grãos, protegendo os agricultores britânicos do baixo preço do produto importado. (N.T.)
5. Boletim da Real Sociedade Geográfica de Londres. (N.A.)

inteligência de pesquisador, uma propensão notável aos trabalhos científicos; ele mostrava, ainda, uma destreza pouco comum para safar-se de apuros; jamais teve dificuldade com nada, nem mesmo na primeira vez em que fez uso de talheres, tarefa em que, em geral, tão poucas crianças têm sucesso.

Logo sua imaginação inflamou-se com a leitura de empreendimentos ousados, de explorações marítimas; ele seguiu com paixão as descobertas que marcaram a primeira parte do século XIX; ele sonhou com a glória dos Mungo Park, dos Bruce, dos Caillié, dos Levaillant, e mesmo, creio, com a de Selkirk, o Robinson Crusoé, que não lhe parecia inferior. Quantas horas bem ocupadas passou com ele em sua ilha de Juan Fernandez! Amiúde aprovava as ideias do marujo abandonado; por vezes discutia seus planos e projetos; ele teria feito de outro modo, talvez melhor, sem dúvida tão bem quanto ele! Mas, uma coisa é certa, ele não teria jamais deixado essa ilha aprazível, onde era feliz como um rei sem súditos...; não quando era o caso de tornar-se o primeiro lorde do almirantado!

Deixo-os a refletir se essas tendências se desenvolveram durante sua juventude aventureira lançada aos quatro cantos do mundo. Seu pai, enquanto homem instruído, não falhava aliás em consolidar essa inteligência viva com estudos sérios de hidrografia, física e mecânica, com leves tintas de botânica, medicina e astronomia.

Quando da morte do digno capitão, Samuel Fergusson, com vinte e dois anos de idade, já havia dado sua volta ao mundo; ele se alistou no corpo de engenheiros bengali, e destacou-se em muitos casos; mas essa existência de soldado não lhe convinha; preocupando-se pouco em comandar, não gostava muito de obedecer. Ofereceu sua demissão e, na base da caça e da coleta, subiu até o norte da península indiana e atravessou-a de Calcutá a Surate. Um mero passeio amador.

De Surate, nós o vimos passar pela Austrália e fazer parte, em 1845, da expedição do capitão Sturt, encarregado de descobrir esse mar Cáspio que se supõe existir no centro da Nova Holanda.

Samuel Fergusson retornou à Inglaterra por volta de 1850, e, mais do que nunca, possuído pelo demônio das descobertas, acompanhou até 1853 o capitão Mac Clure na expedição que contornou o continente americano do estreito de Bering ao cabo Farvel.

Apesar de todo tipo de fadigas, e sob todos os climas, a compleição de Fergusson resistia maravilhosamente; ele vivia à vontade em meio às mais completas privações; era o tipo do perfeito viajante, cujo estômago retrai ou dilata-se a seu bel-prazer, cujas pernas alongam-se ou encurtam-se conforme o leito improvisado, que adormece a qualquer hora do dia e desperta a qualquer hora da noite.

Nada menos surpreendente, portanto, que encontrar nosso infatigável viajante visitando, de 1855 a 1857, todo o oeste do Tibete em companhia dos irmãos Schlagintweit, e relatando dessa exploração observações curiosas de etnografia.

Durante essas diversas viagens, Samuel Fergusson foi o correspondente mais ativo e mais interessante do *Daily Telegraph*, jornal de um *penny* cuja tiragem chega a cento e quarenta mil exemplares por dia e mal basta para muitos milhões de leitores. Assim, conheciam-no bem, esse doutor, ainda que não fosse membro de nenhuma instituição erudita, nem da Real Sociedade Geográfica de Londres, de Paris, de Berlim, de Viena, de São Petersburgo, nem do Clube dos Viajantes, nem mesmo da *Royal Polytechnic Institution*, que seu amigo estatístico Kokburn empoleirava.

Esse erudito lhe havia mesmo proposto certo dia resolver o seguinte problema, com o objetivo de lhe ser agradável: sabido o número de milhas percorridas pelo doutor ao redor do mundo, quanto mais que os pés percorreu a cabeça, dadas as diferenças de tamanho? Ou seja, sabido o número de milhas percorridas pelos pés e pela cabeça do doutor, calcular seu tamanho exato.

Mas Fergusson mantinha-se sempre afastado dos corpos eruditos, sendo ele de uma igreja militante e não tagarela; ele julgava o tempo melhor empregado ao pesquisar que ao discutir, ao descobrir que ao discorrer.

Contam que um inglês veio um dia a Genebra com a intenção de visitar o lago; fizeram-no em um desses veículos antigos em que se senta de lado como em certas diligências; ora, aconteceu que, por acaso, nosso inglês foi instalado de modo a mostrar as costas ao lago; o veículo completou judiciosamente sua viagem circular sem que ele pensasse em virar-se uma só vez, e ele retornou a Londres encantado com o lago de Genebra.

O doutor Fergusson, ele, se havia voltado, e mais de uma vez, durante suas viagens, e tão bem o havia feito que muito vira. Nisso, aliás, obedecia sua natureza, e nós temos boas razões para crer que ele era um pouco fatalista, mas de um fatalismo muito ortodoxo, contando consigo e mesmo com a Providência; ele se dizia impelido antes que atraído em suas viagens, e percorria o mundo como uma locomotiva que não se dirige, mas que o caminho dirige.

– Não percorro meu caminho – dizia ele correntemente –, é meu caminho que me percorre.

Não seria de surpreender, portanto, o sangue-frio com o qual acolhia os aplausos da Real Sociedade; ele estava acima dessas misérias, não tendo orgulho e ainda menos vaidade; ele julgava muito simples a proposta que havia dirigido ao presidente Francis M... e não percebeu mesmo o efeito imenso que ela produziu.

Após a reunião, o doutor foi conduzido ao Traveller's club, na Pall Mall; um soberbo banquete lhe havia sido organizado; a dimensão das peças servidas estava em proporção com a importância do personagem, e o esturjão que figurou nessa esplêndida refeição não tinha três polegadas a menos de comprimento que o próprio Samuel Fergusson.

Dos brindes, muitos foram feitos com vinhos franceses em homenagem aos célebres viajantes ilustrados pelas terras da África. Beberam à saúde e à memória deles, e, por ordem alfabética, o que é muito inglês: a Abbadie, Adams, Adamson, Anderson, Arnaud, Baikie, Baldwin, Barth, Batouda, Beke, Beltrame, du Berba, Bimbachi, Bolognesi, Bolwik, Bolzoni, Bonnemain, Brisson, Browne, Bruce, Brun-Rollet, Burchell, Burckhardt, Burton, Caillaud, Caillié, Campbell, Chapman, Clapperton, Clot-Bey, Colomieu, Courval, Cumming, Cuny, Debono, Decken, Denham, Desavanchers, Dicksen, Dickson, Dochard, Duchaillu, Duncan, Durand, Duroulé, Duveyrier, Erhardt, d'Escayrac de Lauture, Ferret, Fresnel, Galinier, Galton, Geoffroy, Golberry, Hahn, Halm, Harnier, Hecquart, de Heuglin, Hornemann, Houghton, Imbert, Kaufmann, Knoblecher, Krapf, Kummer, Lafargue, Laing, Lajaille, Lambert, Lamiral, Lamprière, John Lander, Richard Lander, Lefebvre, Lejean, Levaillant, Livingstone, Macarthie, Maggiar, Maizan, Malzac, Moffat, Mollien, Monteiro, Morrisson, Mungo-Park, Neimans, Overweg, Panet, Partarrieau, Pascal, Pearse, Peddie, Peney, Petherick,

Poncet, Prax, Raffenel, Rath, Rebmann, Richardson, Riley, Ritchie, Rochet d'Héricourt, Rongawi, Roscher, Ruppel, Saugnier, Speke, Steidner, Thibaud, Thompson, Thornton, Toole, Tousny, Trotter, Tuckey, Tyrwitt, Vaudey, Veyssière, Vincent, Vinco, Vogel, Wahlberg, Warington, Washington, Werne, Wild e enfim ao doutor Samuel Fergusson que, por sua incrível tentativa, devia conectar os trabalhos desses viajantes e completar a série de descobertas africanas.

II. Um artigo do *Daily Telegraph* – Guerra de jornais eruditos – Sr. Petermann apoia seu amigo doutor Fergusson – Resposta do erudito Koner – Apostas – Diversas propostas feitas ao doutor

No dia seguinte, em seu número do dia 15 de janeiro, o *Daily Telegraph* publicava um artigo assim concebido:

"A África vai enfim entregar o segredo de seus vastos ermos; um Édipo moderno nos dará palavra desse enigma que os eruditos de sessenta séculos não puderam decifrar. Outrora, investigar as fontes do Nilo, *fontes Nili quarere*, era visto como uma tentativa insensata, uma quimera irrealizável.

O doutor Barth, seguindo até o Sudão a rota traçada por Denhan e Clapperton; o doutor Livingstone, multiplicando suas intrépidas investigações desde o cabo da Boa Esperança até a bacia do Zambezi; os capitães Burton e Speke, com a descoberta dos Grandes Lagos interiores, abriram três caminhos à civilização moderna; o ponto de interseção, onde ainda nenhum viajante chegou, é o coração mesmo da África. É lá que devem convergir todos os esforços.

Ora, o trabalho desses ousados pioneiros da ciência será retomado pela tentativa audaciosa do doutor Samuel Fergusson, cujas belas explorações nossos leitores já puderam muitas vezes apreciar.

Esse intrépido descobridor propõe atravessar de balão toda a África, de leste a oeste. Se estamos bem informados, o ponto de partida dessa surpreendente viagem seria a ilha de Zanzibar, na costa oriental. Quanto ao ponto de chegada, à Providência somente é dado conhecer.

A proposta dessa exploração científica foi feita ontem oficialmente pela Real Sociedade Geográfica; uma quantia de duas mil e quinhentas libras foi votada para subsidiar os custos do empreendimento.

Nós manteremos nossos leitores a par dessa tentativa, que não há precedentes nos fatos geográficos."

Como se pode imaginar, esse artigo teve enorme repercussão; ele levantou a princípio as tormentas da incredulidade; o doutor Fergusson passou por um ser puramente quimérico, de invenção do senhor Barnum,[6] que, após trabalhar nos Estados Unidos, fazia "incursões" pelas ilhas britânicas.

Uma resposta zombeteira apareceu em Genebra no número de fevereiro dos *Boletins da Sociedade Geográfica*; ela troçava espirituosamente da Real Sociedade de Londres, do Traveller's club e do esturjão fenomenal.

Mas o senhor Petermann, em seus *Mittheilungen*, publicados em Gotha, reduziu ao silêncio mais absoluto o jornal de Genebra. Petermann conhecia pessoalmente o doutor Fergusson, e se apresentava garante da intrepidez de seu audacioso amigo.

Logo em seguida, aliás, a dúvida já não era possível; os preparativos da viagem eram feitos em Londres; as fábricas de Lyon haviam recebido um pedido importante de tafetá para a construção do aeróstato; enfim, o governo britânico punha à disposição do doutor o transporte *O Resoluto*, do capitão Pennet.

De imediato, mil encorajamentos surgiram, mil felicitações irromperam. Os detalhes do empreendimento apareceram com destaque no *Boletim da Sociedade Geográfica de Paris*; um artigo memorável foi impresso nos *Novos anais de viagens, de geografia, de história e de arqueologia*, de V. A. Malte-Brun; um trabalho minucioso publicado no *Zeitschrift für Allgemeine Erdkunde* pelo doutor W. Koner demonstrou vitoriosamente a possibilidade da viagem, suas chances de sucesso, a natureza dos obstáculos, as imensas vantagens do modo de locomoção aérea; ele reprovou somente o ponto de partida, e indicava antes Masuah, pequeno porto da Abissínia, de onde, em 1768, James Bruce se havia lançado em busca das fontes do Nilo. De mais a mais, admirava sem reservas o espírito enérgico do doutor Fergusson e seu coração de pedra que concebia e intentava tal viagem.

O *North American Review* não viu sem desprazer uma tal glória ser reservada à Inglaterra. Ele transformou o empreendimento do

---

6. P. T. Barnum, empresário e *showman* americano do século XIX célebre por ter criado o famoso circo Ringling Bros. and Barnum & Bailey Circus e por promover atrações altamente fantasiosas. (N.T.)

doutor em zombaria, e o convidou a ir até a América, já que estaria no caminho.

Em suma, sem contar os jornais do mundo inteiro, não houve periódico científico, desde o *Diário de Missões Evangélicas* até a *Revista Argelina e Colonial*, dos *Anais da Propagação da Fé* até o *Church Missionary Inteligencer*, que não relatasse o fato sob todas as suas formas.

Apostas consideráveis foram feitas em Londres e na Inglaterra, primeiro sobre a existência real ou suposta do doutor Fergusson; segundo sobre a viagem em si, que de acordo com uns não seria tentada, e de acordo com outros seria de fato empreendida; terceiro sobre a questão de saber se seria ela bem-sucedida ou não; quarto sobre as probabilidades ou improbabilidades de retorno do doutor Fergusson. Quantias enormes foram registradas nos livros de apostas, como se se tratasse do Derby de Epsom.

Assim, portanto, crentes, incrédulos, ignorantes e eruditos, todos tinham seus olhos fixos sobre o doutor; ele tornou-se o animal do momento, um leão, sem sequer imaginar que portava uma juba. De bom grado ele dava informações precisas sobre sua expedição. Ele era facilmente abordável e o homem mais natural do mundo. Mais de um aventureiro ousado se apresentou, querendo dividir a glória e os perigos da tentativa; mas ele recusou sem dar razões para sua recusa.

Inúmeros inventores de mecanismos aplicáveis à direção de balões vieram lhe propor seus sistemas. Ele não quis aceitar nenhum. A quem lhe perguntava se havia descoberto algo a esse respeito, ele sempre recusava se explicar, e ocupava-se mais ativamente que nunca dos preparativos da viagem.

III. O amigo do doutor – De onde vinha a amizade – Dick Kennedy em Londres – Proposta inesperada, mas não reconfortante – Provérbio pouco consolador – Algumas palavras do martirológio africano – Vantagens de um aeróstato – O segredo do doutor Fergusson

O doutor Fergusson tinha um amigo. Não um outro de si, um *alter ego*; a amizade não poderia existir entre dois seres perfeitamente idênticos.

Mas, se eles tinham qualidades, aptidões, temperamentos distintos, Dick Kennedy e Samuel Fergusson partilhavam um só e mesmo coração, e isso não os incomodava. Ao contrário.

Esse Dick Kennedy era um escocês em toda a acepção da palavra, aberto, decidido, teimoso. Ele morava no pequeno povoado de Leith, próximo a Edimburgo, verdadeiro subúrbio da "Velha Fedorenta".[7] Às vezes pescava, mas era antes de tudo um caçador determinado: nada menos inesperado de um filho da Caledônia, em certa medida habituado às montanhas das Highlands. Citavam-no como um maravilhoso atirador de carabina; ele não somente podia partir as balas contra uma lâmina, mas as cortava em metades tão iguais, que, pesando-as em seguida, não se podia encontrar nenhuma diferença sensível.

A fisionomia de Kennedy lembrava muito a de Halbert Glendinning, tal como a pintou Walter Scott em *O monastério*; seu tamanho passava dos seis pés ingleses; cheio de graça e destreza, parecia dotado de uma força hercúlea; uma figura fortemente escurecida pelo sol, olhos vivos e negros, uma ousadia natural muito decidida; enfim, o escocês tinha algo de bom e sólido em sua pessoa.

O encontro entre os dois amigos aconteceu na Índia, na época em que os dois pertenciam ao mesmo regimento; enquanto Dick caçava tigres e elefantes, Samuel caçava plantas e insetos; ambos podiam se dizer

---
[7]. Alcunha de Edimburgo, *Auld Reekie*. (N.A.)

hábeis em suas funções, e mais de uma planta rara tornou-se presa do doutor, o que valia tanto quanto um par de presas de marfim.

Os dois jovens nunca tiveram a oportunidade de salvar a vida um do outro, nem de se fazer qualquer favor. Daí a amizade inalterável. O destino por vezes os afastou, mas a simpatia sempre os reuniu. Após o retorno de ambos à Inglaterra, amiúde foram eles separados pelas longínquas expedições do doutor; mas, de retorno, este não deixou jamais de ir, não oferecer, mas verdadeiramente dar algumas semanas de si a seu amigo escocês.

Dick falava do passado, Samuel preparava o futuro: um olhava adiante, o outro, para trás. Daí um espírito inquieto, o de Fergusson, e uma perfeita placidez, a de Kennedy.

Após sua viagem ao Tibete, o doutor ficou cerca de dois anos sem falar de novas explorações; Dick supôs que seus instintos de viagem, seus apetites por aventura se acalmavam, e ficou feliz. Isso, pensava, podia acabar mal um dia ou outro; por mais que se esteja habituado, não se viaja impunemente entre antropófagos e bestas selvagens; Kennedy exortava Samuel a parar por ali, tendo já feito muito pela ciência, e demais para a gratidão humana.

A isso, o doutor contentava-se em nada responder; permanecia pensativo, e em seguida se entregava a cálculos secretos, passando suas noites a trabalhar com números, experimentando mesmo mecanismos singulares dos quais ninguém sabia nada. Percebia-se que uma grande ideia fermentava em seu cérebro.

– Que tanto tem ele a ruminar? – perguntou Kennedy quando seu amigo o deixou para ir a Londres, no mês de janeiro.

Ele descobriu certa manhã pelo artigo do *Daily Telegraph*.

– Misericórdia! – exclamou. – Louco! Insano! Atravessar a África num balão! Só faltava essa! Então era isso que matutava há dois anos!

Substituam todos esses pontos de exclamação por sopapos solidamente aplicados em sua cabeça, e terão uma ideia do exercício ao qual se entregava o bravo Dick ao assim falar.

Quando sua governanta, a velha Elspeth, quis insinuar que bem podia ser o caso de uma mistificação:

– Ora essa! – respondeu. – Por acaso não o conheço? Por acaso isso não lhe é típico? Viajar pelos ares! Invejoso dos pássaros agora! Não, isso certamente não se dará assim! Tenho bem como impedi-lo! Eh! Se deixassem-no livre, partiria um belo dia em direção à lua!

Naquela noite mesmo, meio inquieto, meio exasperado, Kennedy pegava o trem até a General Railway Station, e chegava no dia seguinte a Londres.

Quarenta e cinco minutos depois, um táxi o deixava na pequena casa do doutor, na praça Soho, *Greek street*; percorreu a escadaria exterior e se anunciou batendo solidamente na porta por cinco vezes.

Fergusson abriu-lhe a porta em pessoa.

– Dick? – disse sem grande surpresa.

– O próprio – replicou Kennedy.

– Em Londres, meu caro Dick, durante as caças de inverno?

– Em Londres.

– E que vem fazer aqui?

– Impedir uma loucura sem igual!

– Uma loucura? – disse o doutor.

– É verdade o que conta o jornal? – indagou Kennedy mostrando o número do *Daily Telegraph*.

– Ah! É disso que está falando! Esses jornais são bem indiscretos! Mas sente-se, meu caro Dick.

– Não me sentarei. Tem então a intenção de empreender esta viagem?

– Perfeitamente; meus preparativos vão muito bem, e eu...

– Onde estão que os parto em pedaços, esses preparativos? Onde estão que os estraçalho?!

O digno escocês punha-se seriamente em cólera.

– Acalme-se, meu caro Dick – retomou o doutor. – Compreendo sua irritação. Aborrece-se comigo pois ainda não lhe contei meus novos projetos.

– Chama isso de novos projetos!

– Eu estava muito ocupado – retomou Samuel ignorando a interrupção –, tive muito a fazer! Mas fique tranquilo, não partirei sem lhe escrever...

– Eh! Muito me importo...

– Porque pretendo levá-lo comigo.

O escocês deu um salto digno de uma camurça.

– Ora essa! – disse. – Quer então encerrar nós dois num hospital de Bethlehem![8]

– Conto positivamente contigo, meu caro Dick, e o escolhi em detrimento de muitos outros.

Kennedy permanecia estupefato.

– Depois de escutar-me por dez minutos – respondeu tranquilamente o doutor –, irá me agradecer.

– Fala seriamente?

– Muito seriamente.

– E se recuso-me a acompanhá-lo?

– Não recusará.

– Mas se enfim recuso?

– Partirei só.

– Sentemo-nos – disse o caçador – e falemos sem paixões. Já que não está a brincar, vale a pena escutá-lo.

– Discutamos o assunto durante o jantar, se não vê nenhum problema, meu caro Dick.

Os dois amigos sentaram um em frente ao outro em uma pequena mesa, entre uma pilha de sanduíches e um enorme bule de chá.

– Meu caro Samuel – disse o caçador –, seu projeto é insensato! É impossível! Não se assemelha a nada de sério ou de praticável!

– É o que veremos depois de o termos tentado.

– Mas é precisamente isso que não se deve fazer, tentá-lo!

– Por quê, por favor?

– Os perigos, os obstáculos de todos os tipos!

– Os obstáculos – respondeu seriamente Fergusson – são feitos para serem vencidos; quanto aos perigos, quem pode gabar-se de fugir-lhes? Tudo é perigo na vida; pode ser muito perigoso sentar-se na mesa ou pôr um chapéu na cabeça; é preciso, aliás, considerar o que deve acontecer como já acontecido, e não ver senão o presente no futuro, pois o futuro não é senão um presente um pouco mais distante.

– Mais essa! – fez Kennedy dando de ombros. – Sempre um fatalista!

– Sempre, mas no bom sentido da palavra. Não nos preocupemos, portanto, com o que o destino nos reserva, e jamais esqueçamos nosso

---

8. Hospício de Londres. (N.A.)

bom provérbio inglês: "O homem que nasce para ser enforcado não será jamais afogado!".

Ele não tinha nada a responder, o que não impediu Kennedy de retomar uma série de argumentos fáceis de imaginar, mas longos demais para relatar aqui.

– Mas, enfim – disse ele após uma hora de discussão –, se quer realmente atravessar a África, se isso é necessário para sua felicidade, por que não tomar as rotas comuns?

– Por quê? – respondeu o doutor animando-se. – Porque até aqui todas as tentativas falharam! Porque de Mungo Park assassinado no rio Níger até Vogel desaparecido no Wadai, de Oudney morto em Murmur, Clapperton morto em Sackatou, até o francês Maizan cortado em pedaços, do major Laing morto por tuaregues até Roscher de Hamburgo massacrado no início de 1860, inúmeras vítimas foram registradas no martirológio africano! Porque lutar contra os elementos, contra a fome, a sede, a febre, contra os animais ferozes e contra povos ainda mais ferozes é impossível! Porque o que não pode ser feito de uma maneira deve ser feito de outra! Enfim, porque, por onde não se pode passar através, deve-se passar por cima ou pelos lados!

– Se se tratasse apenas de passar por cima! – replicou Kennedy. – Mas voando?!

– Eh – retomou o doutor com o maior sangue-frio –, que tenho a temer? Admitirá certamente que tomei precauções suficientes para não temer uma queda de balão; se, portanto, ele vier a falhar, estarei em terra nas condições normais dos exploradores; mas meu balão não me falhará, não se deve contar com isso.

– Ao contrário, deve-se contar com isso.

– Não, meu caro Dick. Não pretendo separar-me dele antes de chegar à costa ocidental da África. Com ele, tudo é possível; sem ele, retorno aos perigos e obstáculos naturais de uma tal expedição; com ele, nem calor, nem torrentes, nem tempestades, nem o siroco, nem climas insalubres, nem os animais selvagens, nem os homens são a temer! Se tenho calor, subo; se frio, desço; uma montanha, transcendo-a; um precipício, atravesso-o; um rio, cruzo-o; uma tempestade, suplanto-a; uma torrente, dou-lhe um rasante como uma ave! Sigo sem fatigar-me, paro sem necessidade de repouso! Plano sobre todas as novas cidadelas! Voo com a rapidez de um furacão, ora na altura mais alta, ora a cem pés do solo, e o mapa africano se desenrola sob meus olhos no grande atlas do mundo!

O bravo Kennedy começava a emocionar-se e, no entanto, o espetáculo evocado diante de seus olhos lhe dava vertigem. Ele contemplava Samuel com admiração, mas também com medo; sentia-se já balançado pelos ares.

– Vejamos – disse –, vejamos rapidamente, meu caro Samuel, encontrou então um meio de dirigir os balões?

– De modo algum. É uma utopia.

– Mas então irá...

– Onde quiser a Providência; de leste a oeste, no entanto.

– Por que assim?

– Porque pretendo servir-me dos ventos alísios, cuja direção é constante.

– Oh, realmente! – fez Kennedy, refletindo. – Os ventos alísios... certamente... a rigor pode-se... há algo...

– Se há algo! Não, meu bravo amigo, há tudo! O governo inglês pôs um transporte à minha disposição; foi combinado igualmente que três ou quatro navios iriam cruzar a costa ocidental por volta da época prevista de minha chegada. Em no máximo três meses, estarei em Zanzibar, onde inflarei meu balão, e de lá nós nos lançaremos...

– Nós! – fez Dick.

– Tem ainda alguma objeção a me fazer? Diga, amigo Kennedy.

– Uma objeção! Teria mil; mas, entre outras, diga-me: se pretende ver o país, se pretende subir e descer à vontade, não poderia fazê-lo sem perder seu gás; não houve até agora outro meio de proceder, e foi sempre isso que impediu longas peregrinações na atmosfera.

– Meu caro Dick, direi uma só coisa: não perderei um átomo de gás, nem uma só molécula.

– E descerá à vontade?

– Descerei à vontade.

– E como o fará?

– Esse é meu segredo, amigo Dick. Tenha confiança, e que meu lema seja o seu também: "Excelsior!".

– Vamos com este "Excelsior!", então – respondeu o caçador, que não sabia uma só palavra de latim.

Mas ele estava bem decidido a opor-se, por todos os meios possíveis, à partida do amigo. Ele fez então como se estivesse de acordo e contentou-se em observar. Quanto a Samuel, foi conferir seus preparativos.

IV. Explorações africanas – Barth, Richardson, Overweg, Werne, Brun-Rollet, Peney, Andrea Debono, Miani, Guillaume Lejean, Bruce, Krapf e Rebmann, Maixan, Roscher, Burton e Speke

A linha aérea que o doutor Fergusson pretendia seguir não havia sido escolhida ao acaso; seu ponto de partida foi seriamente estudado, e não foi sem razões que ele decidiu levantar voo da ilha de Zanzibar. Essa ilha, situada junto à costa oriental africana, encontra-se em seis graus de latitude austral, isto é, a quatrocentas e trinta milhas geográficas abaixo do Equador.

Dessa ilha havia pouco partira a última expedição enviada aos Grandes Lagos para a descoberta das fontes do Nilo.

Mas é de bom-tom indicar entre quais explorações o doutor Fergusson pretendia fazer uma conexão. Há duas principais: a do doutor Barth em 1849, e a dos coronéis Burton e Speke em 1858.

O doutor Barth é um hamburguês que obteve para seu compatriota Overweg e para si a permissão de juntar-se à expedição do inglês Richardson; este havia sido encarregado de uma missão no Sudão.

Esse vasto país situa-se entre quinze e dez graus de latitude norte, o que significa que, para chegar até ele, é preciso avançar por mais de mil e quinhentas milhas no interior da África.

Até então, essa região era conhecida apenas devido à viagem de Denham, de Clapperton e de d'Oudney, de 1822 a 1824. Richardson, Barth e Overweg, ávidos por levar suas investigações ainda mais longe, chegaram a Túnis e a Trípoli, como seus antecessores, e depois a Murzuq, capital do Fezã.

Eles logo abandonaram a linha perpendicular e fizeram um desvio a oeste em direção a Ghat, guiados, não sem dificuldades, pelos tuaregues. Após mil cenas de pilhagem, de afrontas, de ataques à mão armada, a caravana chegou, em outubro, ao vasto oásis de Asben. O doutor Barth separou-se de seus companheiros, fez uma excursão até a cidade de Ágade, e reencontrou a expedição, que se pôs em marcha novamente no dia 12 de dezembro. Ela chegou à província de Damerghou; lá, os três viajantes se separaram, e Barth seguiu no caminho de Kano, aonde chegou graças à sua paciência e ao pagamento de tributos consideráveis.

Apesar de uma febre intensa, ele deixou a cidade no dia 7 de março seguido apenas por um doméstico. O principal objetivo de sua viagem era fazer o reconhecimento do lago Chade, do qual ainda estava separado por trezentas e cinquenta milhas. Ele seguiu então a leste e alcançou a cidade de Zouricolo, no Bornu, que é o núcleo do grande império central da África. Lá ele ficou sabendo da morte de Richardson, por fadiga e por privações. Ele chegou a Kuka, capital do Bornu, nos arredores do lago. Por fim, após três semanas, no dia 14 de abril, doze meses e meio após ter deixado Trípoli, ele chegou à cidade de Ngorna.

Nós o vimos partir novamente no dia 29 de março de 1851, com Overweg, para visitar o reino de Adamawa, ao sul do lago; ele chegou até a cidade de Yola, um pouco acima dos nove graus de latitude norte. É este o limite extremo alcançado ao sul por esse ousado viajante.

Ele retornou a Kuka no mês de agosto, e de lá passou sucessivamente por Mandara, Barghimi, Kanem e chegou ao extremo leste da cidade de Masena, situada em dezessete graus e vinte minutos de longitude oeste.

No dia 25 de novembro de 1852, após a morte de Overweg, seu último companheiro, ele se lançou a oeste, visitou Sokoto, atravessou o Níger e chegou enfim a Tombuctu, onde definhou por oito longos meses em meio a humilhações do xeique, maus-tratos e miséria. Mas a presença de um cristão na cidade não pôde ser tolerada por muito tempo; os fulas ameaçaram persegui-lo. O doutor então a abandonou no dia 17 de março de 1854, refugiou-se na fronteira, onde permaneceu por trinta e três dias na mais completa privação, retornou a Kano em novembro, e voltou a Kuka, de onde retomou a rota para Denham após quatro meses de espera; reviu Trípoli por volta de agosto de 1855, e retornou a Londres no dia 6 de setembro, sem nenhum de seus companheiros.

Eis como foi a audaciosa viagem de Barth.

O doutor Fergusson anotou cuidadosamente que ele se detivera em quatro graus de latitude norte e dezessete graus de longitude oeste.

Vejamos agora o que fizeram os coronéis Burton e Speke na África oriental.

As diversas expedições que subiram o Nilo não conseguiram jamais chegar às fontes misteriosas do rio. Segundo o relato do médico alemão Ferdinand Werne, a expedição tentada em 1840, sob os auspícios de Mehmet Ali, deteve-se em Gondokoro, entre os paralelos três e cinco norte.

Em 1855, Brun-Rollet, originário da Savoia, nomeado cônsul de Sardinha no Sudão oriental, substituindo Vaudey, morto em serviço, partiu de Cartum, passando-se por um comerciante chamado Jacob, traficante de borracha e marfim, chegou a Belenia, além de quatro graus, e retornou doente a Cartum, onde morreu em 1857.

Nem o doutor Peney, chefe do serviço médico egípcio, que a bordo de uma pequena embarcação a vapor alcançou um grau abaixo de Gondokoro, e voltou a Cartum para morrer de esgotamento, nem o veneziano Miani, que, contornando as cataratas situadas abaixo de Gondokoro, alcançou o paralelo dois, nem o negociante maltês Andrea Debono, que levou ainda mais longe sua excursão sobre o Nilo, puderam atravessar esse limite intransponível.

Em 1859, Guillaume Lejean, encarregado de uma missão pelo governo francês, dirigiu-se a Cartum pelo Mar Vermelho, embarcou no Nilo com vinte e um homens na equipagem e vinte soldados; mas não pôde passar de Gondokoro, e correu os maiores perigos entre negros em plena revolta. A expedição dirigida por d'Escayrac de Lauture igualmente tentou chegar às famosas fontes.

Mas esse limite fatal deteve sempre os viajantes; os enviados de Nero haviam outrora alcançado nove graus de latitude; não se ganhou, portanto, em dezoito séculos, senão cinco ou seis graus, cerca de três a três mil e seiscentas milhas geográficas.

Inúmeros viajantes tentaram chegar às fontes do Nilo servindo-se de um ponto de partida na costa oriental africana.

De 1768 a 1772, o escocês Bruce partiu de Masuah, um porto da Abissínia, visitou as ruínas de Axum, viu as fontes do Nilo onde elas não estavam, e não obteve nenhum resultado sério.

Em 1844, o doutor Krapf, missionário anglicano, fundava um estabelecimento em Monbaz, na costa de Zanzibar, e descobria, em companhia do reverendo Rebmann, duas montanhas a trezentas milhas da costa; estas são os montes Kilimanjaro e Quênia, que de Heuglin e Thornton há pouco escalaram parcialmente.

Em 1845, o francês Maizan desembarcava só em Bagamoyo, em frente a Zanzibar, e alcançava Deje-la-Mhora, onde morreu sob suplícios cruéis infligidos pelo chefe local.

Em 1859, no mês de agosto, o jovem viajante Roscher, de Hamburgo, partiu em uma caravana com mercadores árabes e atingiu o lago Nyassa, onde foi assassinado enquanto dormia.

Enfim, em 1857, os coronéis Burton e Speke, ambos oficiais no exército bengalês, foram enviados pela Real Sociedade Geográfica de Londres para explorar os Grandes Lagos africanos; no dia 17 de junho, deixaram Zanzibar e rumaram diretamente a oeste.

Após quatro meses de sofrimentos inauditos, suas bagagens pilhadas, seus ajudantes assediados, eles chegaram a Kazeh, ponto de encontro de traficantes e de caravanas; eles estavam finalmente na chamada Terra da Lua; lá, produziram documentos preciosos sobre os costumes, o governo, a religião, a fauna e a flora do país; depois, dirigiram-se ao primeiro dos Grandes Lagos, o Tanganica, situado entre três e oito graus de latitude austral; chegaram lá no dia 14 de fevereiro de 1858, e visitaram as várias populações das margens, na maioria canibais.

Partiram no dia 26 de maio, e retornaram a Kazeh no dia 20 de junho. Lá, Burton, exausto, permaneceu doente por muitos meses; durante esse período, Speke fez ao norte uma incursão de mais de trezentas milhas, até o lago Ukerewe, que ele avistou no dia 3 de agosto; mas não pôde ver sua abertura senão a dois graus e trinta minutos de latitude.

Ele já estava de retorno a Kazeh no dia 25 de agosto, e retomava com Burton o caminho de Zanzibar, que eles reviram no mês de março do ano seguinte. Esses dois exploradores retornaram então à Inglaterra, e a Sociedade Geográfica de Paris lhes atribuiu seu prêmio anual.

O doutor Fergusson observou cuidadosamente que eles não haviam atravessado nem o grau dois de latitude austral, nem o vinte e nove de longitude leste.

Seria então o caso de reunir as explorações de Burton e Speke às do doutor Barth; de propor-se a cruzar a região em mais de doze graus de extensão.

V. Sonhos de Kennedy – Artigos e pronomes no plural – Insinuações de Dick – Passeio pelo mapa da África – O que resta entre as pontas do compasso – Expedições atuais – Speke e Grant – Krapf, de Decken, de Heuglin

O doutor Fergusson aviava os preparativos de sua viagem energicamente; ele dirigia pessoalmente a construção de seu aeróstato, seguindo certas modificações sobre as quais guardava silêncio absoluto.

Já havia muito tempo ele se aplicava ao estudo da língua árabe e de diversos idiomas mandingos; graças à sua disposição de poliglota, fez rápidos progressos.

Enquanto isso, seu amigo caçador não o deixava sozinho um só segundo; ele sem dúvida temia que o doutor partisse sem nada dizer; a esse respeito, proferia os discursos mais persuasivos, mas que não persuadiam Samuel Fergusson, e terminava com súplicas patéticas, pelas quais este não se mostrava tocado. Dick sentia-o escapar entre seus dedos.

O pobre escocês estava realmente em um estado lamentável; ele não via mais o céu azul sem terrores sombrios; sentia, ao dormir, balanços vertiginosos, e toda noite sentia-se caindo de alturas incomensuráveis.

Devemos também acrescentar que, durante esses pesadelos terríveis, caiu de sua cama uma ou duas vezes. Sua primeira providência foi mostrar a Fergusson uma forte lesão que fizera na cabeça.

– E, no entanto – acrescentou com bonomia –, meros três pés de altura! Nada mais! E um tal hematoma! Pense nisso!

Essa insinuação, repleta de melancolia, não sensibilizou o doutor.

– Nós não cairemos – disse.

– Mas e se, enfim, cairmos?

– Não cairemos.

Foi tudo o que disse, e Kennedy não teve nada a responder.

O que exasperava particularmente Dick era que o doutor parecia desprezar completamente a personalidade dele, Kennedy; ele o considerava irrevogavelmente destinado a tornar-se seu companheiro nessa empreitada aérea. Não havia mais nenhuma dúvida. Samuel fazia um abuso intolerável do pronome plural da primeira pessoa.

"Nós" avançaremos, "nós" estaremos prontos em..., "nós" partiremos em...

E o pronome possessivo, no singular:

"Nosso" balão..., "nosso" cesto..., "nossa" exploração...

E também no plural!

"Nossos" preparativos..., "nossas" descobertas..., "nossas" ascensões...

Dick arrepiava-se com isso, ainda que estivesse decidido a não partir; mas ele não queria contrariar muito seu amigo. Devemos mesmo confessar que, sem bem perceber, mandou vir de Edimburgo algumas fardas e seus melhores fuzis de caça.

Um dia, após reconhecer que, com uma sorte insolente, poderiam ter uma chance em mil de sucesso, fingiu render-se aos desejos do doutor; mas, para atrasar a viagem, iniciou uma série de desculpas as mais variadas. Ele jogou-se contra a utilidade e a conveniência da expedição... Essa descoberta das fontes do Nilo era verdadeiramente necessária...? Trabalhariam eles realmente em favor da humanidade...? Quando, ao fim e ao cabo, os povos da África fossem civilizados, seriam eles mais felizes...? Estavam eles certos, aliás, de que a civilização não estava antes lá que na Europa? Talvez. E, antes de tudo, não poderiam esperar um pouco mais...? A travessia da África seria certamente feita um dia, e de um modo menos perigoso... Em um mês, em seis, antes de um ano, algum explorador a faria, sem dúvida...

Essas insinuações produziam um efeito contrário ao seu objetivo, e o doutor vibrava de impaciência.

– Quer então, pobre Dick, quer então, falso amigo, que a um outro seja dada essa glória? É preciso então desmentir meu passado? Recuar ante obstáculos que não são sérios? Agradecer com hesitações covardes o que fizeram por mim o governo inglês e a Real Sociedade de Londres?

– Mas... – retomou Kennedy – que tinha muito gosto por essa conjunção.

– Mas – fez o doutor – não sabe que minha viagem deve concorrer para o sucesso dos empreendimentos atuais? Ignora que novos exploradores avançam até o centro da África?

– No entanto...

– Escute-me bem, Dick, e lance os olhos sobre este mapa.

Dick os lançou com resignação.

– Suba o curso do Nilo – disse Fergusson.

– Estou subindo-o – respondeu docilmente o escocês.

– Vá até Gondokoro.

– Estou lá.

E Kennedy pensava em como era fácil a tal viagem... em um mapa.

– Pegue uma das pontas deste compasso – retomou o doutor – e a apoie sobre esta cidade, da qual os mais audaciosos mal puderam passar.

– Estou apoiando.

– Agora procure a costa da ilha de Zanzibar, no grau seis de latitude sul.

– Encontrei.

– Agora siga o paralelo até Kazeh.

– Pronto.

– Suba o grau trinta e três de longitude até o princípio do lago Ukerewe, no local em que se deteve o tenente Speke.

– Estou aqui! Um pouco mais e caía no lago.

– Muito bem. Sabe o que podemos supor, dadas as informações fornecidas pela população ribeirinha?

– Nenhuma ideia.

– Que o lago, cuja extremidade inferior está em dois graus e trinta minutos de latitude, deve estender-se igualmente dois graus e meio acima do Equador.

– Realmente!

– Ora, dessa extremidade setentrional escapa um curso d'água que deve necessariamente juntar-se ao Nilo, se não for o próprio.

– Muito curioso.

– Ora, apoie a segunda ponta do compasso sobre essa extremidade do lago Ukerewe.

– Feito, amigo Fergusson.

– Quantos graus conta entre as duas pontas?
– Menos de dois.
– Sabe o que isso quer dizer, Dick?
– De modo algum.
– Isso são menos de cento e vinte milhas, isto é, nada.
– Quase nada, Samuel.
– Ora, sabe o que se passa neste exato momento?
– A menor ideia!
– Bem, é o seguinte. A Sociedade Geográfica julgou muito importante a exploração desse lago entrevisto por Speke. Sob seus auspícios, ao tenente, hoje capitão, Speke, juntou-se o capitão Grant, do exército das Índias; eles foram encarregados de uma expedição numerosa e vastamente subvencionada, com a missão de seguir o lago e chegar a Gondokoro; eles receberam um subsídio de mais de cinco mil libras, e o governo do Cabo lhes pôs à disposição soldados hotentotes; eles partiram de Zanzibar em fins de outubro de 1860. Enquanto isso, o inglês John Petherick, cônsul de Sua Majestade em Cartum, recebeu do *Foreign Office* cerca de setecentas libras; ele devia equipar um vapor em Cartum, carregá-lo com provisões suficientes, e dirigir-se a Gondokoro; lá ele esperaria a caravana do capitão Speke e poderia reabastecê-lo.

– Bem pensado – disse Kennedy.

– Bem vê que é preciso nos apressarmos, se quisermos participar desse trabalho de exploração. E isso não é tudo; enquanto alguns marcham resolutamente em direção às fontes do Nilo, outros viajantes vão audaciosamente até o coração da África.

– A pé – fez Kennedy.

– A pé – respondeu o doutor sem notar a insinuação. – O doutor Krapf propõe-se a progredir na direção oeste, por Djob, rio situado abaixo do Equador. O barão de Decken deixou Monbaz, fez o reconhecimento das montanhas do Quênia e do Kilimanjaro, e embrenha-se em direção ao centro.

– A pé ainda?

– Sempre a pé, ou nas costas de mulas.

– Exatamente a mesma coisa para mim – replicou Kennedy.

– Enfim – retomou o doutor –, o senhor de Heuglin, vice-cônsul da Áustria em Cartum, acaba de organizar uma expedição muito importante, cujo primeiro objetivo é procurar o viajante Vogel, que, em 1853, foi enviado ao Sudão para juntar-se aos trabalhos do doutor Barth. Em 1856, ele deixou Bornu, decidido a explorar essa região desconhecida que se estende entre o lago Chade e o Darfur. Ora, desde então ele não foi mais visto. Cartas recebidas em junho de 1860 em Alexandria relatam que ele foi assassinado sob ordens do rei de Wadaï; mas outras cartas, endereçadas pelo doutor Hartmann ao pai do viajante, dizem, segundo os relatos de um felá, que Vogel seria apenas prisioneiro em Wara; ainda há esperanças. Um comitê formou-se sob a presidência do duque regente de Saxe-Coburgo-Gota; meu amigo Petermann é seu secretário; uma subscrição nacional cuida dos gastos da expedição, à qual se juntaram inúmeros eruditos; de Heuglin partiu de Masuah no mês de junho, e, ao mesmo tempo que segue os traços de Vogel, deve explorar toda a região compreendida entre o Nilo e o Chade, isto é, deve unir as operações do capitão Speke às do doutor Barth. E então a África terá sido atravessada de leste a oeste.[9]

– Muito bem! – retomou o escocês. – Já que tudo se passa tão bem, que faremos nós lá?

O doutor Fergusson não respondeu, e contentou-se em dar de ombros.

---

[9]. Depois da partida do doutor Fergusson, descobrimos que o senhor de Heuglin, após algumas discussões, seguiu um caminho diferente do designado à sua expedição, cujo comando foi conferido ao senhor Munzinger. (N.A.)

VI. Um doméstico improvável – Ele avista os satélites de Júpiter – Dick e Joe discutem – A dúvida e a crença – A pesagem – Joe-Wellington – Ele recebe uma moeda

O doutor Fergusson tinha um doméstico; ele respondia com solicitude pelo nome de Joe; uma natureza excelente, e votava a seu mestre uma confiança absoluta e uma dedicação sem limites, até extrapolando suas ordens e as interpretando sempre de uma maneira inteligente; um Calebe sem resmungo, com um eterno bom humor; se inventado, não sairia melhor. Fergusson dependia completamente dele para os detalhes do cotidiano, e tinha razão em fazê-lo. Raro e honesto Joe! Um doméstico que faz o jantar com o sabor perfeito, que faz a mala e não esquece nem meias nem camisas, que possui chaves e segredos mas não abusa da confiança!

Mas também que homem não era o doutor para o digno Joe! Com que respeito e confiança ele acolhia suas decisões! Quando Fergusson falava, só um louco lhe retrucaria. Tudo o que ele pensava estava certo; tudo o que dizia era sensato; tudo o que ordenava, realizável; tudo o que planejava, possível; tudo o que concluía, admirável. Corte Joe em pedaços, o que certamente lhe seria desagradável, e ainda assim ele não mudaria de opinião quanto a seu mestre.

Assim, quando o doutor concebeu seu projeto de atravessar a África pelo ar, isso foi para Joe um fato já concluído; já não existiam obstáculos; a partir do momento em que o doutor Fergusson decidiu partir, ele já havia chegado – com seu fiel servidor, pois esse bravo jovem, sem ter jamais falado a respeito disso, sabia bem que faria parte da viagem.

Ele podia, aliás, ser-lhe da maior utilidade dada sua inteligência e sua agilidade maravilhosa. Se fosse necessário nomear um professor de ginástica para os macacos do *Zoological Garden*, que, diga-se, são bem hábeis, Joe certamente teria obtido a vaga. Saltar, trepar, voar, executar mil giros impossíveis, ele fazia disso diversão.

Se Fergusson era a cabeça e Kennedy o braço, Joe deveria ser a mão. Ele já havia acompanhado seu mestre durante várias viagens, e possuía conhecimentos de ciência apropriados ao seu jeito; mas ele se distinguia sobretudo por uma filosofia doce, um otimismo encantador; ele julgava tudo fácil, lógico, natural, e consequentemente ignorava a necessidade de queixar-se ou vociferar.

Entre outras qualidades, ele tinha uma potência e um alcance de visão surpreendentes; ele partilhava com Moestlin, o professor de Kepler, a rara capacidade de distinguir sem lentes os satélites de Júpiter e de contar catorze estrelas no grupo das Plêiades, em que as últimas são normalmente visíveis apenas com lunetas. Ele não se mostrava orgulhoso por isso, ao contrário; ele o saudaria de muito longe e, no momento certo, saberia muito bem servir-se de seus olhos.

Com essa confiança que Joe manifestava com relação ao doutor, não deve surpreender as discussões incessantes que surgiam entre Kennedy e o digno doméstico, guardada aliás toda deferência.

Um duvidava, o outro acreditava; um era a prudência clarividente, o outro, a confiança cega; o doutor encontrava-se entre a dúvida e a crença, e devo dizer que não se preocupava nem com uma nem com outra.

– E então, senhor Kennedy? – dizia Joe.

– E então, meu jovem?

– Eis que o momento se aproxima. Parece que embarcamos em direção à lua.

– Quer dizer a Terra da Lua, que não é assim tão longe; mas, fique tranquilo, é também perigoso.

– Perigoso! Com um homem como o doutor Fergusson!

– Eu não queria destruir suas ilusões, meu caro Joe, mas o que ele pretende fazer é simplesmente coisa de um louco; ele não partirá.

– Ele não partirá! Então não viu ainda seu balão no ateliê do senhor Mittchel, no Borough.

– Nem pretendo vê-lo.

– Perde um belo espetáculo, meu senhor! Que coisa mais bela! Que forma linda! Que cesto encantador! Como estaremos à vontade dentro dele!

– Pretende seriamente então acompanhar seu mestre?

– Eu – replicou Joe com convicção –, mas eu o acompanharia aonde ele quisesse! Só faltava essa, deixá-lo ir sozinho, quando nós já corremos o mundo juntos! E quem o ajudaria quando ele estivesse exausto? Quem lhe estenderia uma mão vigorosa para saltar um precipício? Quem cuidaria dele se adoecesse? Não, senhor Dick, Joe estará sempre em seu posto, ou melhor, junto ao doutor Fergusson.

– Bravo, meu jovem!

– Aliás, o senhor virá conosco – retomou Joe.

– Sem dúvida! – fez Kennedy –, isto é, eu os acompanho até o último momento para impedir Samuel de cometer tamanha loucura! Eu o seguirei mesmo até Zanzibar, a fim de que ainda lá uma mão amiga o impeça de seguir com seu projeto insano.

– Não impedirá nada, senhor Kennedy. Meu mestre não é um desequilibrado; ele medita longamente a respeito do projeto que quer empreender, e, quando sua decisão é tomada, nem mesmo o diabo o faz desistir.

– É o que veremos!

– Não crie muita esperança. Aliás, é importante que o senhor venha. Para um caçador como o senhor, a África é um país maravilhoso. Assim, de todo modo, não lamentaria a viagem.

– Não, certamente não a lamentaria, sobretudo caso esse teimoso se renda enfim às evidências.

– A propósito – disse Joe –, o senhor sabe que é hoje a pesagem.

– Como, a pesagem?

– Sem dúvida, meu mestre, o senhor e eu, nós iremos todos nos pesar.

– Como jóqueis!

– Como jóqueis. Ao menos pode ficar tranquilo, não lhe farão emagrecer se estiver muito pesado. O senhor irá como estiver.

– Certamente não me deixarei ser pesado – disse o escocês com firmeza.

– Mas, meu senhor, parece que é necessário para a máquina.

– Eh! A máquina terá de me dar licença.

– Mas e se, por causa de cálculos inexatos, não pudermos subir nela!

– Por Deus! É tudo o que peço!

– Vejamos, senhor Kennedy, meu mestre virá procurar-nos quando a hora chegar.

– Eu não irei.

– O senhor não vai querer lhe fazer essa desfeita.

– Eu a farei.

– Bom – fez Joe rindo –, fala assim porque ele não está aqui; mas quando ele lhe disser cara a cara: "Dick, Dick, com todo o respeito, eu preciso saber exatamente o seu peso", o senhor irá, garanto-lhe.

– Não irei.

Nesse momento o doutor chegou ao gabinete de trabalho onde acontecia essa conversa; ele observou Kennedy, que não se sentiu muito à vontade.

– Dick, disse o doutor, venha com Joe; preciso saber quanto vocês dois pesam.

– Mas...

– Pode ficar com o chapéu na cabeça. Venha.

E Kennedy foi.

Eles dirigiram-se os três ao ateliê do senhor Mittchel, onde uma dessas balanças ditas romanas estava pronta. Era efetivamente necessário que o doutor conhecesse o peso de seus companheiros para estabelecer o equilíbrio do aeróstato. Ele fez então Dick subir sobre a plataforma da balança; este, sem oferecer resistência, dizia à meia-voz:

– Tudo bem! Tudo bem! Isto não me compromete a nada.

– Cento e cinquenta e três libras – disse o doutor, escrevendo o número em seu caderno.

– Sou muito pesado?

– Mas não, senhor Kennedy – replicou Joe –, aliás, eu sou leve, isso compensará.

Ao dizer isso, Joe tomou com entusiasmo o lugar do caçador e se pôs na pose do Wellington que imita Aquiles na entrada de *Hyde Park*, e ficou magnífico, mesmo sem escudo.

– Cento e vinte libras – anotou o doutor.

– Eh! – fez Joe com um sorriso de satisfação. Por que sorria? Ele não saberia dizer.

– Minha vez – disse Fergusson, e anotou cento e trinta e cinco libras de sua parte.

– Nós três – disse ele – não pesamos mais de quatrocentas libras.

– Mas, meu mestre – retomou Joe –, se for necessário para sua expedição, posso muito bem emagrecer mais vinte libras jejuando.

– Seria inútil, meu jovem – respondeu o doutor –, pode comer quanto quiser, e eis aqui uma moeda para ajudá-lo a se lastrear como bem entender.

VII. Detalhes geométricos – Cálculo da capacidade do balão – O aeróstato duplo – O invólucro – O cesto – O aparelho misterioso – Os víveres – A conta final

O doutor Fergusson preocupava-se há muito tempo com os detalhes de sua expedição. Compreende-se que o balão, esse maravilhoso veículo destinado a transportá-lo pelo ar, fosse objeto constante de sua atenção.

Antes de tudo, e para não dar grandes dimensões ao aeróstato, ele decidiu inflá-lo com gás hidrogênio, que é catorze vezes e meia mais leve que o ar. A produção desse gás é fácil, e é aquele que deu os melhores resultados nas experiências aerostáticas.

O doutor, após cálculos exatíssimos, observou que, para os objetos indispensáveis à sua viagem e ao seu aparelho, ele deveria levar um peso de quatro mil libras; era preciso, portanto, encontrar qual seria a força ascensional capaz de levantar esse peso, e, consequentemente, qual seria sua capacidade.

Um peso de quatro mil libras é representado por um deslocamento de ar de quarenta e quatro mil oitocentos e quarenta e sete pés cúbicos,[10] que é o mesmo que dizer que quarenta e quatro mil oitocentos e quarenta e sete pés cúbicos de ar pesam cerca de quatro mil libras.

Dando ao balão essa capacidade de quarenta e quatro mil oitocentos e quarenta e sete pés cúbicos e preenchendo-o, em vez de ar, de gás hidrogênio, que, catorze vezes e meia mais leve, não pesa senão duzentas e setenta e sete libras, temos uma ruptura no equilíbrio, ou seja, uma diferença de três mil setecentas e oitenta libras. É essa diferença entre o peso do gás contido no balão e o peso do ar circundante que constitui a força ascensional do aeróstato.

Todavia, se se introduzisse no balão os quarenta e quatro mil oitocentos e quarenta pés cúbicos de gás de que falamos, ele seria completamente preenchido; ora, isso não pode ser, pois à medida que o balão

---

10. 1.661 metros cúbicos. (N.A.)

sobe nas camadas menos densas de ar, o gás que ele contém tende a se dilatar e não tardaria a perfurar o invólucro. Geralmente não se enche os balões mais que dois terços.

Mas o doutor, devido a certo projeto conhecido apenas por ele, resolveu encher seu aeróstato apenas até a metade, e, já que lhe seria necessário levar quarenta e quatro mil oitocentos e quarenta e sete pés cúbicos de hidrogênio, resolveu praticamente dobrar a capacidade de seu balão.

Ele o dispôs nessa forma alongada que sabemos ser preferível; o diâmetro horizontal foi de cinquenta pés e o diâmetro vertical de setenta e cinco;[11] ele obteve com isso um esferoide cuja capacidade elevava-se aproximadamente a noventa mil pés cúbicos.

Se o doutor Fergusson pudesse empregar dois balões, suas chances de sucesso cresceriam; com efeito, no caso em que um deles viesse a romper-se, poder-se-ia, livrando-se do lastro, sustentar-se no ar por meio do outro. Mas a manobra de dois aeróstatos torna-se muito difícil quando se trata de lhes conservar uma força de ascensão igual.

Após muito refletir, Fergusson, com um arranjo engenhoso, reuniu as vantagens de se ter dois balões sem ter de enfrentar seus inconvenientes; ele construiu dois balões de tamanhos diferentes e introduziu um dentro do outro. Seu balão exterior, que conservou as dimensões que demos acima, continha um outro menor, da mesma forma, que tinha apenas quarenta e cinco pés de diâmetro horizontal e sessenta e oito pés de diâmetro vertical. A capacidade desse balão interior era apenas, portanto, de sessenta e sete mil pés cúbicos; ele devia flutuar no fluido que o cercava; uma válvula abria-se de um balão a outro e permitia a comunicação entre eles.

Esse arranjo apresentava a vantagem de que, se fosse necessário dar vazão ao gás para descer, deixariam escapar antes o gás do balão maior; se fosse preciso mesmo esvaziá-lo inteiramente, o pequeno ainda restaria intacto; poderiam, então, livrar-se do invólucro exterior como se fosse um peso morto, e o segundo aeróstato, agora só, não sofreria com o vento tanto quanto sofrem os balões à meia capacidade.

---

11. Essa dimensão não tem nada de extraordinária: em 1784, em Lyon, o senhor Montgolfier construiu um aeróstato cuja capacidade era de trezentos e quarenta mil pés cúbicos, ou vinte mil metros cúbicos, que podia carregar um peso de vinte toneladas, ou vinte mil quilogramas. (N.A.)

E ainda, em caso de acidente, de um rasgo no balão exterior, o outro seria preservado.

Os dois aeróstatos foram construídos com um tafetá cruzado de Lyon untado de guta-percha. Essa substância elástico-resinosa goza de uma impermeabilidade absoluta; ela é inteiramente protegida contra os ácidos e gases. O tafetá foi justaposto em dobro no polo superior do globo, onde é produzido quase todo o esforço.

Esse invólucro poderia conter o fluido por um tempo ilimitado. Ele pesa meia libra por nove pés quadrados. Ora, tendo a superfície do balão exterior cerca de onze mil e seiscentos pés quadrados, seu invólucro pesa seiscentas e cinquenta libras. O invólucro do segundo balão, de nove mil e duzentos pés quadrados de superfície, pesa apenas quinhentas e dez libras: ou seja, mil cento e sessenta libras no total.

A corda destinada a sustentar o cesto foi feita com fios de cânhamo de enorme solidez; as duas válvulas foram objeto de cuidados minuciosos, como se fossem o leme de um navio.

O cesto, de forma circular e de quinze pés de diâmetro, era feito de vime, reforçado por uma leve armadura de ferro e revestido, na parte inferior, por molas elásticas destinadas a amortecer os choques. Seu peso e o peso das cordas não passavam de duzentas e oitenta libras.

O doutor mandou construir, além disso, quatro caixas com chapas metálicas de duas linhas de espessura; elas reuniam-se entre si por tubos munidos de registros; a isso ele acrescentou uma serpentina de cerca de duas polegadas de diâmetro com duas ramificações de comprimento díspar, em que a mais longa media vinte e cinco pés e a mais curta, apenas quinze pés.

As caixas metálicas foram acomodadas no cesto de modo a ocupar o menor espaço possível; a serpentina, que só seria ajustada mais tarde, foi embalada separadamente, assim como uma pilha de Bunsen extremamente forte. Esse aparelho havia sido tão engenhosamente montado que não pesava mais de setecentas libras, contando já com vinte e cinco galões de água contidos em uma caixa especial.

Os instrumentos destinados à viagem consistiam em dois barômetros, dois termômetros, duas bússolas, um sextante, dois cronômetros, um horizonte artificial e um altazimute para determinar a posição de objetos longínquos e inacessíveis. O Observatório de

Greenwich se havia posto à disposição do doutor. Este, diga-se, não se propunha a realizar experiências de física; queria somente conhecer sua direção e determinar a posição dos principais rios, montanhas e cidades.

Ele muniu-se de três âncoras de ferro robustas, assim como de uma escada de seda leve e resistente, de cinquenta pés de comprimento.

Ele calculou também o peso exato dos víveres; eles consistiam em chá, café, biscoitos, carne curada e *pemmican*, preparação que, ainda que de magro volume, contém muitos elementos nutritivos. Além de uma reserva suficiente de aguardente, ele organizou duas caixas-d'água que continham vinte e dois galões cada.

O consumo desses alimentos devia pouco a pouco diminuir o peso carregado pelo aeróstato. E é preciso saber que o equilíbrio de um balão na atmosfera é de extrema sensibilidade. A perda de um peso quase insignificante basta para produzir um deslocamento bem perceptível.

O doutor não esqueceu nem mesmo uma tenda que deveria cobrir uma parte do cesto, nem as cobertas que compunham as roupas de cama da viagem, nem os fuzis do caçador, nem suas provisões de pólvora e balas.

Eis o resumo de seus cálculos:

Fergusson	135	libras
Kennedy	153	---
Joe	120	---
Peso do primeiro balão	650	---
Peso do segundo balão	510	---
Cesto e cordas	280	---
Âncoras, instrumentos, fuzis, cobertas, tenda, utensílios diversos	190	---
Carne, *pemmican*, biscoitos, chá, café, aguardente	386	---
Água	400	---
Aparelho	700	---
Peso do hidrogênio	276	
Lastro	200	
Total	4.000	

Tal era a conta pormenorizada das quatro mil libras que o doutor Fergusson se propunha a carregar; ele levava somente duzentas libras de lastro, "em caso de imprevistos apenas" – dizia –, pois, graças a seu aparelho, não pretendia usá-lo.

VIII. A importância de Joe – O comandante d*O Resoluto* – O arsenal de Kennedy – Preparativos – O jantar de despedida – A partida no dia 21 de fevereiro – Reuniões científicas do doutor – Duveyrier, Livingstone – Detalhes da viagem aérea – Kennedy reduzido ao silêncio

Por volta do dia 10 de fevereiro, os preparativos chegavam ao fim, e os aeróstatos contidos um no outro estavam totalmente terminados; eles haviam experimentado uma forte descarga de ar nas laterais. Esse teste deu provas de sua solidez, e testemunhava os cuidados conferidos à sua construção.

Joe não cabia em si de alegria; ele ia e vinha incessantemente de *Greek street* ao ateliê do senhor Mittchel, sempre azafamado, mas sempre jubiloso, dando de bom grado detalhes sobre o assunto a pessoas que não lhe pediam, orgulhoso sobretudo de acompanhar seu mestre. Creio mesmo que, ao mostrar o aeróstato, ao desenvolver as ideias e os planos do doutor, ao deixar este aparecer através de uma janela entreaberta, ou ao passar na rua, o digno jovem ganhou algumas moedas; não se deve lhe querer mal; ele bem tinha o direito de especular um pouco com a admiração e a curiosidade de seus contemporâneos.

No dia 16 de fevereiro, *O Resoluto* veio ancorar em Greenwich. Era um navio movido a hélice de oitocentas toneladas, veloz, e que foi encarregado de reabastecer a última expedição de *sir* James Ross às regiões polares. O comandante Pennet passava por um homem amável, particularmente interessado na viagem do doutor, que ele estimava de longa data. Pennet tinha ares antes de erudito que de soldado, o que não impedia sua embarcação de portar quatro caronadas, que jamais haviam feito mal a alguém, e que serviam somente para produzir os ruídos mais pacíficos do mundo.

O porão d*O Resoluto* foi preparado de modo a abrigar o aeróstato; tomadas as maiores precauções, lá foi ele transportado no dia 18 de fevereiro; armazenaram-no no fundo do navio, de modo a evitar qualquer acidente; o cesto e seus acessórios, âncoras, cordas, víveres, caixas-d'água que deveriam ser enchidas na chegada, toda a carga, enfim, foi amarrada sob os olhos de Fergusson.

Embarcaram dez toneladas de ácido sulfúrico e dez toneladas de ferro-velho para a produção do gás hidrogênio. Essa quantidade era mais que suficiente, mas era preciso precaver-se contra possíveis perdas. O aparelho destinado a produzir o gás, composto por cerca de trinta barris, foi posto no fundo do porão.

Os diversos preparativos terminaram na noite do dia 18 de fevereiro. Duas cabines organizadas confortavelmente esperavam o doutor Fergusson e seu amigo Kennedy. Este último, ainda jurando que não partiria, embarcou com um verdadeiro arsenal de caça, dois excelentes fuzis de cano duplo, que se carregavam pela culatra, e uma carabina a toda prova da fábrica de Purdey Moore e Dickson de Edimburgo; com uma tal arma, o caçador não teria dificuldades de alojar, a dois mil passos de distância, uma bala no olho de uma camurça; a ela juntavam-se dois revólveres Colt de seis balas para necessidades imprevistas; seu estoque de pólvora e de cartuchos, seu chumbo e suas balas, em quantidade suficiente para não exceder o peso-limite estipulado pelo doutor.

Os três viajantes instalaram-se a bordo no dia 19 de fevereiro, e foram recebidos com grande distinção pelo capitão e seus oficiais; o doutor permanecia frio, preocupado unicamente com sua expedição; Dick, agitado sem querer parecê-lo, e Joe, lépido, expressava-se burlescamente; ele tornou-se logo o histrião do quarto dos mestres, onde um catre lhe havia sido reservado.

No dia 20, um grande jantar de despedida foi oferecido ao doutor Fergusson e a Kennedy pela Real Sociedade Geográfica. O comandante Pennet e seus oficiais assistiram à refeição, que foi muito animada e pródiga em libações lisonjeiras; brindes foram proferidos em número suficiente para garantir a todos os convivas uma existência centenária. O senhor Francis M... presidia com uma emoção contida, mas repleta de dignidade.

Dick Kennedy teve larga participação nas felicitações báquicas dessa confusão. Após beber "ao intrépido Fergusson, à glória da Inglaterra", tiveram de beber "ao não menos corajoso Kennedy, seu companheiro audacioso".

Dick corou muito, o que passou por modéstia: os aplausos redobraram. Dick corou ainda mais.

Uma mensagem da rainha chegou durante a sobremesa; ela apresentava seus cumprimentos aos dois viajantes e fazia votos de sucesso ao empreendimento.

O que suscitou novos brindes "à Sua Graciosíssima Majestade".

À meia-noite, após despedidas emocionantes e apertos de mão calorosos, os convivas separaram-se.

O Resoluto esperava na ponte de Westminster; o comandante tomou seu lugar em companhia de seus passageiros e oficiais, e a rápida corrente do Tâmisa levou-os até Greenwich.

À uma hora, todos dormiam a bordo.

No dia seguinte, 21 de fevereiro, às três horas da manhã, as fornalhas roncavam; às cinco horas, levantavam a âncora, e, sob a impulsão de sua hélice, *O Resoluto* partiu em direção à foz do Tâmisa.

Não precisamos dizer que as conversas de bordo tratavam unicamente da expedição do doutor Fergusson. Tanto ao vê-lo quanto ao escutá-lo, ele inspirava uma confiança tal que logo ninguém, exceto o escocês, punha em dúvida o sucesso do empreendimento.

Durante as longas horas ociosas da viagem, o doutor dava um verdadeiro curso de geografia na peça dos oficiais. Os jovens emocionavam-se com as descobertas que há quarenta anos vinham sendo feitas na África; ele lhes contou das explorações de Barth, Burton, Speke, Grant, e lhes descreveu essa região misteriosa assaltada de todos os lados pelas investigações da ciência. Ao norte, o jovem Duveyrier explorava o Saara e levava a Paris os chefes tuaregues. Sob orientação do governo francês, duas expedições eram preparadas, as quais, descendo do norte e indo a oeste, cruzar-se-iam em Tombuctu. Ao sul, o infatigável Livingstone avançava ainda em direção ao Equador, e, desde março de 1862, subia, em companhia de Mackenzie, o rio Rovoonia. O século XIX certamente não passaria sem que a África revelasse os segredos há seis mil anos enterrados em seu seio.

O interesse dos ouvintes de Fergusson foi despertado sobretudo quando ele lhes contou em detalhes os preparativos da viagem; eles quiseram verificar seus cálculos; quiseram discutir, e o doutor entrou francamente na discussão.

Na maior parte, surpreendiam-se com a quantidade relativamente reduzida de víveres que ele levava consigo. Um dia, um dos oficiais interrogou o doutor a esse respeito.

– Isso lhe surpreende – respondeu Fergusson.

– Sem dúvida.

– Mas qual duração supõe que terá minha viagem? Meses inteiros? É um erro; se ela se prolongasse, estaríamos perdidos. Saiba que não há mais de três mil e quinhentas, digamos quatro mil milhas entre Zanzibar e a costa do Senegal. Ora, a duzentas e quarenta milhas a cada doze horas, o que nem se aproxima à velocidade de nossos trens, viajando dia e noite, bastariam sete dias para atravessar a África.

– Mas então o senhor não poderia ver nada, nem fazer levantamentos geográficos ou conhecer a região.

– Mas serei mestre do meu balão – respondeu o doutor. – Se subo ou desço segundo minha vontade, poderei me deter quando julgar apropriado, sobretudo quando correntes de ar muito violentas ameaçarem me levar.

– E o senhor as encontrará – disse o comandante Pennet. – Há turbilhões que vão a mais de duzentas e quarenta milhas por hora.

– Veja – replicou o doutor –, com uma tal velocidade se atravessaria a África em doze horas. Poder-se ia acordar em Zanzibar para ir dormir em Saint Louis.

– Mas – retomou o oficial – será que um balão pode ser carregado a uma tal velocidade?

– Já se viu isso antes – respondeu Fergusson.

– E o balão resistiu?

– Perfeitamente. Foi na época do coroamento de Napoleão, em 1804. O aeronauta Garnerin lançou de Paris, às onze horas da noite, um balão que levava a seguinte inscrição traçada em letras de ouro: "Paris, 25 de Frimário, ano XIII, coroamento do imperador Napoleão por S.S Pio VII". No dia seguinte pela manhã, os habitantes de Roma viam o mesmo balão flutuar sobre o Vaticano, percorrer a planície romana e ir cair no lago de Bracciano. Assim, senhores, um balão pode, sim, resistir a tais velocidades.

– Um balão, sim; mas um homem... – arriscou-se a dizer Kennedy.

– Mas um homem também! Pois um balão está sempre imóvel com relação ao ar que o circunda; não é ele que se movimenta, mas antes a própria massa de ar; assim, acendam uma vela no cesto e a chama não vacilará. Um aeronauta no balão de Garnerin não teria sofrido de modo algum com a velocidade. Aliás, não pretendo experimentar semelhante velocidade, e, se puder atar-me durante a noite a alguma árvore ou acidente geográfico, fá-lo-ei sem falta. Nós levamos ainda víveres para dois meses, e nada impedirá nosso hábil caçador de nos fornecer carne em abundância quando descermos a terra.

– Ah, senhor Kennedy! Será um golpe de mestre – disse um jovem aspirante olhando o escocês com inveja.

– Sem contar que a esse prazer se soma ainda uma grande glória – retomou um outro.

– Senhores – respondeu o caçador –, eu sou muito sensível... a seus elogios... mas não cabe a mim recebê-los...

– Hein! – ouviu-se de todos os lados. – O senhor não partirá?

– Não partirei.

– O senhor não acompanhará o doutor Fergusson?

– Não somente não o acompanharei, mas também não estou aqui senão para detê-lo no último momento.

Todos os olhares voltaram-se em direção ao doutor.

– Não lhe deem ouvidos – respondeu com o ar calmo. – É uma coisa que não se deve discutir com ele; no fundo, ele bem sabe que partirá.

– Por São Patrício! – exclamou Kennedy. – Eu garanto...

– Não garanta nada, amigo Dick; já lhe medi, pesei, você e sua pólvora, seu fuzil e suas balas; logo, não falemos mais disso.

E, de fato, desse dia até a chegada em Zanzibar, Dick não abriu mais a boca; não falou nem disso nem de qualquer outra coisa. Calou-se.

IX. Dobrando o cabo – O castelo de proa – Curso de cosmografia do professor Joe – Da direção dos balões – Da pesquisa das correntes atmosféricas – Εὕρηχα

O Resoluto seguia rapidamente em direção ao cabo da Boa Esperança; o tempo continuava bom, embora o mar ficasse mais forte.

No dia 30 de março, vinte e sete dias após a partida de Londres, a Montanha da Mesa delineava-se no horizonte; a Cidade do Cabo, situada ao pé de um anfiteatro de colinas, apareceu ao cabo das lunetas marinhas, e logo *O Resoluto* ancorou no porto; mas o comandante não parou senão para carregar carvão; coisa de um dia; no dia seguinte, o navio seguiu na direção sul, para dobrar a ponta meridional da África e entrar no canal de Moçambique.

Essa não era a primeira viagem marítima de Joe; ele não tardou a encontrar-se a bordo; todos admiravam sua franqueza e seu bom humor. Uma grande parte da celebridade de seu mestre recaía também sobre ele. Escutavam-no como a um oráculo, e ele não se enganava mais do que qualquer outro.

Ora, enquanto o doutor prosseguia seu curso na peça dos oficiais, Joe dominava o castelo de proa, e fazia história à sua maneira, procedimento aliás adotado pelos maiores historiadores de todos os tempos.

Tratavam, naturalmente, de viagens aéreas. Joe tivera dificuldade de fazer espíritos recalcitrantes aceitarem o empreendimento; mas também, uma vez aceita a ideia, a imaginação dos marinheiros, estimulada pela narrativa de Joe, não conheceu mais limites.

O fascinante narrador persuadia o auditório de que, após essa viagem, muitas outras seriam feitas. Era apenas o começo de uma longa série de empreendimentos sobre-humanos.

– Vejam, meus amigos, quando se experimenta esse gênero de locomoção, já não é possível abster-se dele; assim, em nossa próxima expedição, em vez de seguirmos lateralmente, iremos sempre acima, sem parar!

– Bom, à lua então! – disse um ouvinte maravilhado.

– À lua! – respondeu Joe. – Não, perdão, é fácil demais! Todo o mundo vai à lua. Aliás, lá não tem água, e é-se obrigado a levar provisões enormes, de atmosfera também, em frascos, por menos que se queira respirar.

– Bom, e se encontrássemos um pouco de gim por lá? – disse um marinheiro que muito apreciava essa bebida.

– Sem mais, meu bravo homem! Não! Nada de lua; nós passearemos entre estas belas estrelas, entre estes planetas encantadores dos quais meu mestre tanto me fala. Assim, começaremos visitando Saturno...

– Aquele que tem um anel? – perguntou o contramestre.

– Sim! Um anel de casamento. Mas não se sabe o que aconteceu com sua esposa!

– Qual! Então se irá assim tão alto? – fez um grumete estupefato. – É o diabo, seu mestre?

– O diabo! Ele é bom demais para sê-lo!

– Mas e depois de Saturno? – perguntou um dos mais impacientes da plateia.

– Após Saturno? Bem, visitaremos Júpiter, um lugar muito bizarro, onde os dias duram apenas nove horas e meia, o que é muito cômodo para os preguiçosos, e onde os anos, por exemplo, duram doze anos, o que é vantajoso para as pessoas que não têm mais de seis meses de vida. Isso prolonga um pouco suas existências.

– Doze anos? – retomou o grumete.

– Sim, meu pequeno; assim, nesse lugar sua mãe ainda lhe daria de mamar, e aquele velho, com seus cinquenta anos, seria um bambino de quatro anos e meio.

– Essa é boa! – exclamou o castelo de proa em uníssono.

– Pura verdade – fez Joe com segurança. – Mas o que querem? Quando se persiste a vegetar neste mundo aqui, não se aprende nada, permanecemos ignorantes como um marsuíno. Venham a Júpiter e verão! Por exemplo, é preciso vestir-se bem lá, pois há satélites que são bem rígidos!

E desatavam a rir, mas sem lhe descrer totalmente; e ele lhes falava de Netuno, onde os marinheiros são muito bem recebidos, e de Marte, onde os militares se julgam muito importantes, o que acaba sendo incômodo. Quanto a Mercúrio, mundo vilão, nada além de ladrões e mercadores, e tanto se parecem uns aos outros que é difícil distingui-los. E, finalmente, pintou-lhes um quadro realmente encantador de Vênus.

– E quando retornarmos dessa expedição – disse o amável narrador –, seremos condecorados com o Cruzeiro do Sul, que brilha lá em cima na lapela do bom Deus.

– E bem o merecerão! – disseram os marinheiros.

Assim passavam em conversas alegres as longas noites do castelo de proa. E, enquanto isso, as conversas instrutivas do doutor seguiam seu ritmo.

Um dia, conversavam sobre a direção dos balões, e Fergusson foi solicitado a dar sua opinião sobre esse assunto.

– Não creio – disse ele – que se possa chegar a dirigir os balões. Conheço todos os sistemas tentados e propostos; nem um só teve sucesso, nem um só é praticável. Compreendem bem que tive de ocupar-me com essa questão, que é de um grande interesse para mim; mas não pude resolvê-la com os meios fornecidos pelos conhecimentos atuais de mecânica. Seria necessário descobrir um motor de potência extraordinária, e de uma leveza impossível! E, ainda assim, não se poderá resistir às correntes de mais importância! Até aqui, diga-se, preocupamo-nos mais em dirigir o cesto que o balão. É um erro.

– No entanto – replicou-se – há muitas relações entre um aeróstato e um navio, o qual se dirige à vontade.

– Mas não – respondeu o doutor Fergusson –, há pouca ou nenhuma. O ar é infinitamente mais denso que a água, na qual o navio está submerso apenas até a metade, enquanto o aeróstato mergulha inteiramente na atmosfera, e permanece imóvel em relação ao fluido que o circunda.

– Crê então que a ciência aerostática deu sua última palavra?

– De modo algum, de modo algum! É preciso estudar outra coisa, e, se se puder dirigir um balão, é preciso mantê-lo em correntes atmosféricas que lhe sejam favoráveis. À medida que se sobe, estas se tornam muito mais uniformes, e são constantes em direção; já não são mais perturbadas pelos vales e montanhas que marcam a superfície do globo, e essa, sabem bem, é a principal causa das mudanças de vento e da desigualdade em seu sopro. Ora, uma vez determinadas essas zonas, o balão terá apenas de escolher as correntes que lhe serão convenientes.

– Mas, então – retomou o comandante Pennet –, para atingi-las, será necessário subir e descer constantemente. Aí está a verdadeira dificuldade, meu caro doutor.

– E por quê, meu caro comandante?

– Entendamo-nos: essa será uma dificuldade apenas para as viagens mais longas, e não para simples passeios aéreos.

– E a razão, por favor?

– Porque não se sobe senão livrando-se do lastro, e não se desce senão perdendo gás, e, nesse balanço, as provisões de gás e lastro serão esgotadas rapidamente.

– Meu caro Pennet, este é o xis da questão. É esta a única dificuldade que a ciência deve procurar vencer. Não se trata de dirigir os balões; trata-se de movê-los acima e abaixo, sem desperdiçar o gás que é sua força, seu sangue, sua alma, se me permite assim expressá-lo.

– Tem razão, meu caro doutor, mas essa dificuldade ainda não está resolvida, esse método ainda não foi encontrado.

– Perdão, mas ele já foi encontrado.

– Por quem?

– Por mim!

– Pelo senhor?

– Compreenda que, sem ele, não arriscaria essa travessia da África num balão. Ao fim de vinte e quatro horas meu reservatório de gás estaria seco!

– Mas o senhor não falou sobre isso na Inglaterra?

– Não, não queria ter de discutir em público. Isso me parecia inútil. Eu fiz em segredo algumas experiências preparatórias e fiquei satisfeito; não precisava saber de nada mais.

– Eh! Muito bem, meu caro Fergusson, posso perguntar o seu segredo?

– Ei-lo aqui, senhores. Meu método é muito simples.

A atenção do auditório alcançou o ápice, e o doutor retomou tranquilamente a palavra nos seguintes termos:

X. Tentativas passadas – As cinco caixas do doutor – O maçarico – O calorífero – Modo de manobrar – Sucesso certo

"Muitas vezes se tentou, senhores, subir ou descer à vontade sem perder o gás ou o lastro de um balão. Um aeronauta francês, senhor Meunier, queria atingir esse objetivo comprimindo o ar em um reservatório interior. Um belga, doutor van Hecke, por meio de asas e paletas, aplicava uma força vertical que teria sido insuficiente na maior parte dos casos. Os resultados práticos obtidos por esses diversos meios foram insignificantes.

Eu resolvi, então, abordar a questão mais francamente. E primeiramente suprimo completamente o lastro, a não ser em casos de força maior, como a ruptura de meu aparelho ou a necessidade de subir instantaneamente para evitar um obstáculo imprevisto.

Meus meios de ascensão e descida consistem unicamente em dilatar ou contrair com diversas temperaturas o gás encerrado no interior do aeróstato. E eis como obtenho esse resultado.

Os senhores viram embarcar com o cesto algumas caixas, mais precisamente cinco, cuja utilidade lhes é desconhecida.

A primeira contém cerca de vinte e cinco galões de água, à qual acrescento algumas gotas de ácido sulfúrico para aumentar sua condutibilidade, e eu a decomponho por meio de uma pilha de Bunsen muito potente. A água, como sabem, é composta por dois volumes de hidrogênio e um volume de oxigênio.

Este último, sob a ação da pilha, dirige-se, pelo polo positivo, a uma segunda caixa. Uma terceira, posta acima desta, e com o dobro da capacidade, recebe o hidrogênio que chega pelo polo negativo.

Registros, dos quais um possui o dobro da abertura do outro, fazem com que estas caixas comuniquem-se com uma quarta, que se chama caixa de mistura. Lá, com efeito, misturam-se os dois gases provenientes da decomposição da água. A capacidade dessa caixa de mistura é de cerca de quarenta e um pés cúbicos.[12]

Na parte superior dessa caixa há um tubo de platina, munido de registro.

Os senhores já compreenderam: o aparelho que acabo de lhes descrever é muito simplesmente um maçarico a gás, cujo calor transcende o daqueles de forjar metais.

Uma vez estabelecido isto, passo à segunda parte do aparelho.

Da parte inferior de meu balão, que é hermeticamente fechado, saem dois tubos levemente separados entre si. Um vem das camadas superiores do gás hidrogênio, e o outro, das camadas inferiores.

Esses dois tubos estão munidos, intercaladamente, de fortes articulações de borracha, que os permitem adaptar-se às oscilações do aeróstato.

Eles descem ambos até o cesto, e vão se perder na caixa de ferro de forma cilíndrica, que se chama caixa de calor. Ela é fechada em suas duas extremidades por dois fortes discos de metal.

O tubo que sai da região inferior do balão vai até essa caixa cilíndrica através do disco de baixo; lá ele penetra e assume então a forma de uma serpentina helicoidal cujos anéis superpostos ocupam quase toda a altura da caixa. Antes de sair, a serpentina passa por um pequeno cone, cuja base côncava, em forma de calota esférica, é dirigida até embaixo.

É pelo topo desse cone que sai o segundo tubo, e ele vai, já lhes disse, até as camadas superiores do balão.

A calota esférica do pequeno cone é feita de platina, para que não derreta sob a ação do maçarico. Pois este está posto no fundo da caixa de ferro, em meio à serpentina helicoidal, e a extremidade de sua chama virá tocar levemente a calota.

Os senhores bem sabem que é um calorífero destinado ao aquecimento de apartamentos. Sabem como ele funciona. O ar do apartamento é forçado a passar por esses tubos, e é retornado em uma temperatura mais elevada. Ora, o que acabo de lhes descrever é, a bem dizer, um mero calorífero.

---

12. Cento e cinquenta centímetros quadrados. (N.A.)

Com efeito, que acontecerá? Uma vez aceso o maçarico, o hidrogênio da serpentina e do cone côncavo esquentará e subirá rapidamente pelo tubo que o leva às regiões superiores do aeróstato. Surgirá um vazio abaixo, e ele atrairá o gás dessas regiões inferiores que, por sua vez, esquentarão, e serão continuamente alternadas; assim, surgirá nos tubos e na serpentina uma corrente de gás extremamente rápida, saindo do balão e a ele retornando e esquentando sem cessar.

Ora, os gases aumentam 1/180 de seu volume a cada grau de calor. Se, portanto, forço a temperatura em dezoito graus,[13] o hidrogênio do aeróstato se dilatará à razão de 18/480, ou seiscentos e catorze pés cúbicos,[14] e deslocará assim mil seiscentos e setenta e quatro pés cúbicos de ar a mais, o que aumentará a força ascensional em cento e sessenta libras. Isso é como lançar o mesmo peso de lastro. Se aumento a temperatura em cento e oitenta graus,[15] o gás dilatará à razão de 180/480: ele deslocará dezesseis mil setecentos e quarenta pés cúbicos a mais, e sua força ascensional crescerá em mil e seiscentas libras.

Os senhores compreendem, portanto, que posso facilmente obter rupturas de equilíbrio consideráveis. O volume do aeróstato foi calculado de tal modo que, estando cheio até a metade, ele desloca um peso de ar exatamente igual ao do invólucro do gás hidrogênio e do cesto ocupados pelos viajantes e seus acessórios. Nesse nível de enchimento, ele está em perfeito equilíbrio no ar, nem sobe nem desce.

Para operar a ascensão, eu levo o gás a uma temperatura superior à temperatura ambiente por meio do maçarico; com esse excesso de calor, ele ganha uma tensão maior, e incha ainda mais o balão, que sobe tanto mais se dilata o hidrogênio.

A descida se faz naturalmente, moderando o calor do maçarico e deixando a temperatura diminuir. A ascensão, portanto, será em geral bem mais rápida que a descida. Mas essa é uma circunstância feliz; eu não terei nunca de descer rapidamente, e é, ao contrário, com uma velocidade ascensional ágil que evitarei os obstáculos. Os perigos estão embaixo, não em cima.

---

13. Dez graus centígrados. Os gases aumentam 1/267 de seu volume a cada um grau centígrado. (N.A.)
14. Cerca de sessenta e dois metros cúbicos. (N.A.)
15. Cem graus centígrados. (N.A.)

Além disso, como já lhes disse, tenho certa quantidade de lastro que me permitirá subir ainda mais rápido, caso o seja necessário. Minha válvula, situada no polo superior do balão, é apenas uma válvula de segurança. O balão mantém sempre a mesma quantidade de hidrogênio; as variações de temperatura que eu produzo nesse ambiente de gás fechado possibilitam sozinhas todos esses movimentos de subida e descida.

Agora, senhores, como detalhe prático, acrescentarei o seguinte.

A combustão do hidrogênio e do oxigênio na extremidade do maçarico produz unicamente vapor d'água. Acrescentei, portanto, à parte inferior da caixa cilíndrica de ferro um tubo de descarga com uma válvula que funciona a menos de duas atmosferas de pressão; consequentemente, tão logo ela atinja essa tensão, o vapor escapa por si só.

Aqui agora os números exatos.

Vinte e cinco galões de água decomposta em seus elementos constitutivos dão duzentas libras de oxigênio e vinte e cinco libras de hidrogênio. Isso representa, sob a tensão atmosférica, mil oitocentos e noventa pés cúbicos[16] do primeiro e três mil setecentos e oitenta pés cúbicos[17] do segundo, totalizando cinco mil seiscentos e setenta pés cúbicos de mistura.[18]

Ora, o registro do maçarico, aberto ao máximo, vaza vinte e sete pés cúbicos[19] por hora com uma chama ao menos seis vezes mais forte que a das grandes lanternas de iluminação. Em média, portanto, e para manter-me a uma altura pouco considerável, não queimarei mais de nove pés cúbicos[20] por hora; meus vinte e cinco galões de água representam-me, portanto, seiscentas e trinta horas de navegação aérea, ou um pouco mais de vinte e sete dias.

Ora, como posso descer à vontade, e renovar minha provisão de água no caminho, minha viagem pode ter uma duração indefinida.

Eis meu segredo, senhores, ele é simples, e, como as coisas simples, não pode deixar de lograr êxito. A dilatação e a contração do gás do

---

16. Setenta metros cúbicos de oxigênio. (N.A.)
17. Cento e quarenta metros cúbicos de hidrogênio. (N.A.)
18. Duzentos e dez metros cúbicos. (N.A.)
19. Um metro cúbico. (N.A.)
20. Um terço de metro cúbico. (N.A.)

aeróstato, tal é meu método, não exigem nem asas embaraçantes nem motor mecânico. Um calorífero para produzir minhas mudanças de temperatura, um maçarico para esquentá-lo, isso não é nem incômodo nem pesado. Creio, portanto, ter reunido todas as condições sérias para o sucesso."

O doutor Fergusson terminou assim seu discurso e foi aplaudido com entusiasmo. Não havia nenhuma objeção a lhe fazer; tudo estava previsto e resolvido.

– No entanto – disse o comandante –, isso pode ser perigoso.

– Que importa – respondeu simplesmente o doutor –, se é exequível?

XI. Chegada em Zanzibar – O cônsul inglês – Má disposição dos habitantes – A ilha Koumbeni – Os fazedores de chuva – Enchimento do balão – Partida em 18 de abril – Último adeus – O *Victoria*

Um vento constante e favorável havia apressado o ritmo d*O Resoluto* até seu destino. A navegação do canal de Moçambique foi particularmente tranquila. A travessia marítima dava bom presságio da travessia aérea. Todos ansiavam pelo momento da chegada, e queriam dar os últimos toques nos preparativos do doutor Fergusson.

Finalmente a embarcação avistou a cidade de Zanzibar, situada na ilha de mesmo nome, e, no dia 15 de abril, às onze horas da manhã, ancoraram no porto.

A ilha de Zanzibar pertence ao imame de Mascate, aliado da França e da Inglaterra, e é certamente sua mais bela colônia. O porto recebe um grande número de navios das regiões vizinhas.

Apenas um canal, cuja largura não excede trinta milhas, separa a ilha da costa africana.

Ela tem um grande comércio de borracha, de marfim, e sobretudo de ébano, pois Zanzibar é um grande mercado de escravos. Lá se concentra todo o butim conquistado nas batalhas a que os chefes do interior se dedicam incessantemente. Esse tráfico se estende por toda a costa oriental, e até as latitudes do Nilo, onde G. Lejean viu abertamente as negociações sob o pavilhão francês.

Logo após a chegada d*O Resoluto*, o cônsul inglês de Zanzibar veio a bordo pôr-se à disposição do doutor, de cujos projetos os jornais da Europa já lhe tinham posto a par há mais de um mês. Mas até então ele fazia parte da numerosa falange de incrédulos.

– Eu duvidava – disse ele estendendo a mão a Samuel Fergusson –, mas agora já não duvido.

Ele ofereceu sua própria casa ao doutor, a Dick Kennedy, e naturalmente ao bravo Joe.

Ali ficou sabendo das diversas cartas que havia recebido do capitão Speke. O capitão e seus companheiros tiveram de sofrer terrivelmente com a fome e o mau tempo antes de alcançarem Ugogo; eles não avançaram senão a duras penas, e já não pensavam ser possível dar notícias tão facilmente.

– Eis aí os perigos e privações que sabemos que evitaremos – disse o doutor.

As bagagens dos três viajantes foram levadas à casa do cônsul. Prepararam-se para desembarcar o balão na praia de Zanzibar; havia ali, próximo ao mastro de sinais, um local favorável, junto a uma enorme construção que o protegeria do vento a leste. Essa grande torre, semelhante a um barril em pé, e comparado ao qual o Barril de Heidelberg é só mais um barril, servia de forte, vigiado por soldados tagarelas, algo preguiçosos, e armados com lanças.

Mas, no momento do desembarque do aeróstato, o cônsul foi avisado de que a população da ilha se lhe oporia pela força. Nada mais cego que as paixões fanáticas. A notícia da chegada de um cristão que deveria ser carregado pelos ares foi recebida com irritação; os negros, mais exaltados que os árabes, viram nesse projeto intenções hostis à sua religião; eles pensaram que alguém se voltava contra o sol e a lua. Ora, os dois astros são um objeto de veneração para os povos africanos. Resolveram, portanto, opor-se a essa expedição sacrílega.

O cônsul, informado da situação, discutiu o caso com o doutor Fergusson e o comandante Pennet. Este não queria recuar diante das ameaças, mas seu amigo conseguiu convencê-lo do contrário.

– Nós certamente terminaríamos por vencer – disse-lhe. – Os guardas do imame nos dariam todo o auxílio necessário; mas, meu caro comandante, um acidente não precisa de muito para acontecer; basta um disparo inesperado para causar ao balão um acidente irreparável, e a viagem seria irremediavelmente comprometida; precisamos agir com grande precaução.

– Mas que fazer? Se desembarcarmos na costa africana, encontraremos as mesmas dificuldades! Que fazer?

– Muito simples – respondeu o cônsul. – Vejam as ilhas situadas do lado de lá do porto; desembarquem o aeróstato em uma delas, cerquem-se com um cordão de marinheiros, e não correrão nenhum risco.

– Perfeito – disse o doutor – e estaremos à vontade para terminar nossos preparativos.

O comandante rendeu-se ao conselho. *O Resoluto* aproximou-se da ilha Koumbeni. Durante a manhã do dia 16 de abril, o balão foi posto em segurança no meio de uma clareira, entre arbustos que crivavam o solo.

Foram erguidos dois mastros de oitenta pés; um jogo de polias fixado em suas extremidades permitia carregar o aeróstato por meio de um cabo transversal; ele estava totalmente vazio. O balão interior se encontrava preso ao topo do balão exterior de modo a ser elevado como ele.

Os dois tubos de introdução do hidrogênio foram fixados em um apêndice no interior de cada balão.

O dia 17 foi dedicado a montar o aparelho destinado a produzir o gás; ele era composto de trinta tonéis, nos quais a decomposição da água era feita por meio de ferros-velhos e de ácido sulfúrico junto com grande quantidade de água. O hidrogênio se dirigia a um grande tonel central, e de lá passava a cada um dos aeróstatos por meio dos tubos de introdução. Desse modo, os dois eram preenchidos com uma quantidade perfeitamente determinada de gás.

Para realizar essa operação, foi preciso empregar mil oitocentos e sessenta e seis galões de ácido sulfúrico, dezesseis mil libras de ferro e novecentos e sessenta e seis galões de água.

Essa operação começou na noite seguinte, por volta das três horas da manhã; ela durou cerca de oito horas. No dia seguinte, o aeróstato, coberto por sua rede, balançava-se graciosamente sobre o cesto, contido por um grande número de sacos de terra. O aparelho de dilatação foi montado com grande cuidado, e os tubos que saíam do aeróstato foram inseridos na caixa cilíndrica.

As âncoras, as cordas, os instrumentos, as cobertas de viagem, a tenda, os víveres, as armas foram então postos cada um no lugar que lhes era designado; a provisão de água foi feita em Zanzibar. As duzentas libras de lastro foram divididas em cinquenta sacos colocados no fundo do cesto, mas ao alcance da mão.

Os preparativos terminaram por volta das cinco horas da tarde; sentinelas vigiavam incansavelmente os arredores da ilha, e as embarcações d*O Resoluto* enrugavam o canal.

Os negros continuavam a manifestar sua cólera com gritos, caretas e contorções. Os feiticeiros percorriam os grupos irritados, insuflando a irritação; alguns fanáticos tentaram chegar à ilha a nado, mas foram repelidos facilmente.

Então começaram os sortilégios e encantamentos; os fazedores de chuva, que acreditavam comandar as nuvens, invocaram furacões e "tempestades de pedra" em socorro; colheram folhas de todas as diferentes árvores do país e as ferveram em fogo baixo, enquanto matavam um carneiro espetando-lhe uma longa agulha no coração. Mas, a despeito de suas cerimônias, o céu permaneceu puro, e seu carneiro e suas caretas não foram ouvidos.

Os negros entregaram-se então a orgias furiosas, e intoxicaram-se de *tembo*, um licor ardente extraído do coqueiro, e também de uma cerveja altamente capitosa chamada *togwa*. Seus cantos, sem melodia notável, mas cujo ritmo era muito correto, prosseguiram durante toda a noite.

Por volta das seis horas da noite, um último jantar reuniu os viajantes à mesa do comandante e seus oficiais. Kennedy, a quem já ninguém dirigia perguntas, murmurava baixinho palavras incompreensíveis; ele não tirava os olhos do doutor Fergusson.

A refeição foi muito triste. A aproximação do clímax inspirava em todos reflexões desagradáveis. Que reservava o destino a esses viajantes audaciosos? Voltariam um dia a se encontrar com seus amigos em seus lares? Se os meios de transporte viessem a lhes faltar, que seria deles entre povos ferozes, nessas regiões inexploradas, em meio a desertos imensos?

Essas ideias, até ali esporádicas, e às quais davam pouca importância, assediavam agora as imaginações sobre-excitadas. O doutor Fergusson, sempre frio, sempre impassível, conversava em um tom descontraído; mas em vão tentou ele dissipar essa tristeza comunicativa; não obteve sucesso.

Como temiam alguma demonstração contra a pessoa do doutor e de seus companheiros, eles dormiram os três a bordo d*O Resoluto*. Às seis horas da manhã, deixaram suas cabines e dirigiram-se à ilha Koumbeni.

O balão balançava-se levemente sob o vento que vinha do leste. Os sacos de terra que o continham foram retirados por vinte marinheiros. O comandante Pennet e seus oficiais assistiam à partida solene.

Nesse momento, Kennedy correu direto ao doutor, pegou-lhe pela mão e disse:

– Está decidido que parte, Samuel?

– Decididíssimo, meu caro Dick.

– E fiz eu tudo que dependia de mim para impedir essa viagem?

– Tudo.

– Então tenho a consciência tranquila a esse respeito, e o acompanho.

– Estava certo disso – respondeu o doutor, deixando ver em seu rosto uma rápida emoção.

O momento do último adeus chegava. O comandante e seus oficiais abraçaram efusivamente seus intrépidos amigos, incluso aí o digno Joe, orgulhoso e alegre. Todos os assistentes quiseram apertar a mão do doutor Fergusson.

Às nove horas, os três companheiros de viagem tomaram seus respectivos lugares no cesto: o doutor acendeu o maçarico e animou a chama para que produzisse um calor rápido. O balão, que se mantinha em terra em perfeito equilíbrio, começou a elevar-se ao cabo de alguns minutos. Os marinheiros precisaram então soltar algumas cordas que o continham. O cesto elevou-se cerca de vinte pés.

– Meus amigos – exclamou o doutor, em pé, entre seus companheiros e tirando o chapéu –, devemos dar a este balão dirigível um nome que lhe traga boa ventura! Que ele seja batizado de *Victoria*!

Um hurra formidável ecoou:

"Viva a rainha! Viva a Inglaterra!"

Nesse momento, a força ascensional do aeróstato cresceu prodigiosamente. Fergusson, Kennedy e Joe lançaram um último adeus a seus amigos.

– Soltem tudo! – exclamou o doutor.

E o *Victoria* elevou-se rapidamente no ar, enquanto as quatro caronadas d*O Resoluto* bramiam em sua honra.

XII. Travessia do estreito – O *Mrima* – Ideias de Dick e proposta de Joe – Receita para o café – O Uzaramo – O Maizan desafortunado – O monte Duthumi – Os mapas do doutor – Noite em um nopal

O ar era puro, o vento, moderado; o *Victoria* subiu quase perpendicularmente a uma altura de mil e quinhentos pés, que foi indicada por uma queda de aproximadamente duas polegadas[21] na coluna barométrica.

A essa altura, uma corrente mais acentuada levou o balão na direção sudoeste. Que espetáculo magnífico se apresentava aos olhos dos viajantes! A ilha de Zanzibar se oferecia toda à vista e se destacava com uma cor mais escura, como sobre um enorme planisfério; os campos ganhavam a aparência de uma paleta de diversas cores; aglomerações de árvores indicavam os bosques e as matas de corte.

Os habitantes da ilha apareciam como insetos. Os hurras e os gritos desapareciam pouco a pouco na atmosfera, e os tiros de canhão do navio vibravam na concavidade inferior do aeróstato.

– Como é belo tudo isso! – exclamou Joe, rompendo o silêncio pela primeira vez.

Ele não obteve resposta. O doutor ocupava-se da observação das variações barométricas e de tomar notas de diversos detalhes da ascensão.

Kennedy observava e não parecia ter olhos suficientes para ver tudo.

A tensão do gás aumentou com os raios de sol vindos em ajuda do maçarico. O *Victoria* atingiu uma altura de dois mil e quinhentos pés.

O *Resoluto* aparecia como um mero barco, e a costa africana surgia a oeste como uma imensa bordadura de espuma.

– Não têm nada a dizer? – fez Joe.

– Nós observamos – respondeu o doutor apontando sua luneta ao continente.

---

21. Cerca de cinco centímetros. A queda se dá à razão de um centímetro a cada cem metros de elevação aproximadamente. (N.A.)

– De minha parte, é preciso que eu fale.
– À vontade, Joe! Fale tanto quanto queira.

E Joe ofereceu a si mesmo uma terrível sequência de onomatopeias. Inúmeros oh! ah! hein! rebentavam entre seus lábios.

Durante a travessia do mar, o doutor julgou conveniente manter-se àquela altura; ele poderia observar uma extensão maior da costa; o termômetro e o barômetro, suspensos no interior da tenda entreaberta, encontravam-se facilmente ao alcance de sua vista; um segundo barômetro, instalado no exterior, seria útil durante os turnos da noite.

Ao cabo de duas horas, o *Victoria*, carregado a uma velocidade pouco maior que oito milhas, aproximou-se notavelmente da costa. O doutor decidiu então aproximar-se do solo; ele moderou a chama do maçarico e logo o balão desceu a trezentos pés do solo.

Ele se encontrava acima do *Mrima*, nome que leva essa porção da costa oriental africana, protegida por barreiras densas de mangue; a maré baixa deixava perceber suas raízes espessas, roídas pelo Oceano Índico. As dunas que outrora formavam a faixa litorânea agora se abaulavam no horizonte, e o pico do monte Nguru se mostrava a noroeste.

O *Victoria* passou perto de um vilarejo que, em seu mapa, o doutor reconheceu como sendo o Kaole. Toda a população junta lançava urros de cólera e temor; algumas flechas foram em vão dirigidas contra esse monstro dos ares, que balançava majestosamente sobre toda essa fúria impotente.

O vento levava ao sul, mas o doutor não se preocupou com essa direção; ela o permitia, ao contrário, seguir a rota traçada pelos capitães Burton e Speke.

Kennedy tornara-se enfim tão loquaz quanto Joe, e se lançavam mutuamente frases de admiração.

– Ora diligências! – dizia um.
– Ora vapores! – dizia o outro.
– Ora estradas de ferro! – replicou Kennedy. – Nas quais atravessamos países inteiros sem vê-los!
– E que tal um balão! – retomou Joe. – Nem se sente avançar e a natureza se dá ao trabalho de se oferecer a nossos olhos!
– Que espetáculo! Que admiração! Que êxtase! Como dormir e sonhar em uma rede!

– E se comêssemos? – fez Joe, a quem a altitude abria o apetite.

– É uma ideia, meu jovem.

– Oh! E a comida não leva muito tempo a ser preparada! Biscoito e carne curada.

– E café à vontade – acrescentou o doutor. – E pode pegar a chama de meu maçarico emprestada; ele a tem de sobra. E assim não precisamos nos preocupar com um incêndio.

– Isso seria terrível – retomou Kennedy. – É como um barril de pólvora que temos acima de nós.

– Não exatamente – respondeu Fergusson –, mas se, enfim, o gás se inflamasse, ele se consumiria pouco a pouco, e nós desceríamos à terra, o que nos seria desagradável; mas não temam, nosso aeróstato é fechado hermeticamente.

– Comamos, então – fez Kennedy.

– Muito bem, senhores – disse Joe e, imitando-os, concluiu: – Vou fazer um café que poderão elogiar.

– O fato é – retomou o doutor – que Joe, entre tantas outras virtudes, tem um talento notável para preparar essa deliciosa bebida; ele a compõe com uma mistura de procedências diversas, as quais nunca quis me revelar.

– Bem, meu mestre, já que estamos em pleno ar, posso lhe confiar minha receita. É simplesmente uma mistura em partes iguais de moca, *bourbon* e *rio-nuñez*.

Alguns instantes depois, três xícaras fumegantes foram servidas para terminar um almoço substancioso temperado com o bom humor dos convivas; em seguida, todos retornaram aos seus postos de observação.

Essa região se distinguia por uma fertilidade extrema. Sendeiros sinuosos e estreitos se escondiam sob a copa das árvores. Eles passavam acima dos campos cultivados de tabaco, de milho, de cevada já em plena maturidade; aqui e ali, vastos arrozais com seus caules eretos e suas flores de cor púrpura. Podiam perceber carneiros e cabras encerrados em grandes gaiolas elevadas sobre estacas, o que os protegia de ataques de leopardos. Uma vegetação abundante agitava-se sobre o solo pródigo. Em inúmeros vilarejos se repetiam as cenas de gritos e estupefação ao avistarem o *Victoria*, e o doutor Fergusson se mantinha prudentemente fora do alcance das flechas; os habitantes, reunidos em volta de suas cabanas contíguas, perseguiam os viajantes por muito tempo com suas imprecações vãs.

Ao meio-dia, o doutor, ao consultar seu mapa, estimou que se encontravam acima do país de Uzaramo. A planície se mostrava repleta de coqueiros, mamoeiros, algodoeiros, acima dos quais o *Victoria* parecia divertir-se. Joe julgava essa vegetação muito natural, já que se tratava da África. Kennedy avistava lebres e codornas que não pediam mais do que receber um tiro de fuzil; mas seria apenas pólvora perdida, dada a impossibilidade de recuperar os animais abatidos.

Os aeronautas seguiam em uma velocidade de doze milhas por hora, e logo chegaram aos trinta e oito graus e vinte minutos de longitude, acima do vilarejo de Tounda.

– Foi aqui – disse o doutor – que Burton e Speke foram acometidos por febres violentas e brevemente julgaram que a expedição havia sido comprometida. No entanto, estavam ainda pouco afastados da costa, e já a fadiga e as privações se fizeram brutalmente sentir.

Com efeito, nessa região reina perenemente um ar pestilento, do qual o doutor só pôde proteger-se elevando o balão acima dos miasmas dessa terra úmida, cujas emanações desprendem-se por causa do sol ardente.

Puderam entrever algumas vezes uma caravana descansando em um "kraal", esperando a amenidade da noite para prosseguir o caminho. "Kraal" são locais extensos cercados por sebes e mata em que os traficantes se abrigam não somente dos animais selvagens, mas também contra as tribos saqueadoras da região. Viam-se os indígenas correndo, dispersando-se ao avistarem o *Victoria*. Kennedy desejava contemplá-los mais de perto, mas Samuel se opôs firmemente a esse desejo.

– Os chefes estão armados de mosquetes – disse ele –, e nosso balão seria um alvo fácil.

– Será que um buraco de bala causaria uma queda? – perguntou Joe.

– Imediatamente, não; mas logo o buraco se tornaria um rasgo enorme porque escaparia todo o nosso gás.

– Então mantenhamos uma distância respeitosa desses hereges. Que devem pensar ao nos ver planar pelos ares? Estou certo de que gostariam de nos adorar.

– Pois que nos adorem – respondeu o doutor –, mas de longe. Só podemos ganhar com isso. Vejam, a região já muda de aspecto; os vilarejos são mais raros; os mangues desapareceram; a vegetação se detém nessa latitude. O solo se tornou acidentado e sugere montanhas próximas.

– Com efeito – disse Kennedy –, creio avistar algumas colinas deste lado.

– A oeste estão as primeiras da cordilheira de Ourizara, sem dúvida o monte Duthumi, atrás do qual espero encontrar abrigo para passar a noite. Darei mais atividade à chama do maçarico: somos obrigados a nos manter a uma altura de quinhentos a seiscentos pés.

– É mesmo uma bela ideia que o senhor teve – disse Joe. – A manobra não é nem difícil nem cansativa, basta volver o registro e pronto.

– Agora estamos mais confortáveis – fez o caçador quando o balão se elevou. – O reflexo dos raios de sol sobre a areia vermelha já ficava insuportável.

– Que árvores magníficas! – exclamou Joe. – São muito belas, embora sejam muito naturais! Com menos de uma dúzia já se faz uma floresta.

– São baobás – respondeu o doutor Fergusson. – Vejam, aqui há uma cujo tronco pode ter cem pés de circunferência. Talvez tenha sido ao pé dessa mesma árvore que faleceu o francês Maizan em 1845, pois estamos acima do vilarejo de Deje la Mhora, onde ele foi aventurar-se sozinho; ele foi capturado pelo chefe da região, preso ao pé de um baobá, e um negro feroz cortou-lhe lentamente as articulações enquanto era tocado o canto de guerra; depois, partiu para a garganta, parou para afiar sua faca despontada, e arrancou a cabeça do infeliz antes que fosse cortada! O pobre francês tinha vinte e seis anos!

– E a França não se vingou de um crime como esse? – perguntou Kennedy.

– A França protestou; o chefe de Zanzibar fez de tudo para capturar o assassino, mas não obteve sucesso.

– Peço que não paremos no caminho – disse Joe. – Subamos, meu mestre, subamos, por favor.

– De bom grado, Joe, ainda mais porque o monte Duthumi se ergue à nossa frente. Se meus cálculos estão corretos, nós o teremos cruzado antes das sete horas.

– Não viajaremos à noite? – perguntou o caçador.

– Não, na medida do possível; com precaução e vigilância, poderíamos fazê-lo sem perigos, mas não basta atravessar a África, é preciso vê-la.

– Até aqui não temos de que nos queixar, meu mestre. A região mais cultivada e fértil do mundo, em vez de um deserto! É bom crer nos geógrafos!

– Espere, Joe, espere; veremos mais tarde.

Por volta das seis e meia da tarde, o *Victoria* se encontrava em frente ao monte Duthumi; ele precisou, para atravessá-lo, subir a mais de três mil pés, e para isso o doutor precisou apenas elevar a temperatura em dezoito graus.[22] Pode-se dizer que ele manobrava seu balão com a palma de suas mãos. Kennedy indicava-lhe os obstáculos a vencer, e o *Victoria* voava pelos ares rasando a montanha.

Às oito horas, ele descia o lado oposto, cuja inclinação era menos acentuada; as âncoras foram lançadas para fora do cesto, e uma delas, encontrando os ramos de um enorme nopal, fixou-se fortemente nele. Imediatamente Joe deslizou pela corda e a prendeu com ainda mais firmeza. A escada de seda foi-lhe lançada, e ele retornou agilmente. O aeróstato permanecia quase imóvel, ao abrigo dos ventos do leste.

A refeição noturna foi preparada; os viajantes, animados com o passeio aéreo, exigiram muito de suas provisões.

– Qual caminho fizemos hoje? – perguntou Kennedy enquanto engolia porções inquietantes.

O doutor determinou a posição com observações lunares e consultou o excelente mapa que lhe servia de guia; ele pertencia ao atlas *der Neuester Entedekungen in Afrika*, publicado em Gota por seu amigo erudito Petermann, que o havia enviado. O atlas deveria servir para a viagem inteira do doutor, pois ele continha o itinerário de Burton e Speke através dos Grandes Lagos, o Sudão segundo o doutor Barth, o baixo Senegal segundo Guillaume Lejean, e o delta do Níger segundo o doutor Baikie.

Fergusson estava munido igualmente de uma obra que reunia em um só volume todos os conhecimentos adquiridos sobre o Nilo, intitulada:

---
22. Dez graus centígrados. (N.A.)

The sources of the Nil, being a general surwey of the basin of that river and of its heab stream with the history of the Nilotic Discovery by Charles Beke, th. D.

Ele tinha também os excelentes mapas publicados nos *Boletins da Sociedade Geográfica de Londres*, e nenhum ponto das regiões descobertas deveria lhe escapar.

Vendo o mapa, ele concluiu que a rota latitudinal era de dois graus, ou cento e vinte milhas a oeste.

Kennedy observou que a rota seguia a direção sul. Mas essa direção satisfazia o doutor, que queria, tanto quanto possível, refazer os passos de seus precursores.

Foi decidido que a noite seria dividida em três turnos, a fim de que cada um tivesse a sua vez de velar pela segurança dos outros dois. O doutor pegou o turno das nove horas, Kennedy, o da meia-noite, e Joe, o das três horas da manhã.

Assim, Kennedy e Joe, envolvidos em suas cobertas, deitaram-se sob a tenda e dormiram tranquilamente enquanto o doutor vigiava.

XIII. Mudança no tempo – Febre de Kennedy – A medicina do doutor – Viagem por terra – A bacia de Imengé – O monte Rubeho – A seis mil pés – Uma parada de dia

A noite foi tranquila; no entanto, ao acordar no sábado de manhã, Kennedy queixou-se de lassidão e de calafrios de febre. O tempo mudava; o céu coberto de nuvens espessas parecia preparar-se para um novo dilúvio. Um triste país este Zungomero, onde chove continuamente, salvo talvez durante duas semanas em janeiro.

Uma chuva violenta não tardou a se abater sobre os viajantes; sob eles, os caminhos cortados pelas *nullahs*, espécie de torrentes temporárias, tornavam-se impraticáveis, obstruídos por arbustos espinhosos e cipós gigantescos. Eles perceberam distintamente as emanações de hidrogênio sulfurado de que falou o capitão Burton.

– Segundo ele – disse o doutor –, e ele tem razão, é como se um cadáver estivesse escondido atrás de cada arbusto.

– Um país horrível – respondeu Joe –, e me parece que o senhor Kennedy não está muito bem após passar a noite aqui.

– De fato, estou com uma febre bastante forte – fez o caçador.

– Nem um pouco surpreendente, meu caro Dick, nós estamos em uma das regiões mais insalubres da África. Mas não ficaremos aqui por muito tempo. Em marcha!

Graças a um movimento ágil de Joe, a âncora foi solta, e, por meio da escada, Joe retornou ao cesto. O doutor dilatou vivamente o gás, e o *Victoria* retomou seu voo, carregado por um vento muito forte.

Algumas cabanas mal apareciam entre a bruma pestilencial. O país mudava de aspecto. Acontece frequentemente na África de uma região malsã e pouco extensa confinar com regiões perfeitamente salubres. Kennedy visivelmente sofria, e a febre oprimia sua natureza vigorosa.

– Mas não é a hora de ficar doente – disse ele enrolando-se nas cobertas e deitando sob a tenda.

— Um pouco de paciência, meu caro Dick — respondeu o doutor Fergusson —, e rapidamente estará curado.

— Curado! Ora, Samuel, se tem em sua farmácia alguma droga que me ponha novamente de pé, então a administre sem demoras. Eu a tomarei de olhos fechados.

— Ainda melhor, amigo Dick, eu lhe darei naturalmente um febrífugo que não custará absolutamente nada.

— E como o fará?

— É muito simples. Vou apenas subir acima destas nuvens que nos inundam e me afastar dessa atmosfera pestilenta. Peço-lhe dez minutos para dilatar o hidrogênio.

Nem bem passaram-se dez minutos e os viajantes já haviam atravessado a zona úmida.

— Espere um pouco, Dick, e sentirá a ação do ar puro e do sol.

— Eis aí um remédio! — disse Joe. — É maravilhoso!

— Completamente natural!

— Quanto a ser natural, não tenho dúvida alguma.

— Recomendo a Dick um pouco de ar puro, como se faz todos os dias na Europa, e como na Martinica, para fugir da febre amarela, seria recomendada uma viagem ao monte Piton.

— Ah! mas é um paraíso esse balão — disse Kennedy sentindo-se um pouco melhor.

— Em todo caso, é lá que ele nos leva — respondeu Joe seriamente.

Era um espetáculo curioso esse das nuvens aglomeradas abaixo do cesto; elas passavam umas sobre as outras e se confundiam em um clarão, refletindo os raios de sol. O *Victoria* atingiu uma altura de quatro mil pés. O termômetro indicava certa queda na temperatura. Já não viam mais terra. A cerca de cinquenta milhas a oeste, o monte Rubeho erguia sua cabeça faiscante; ele formava o limite da região de Ugogo a trinta e seis graus e vinte minutos de longitude. O vento soprava a uma velocidade de vinte milhas por hora, mas os viajantes não sentiam nada dessa velocidade; eles não sofriam com nenhuma sacudidela, nem mesmo percebiam a própria locomoção.

Três horas mais tarde, a predição do doutor se realizava. Kennedy não sentia mais nenhum calafrio, e comia com apetite.

— Eis aí algo que vence o sulfato de quinino — disse com satisfação.

– Decididamente – fez Joe – passarei aqui meus últimos dias.

Por volta das dez horas da manhã, a atmosfera iluminou-se. Uma fenda se abriu entre as nuvens. A terra ressurgiu e o *Victoria* aproximou-se dela. O doutor Fergusson procurava uma corrente que o levasse mais a nordeste, e ele a encontrou a seiscentos pés do solo. A região se tornava acidentada, mesmo montanhosa. O distrito de Zungomero se apagava a leste junto com os últimos coqueiros dessa latitude.

Logo o topo de uma montanha ganhava contornos mais nítidos. Alguns picos surgiam lá e cá. Foi preciso tomar cuidado com os cones agudos que pareciam surgir inopinadamente.

– Estamos no meio de um recife – disse Kennedy.

– Fique tranquilo, Dick, nós não o tocaremos.

– Belo meio de viajar – replicou Joe.

Com efeito, o doutor manobrava seu balão com grande destreza.

– Se nos fosse necessário andar sobre esse terreno encharcado, disse ele, nós nos arrastaríamos em uma lama malsã. Desde nossa partida de Zanzibar, metade de nossos animais de carga já teria morrido de fadiga. Nós estaríamos como fantasmas, profundamente desesperados. Em conflito constante com nossos guias, nossos ajudantes, à mercê de crueldades sem freio. De dia, um calor úmido, insuportável, opressivo! De noite, um frio amiúde intolerável, com picadas de certos mosquitos cujas mandíbulas perfuram o tecido mais espesso e que enlouquecem! E tudo isso sem falar dos animais e dos povos ferozes!

– Peço apenas que não tenhamos de experimentar tal coisa – replicou simplesmente Joe.

– Não exagero em nada – retomou o doutor Fergusson – pois, ao ler a narrativa dos viajantes que tiveram a audácia de aventurar-se nessas regiões, as lágrimas vêm aos olhos!

Por volta das onze horas, passavam já da bacia de Imengé; as tribos esparsas sobre as colinas em vão ameaçavam o *Victoria* com suas armas; ele chegava enfim às últimas ondulações de terreno que precedem o Rubeho; elas formam a terceira cadeia, e a mais elevada, de montanhas do Usagara.

Os viajantes tomavam consciência da conformação orográfica do país. Essas três ramificações, das quais o Duthumi forma o primeiro escalão, são separadas por vastas planícies longitudinais, cujo solo é juncado por seixos e blocos de pedra soltos. A encosta mais íngreme dessa montanha dá para a costa de Zanzibar; o declive ocidental é um mero planalto inclinado. A depressão do terreno é coberta por uma terra negra e fértil, de vegetação vigorosa. Diversos cursos d'água correm em direção ao leste e vão afluir no Kingani, em meio a bosques gigantescos de sicômoros, tamarindos, cuieiras e palmiras.

– Atenção! – disse o doutor Fergusson. – Estamos nos aproximando do Rubeho, cujo nome, na língua do país, significa passagem dos ventos. Teremos de passar por seu pico a uma certa altura. Se meu mapa estiver correto, iremos nos elevar até mais de cinco mil pés.

– Será que iremos com frequência a essas zonas superiores?

– Raramente; a altitude das montanhas africanas parece ser pequena comparada aos picos na Europa e na Ásia. Mas, em todo caso, nosso *Victoria* não teria dificuldade para superá-los.

Em pouco tempo, o gás dilatou-se sob a ação do calor, e o balão seguiu uma marcha ascensional notável. A dilatação do hidrogênio, diga-se, não oferecia nenhum perigo, e a capacidade vasta do aeróstato operava a três quartos apenas; o barômetro, com uma queda de aproximadamente oito polegadas, indicava uma elevação de seis mil pés.

– Poderíamos seguir assim por muito tempo? – perguntou Joe.

– A atmosfera terrestre tem uma altura de seis mil toesas[23] – respondeu o doutor. – Com um balão grande, pode-se ir longe. Foi o que fizeram os senhores Brioschi e Gay-Lussac; mas então o sangue lhes saía pela boca e pelas orelhas. O ar respirável lhes faltou. Há alguns anos, dois franceses corajosos, os senhores Barral e Bixio, aventuraram-se também nas regiões mais altas, mas o balão se rompeu...

– E eles caíram? – perguntou Kennedy vivamente.

– Sem dúvida! Mas como caem os sábios, sem sofrer nenhum ferimento.

– Que bom! Senhores – disse Joe. – Deixo-os livres para reencenar a queda deles; mas, para mim, que sou um mero ignorante, é melhor permanecer em um meio-termo, nem muito alto, nem muito baixo. Não se deve ser ambicioso.

---

23. Uma toesa equivale a seis pés, ou seja, cerca de dois metros. (N.T.)

A seis mil pés, a densidade do ar já havia diminuído sensivelmente; o som se propagava com dificuldade, e a voz já não se fazia ouvir tão bem. A visão dos objetos se tornou confusa. A vista não percebia mais que grandes massas indeterminadas; os homens, os animais tornam-se absolutamente invisíveis: as estradas são linhas, os lagos, açudes.

O doutor e seus companheiros sentiam-se em um estado anormal; uma corrente atmosférica de extrema velocidade os levava além das montanhas áridas, sobre cujos picos uma neve surpreendia o olhar; seu aspecto convulsionado deixava imaginar um trabalho netuniano, dos primeiros dias do mundo.

O sol brilhava no zênite, e seus raios caíam verticalmente sobre os cumes desertos. O doutor fez um desenho exato dessas montanhas, que são formadas por quatro planaltos distintos, quase em linha reta, e dos quais o mais setentrional é o mais comprido.

Logo o *Victoria* desceu a face oposta do Rubeho, perlongando uma costa repleta de árvores de um verde muito escuro; em seguida vieram cristas e barrancos em uma espécie de deserto que precedia o país de Ugogo; mais abaixo estavam as planícies amarelas, tostadas, rachadas, juncadas aqui e ali de plantas e arbustos espinhosos.

Alguns bosques, mais além florestas, embelezavam o horizonte. O doutor aproximou-se do solo, as âncoras foram lançadas, e uma delas logo se prendeu aos galhos de um enorme sicômoro.

Joe, deslizando rapidamente até a árvore, fixou a âncora com cuidado; o doutor deixou seu maçarico em atividade para conservar certa força ascensional que mantivesse o aeróstato no ar. O vento quase imediatamente se acalmou.

– Agora – disse Fergusson – pegue dois fuzis, amigo Dick, um para você, outro para Joe, e tratem de trazer uns bons pedaços de antílope. Esse será nosso jantar.

– À caça! – exclamou Kennedy.

Ele escalou o cesto e desceu. Joe saltou de galho em galho e o esperava alongando os membros. O doutor, aliviado do peso de seus dois companheiros, pôde apagar inteiramente seu maçarico.

– Não vá sair voando, meu mestre – exclamou Joe.

– Fique tranquilo, meu jovem, estou preso solidamente. Vou pôr minhas notas em ordem. Boa caça, e sejam prudentes. De qualquer

maneira, posso observar a região do meu posto, e, à menor coisa suspeita, darei um tiro de carabina. Esse será o sinal para nos reunirmos.
– Combinado – respondeu o caçador.

XIV. A floresta de gumíferos – O antílope azul – O sinal para reunirem-se – Um ataque inesperado – Kanyenye – Uma noite em pleno ar – O Mabunguru – Jihoue la Mkoa – Provisão de água – Chegada em Kazeh

O país, árido, ressecado, feito de uma terra argilosa que se partia com o calor, parecia deserto; aqui e ali, alguns vestígios de caravanas, ossadas de homens e de animais, algo roídas, misturavam-se na mesma poeira.

Após meia hora de caminhada, Dick e Joe entravam em uma floresta de gumíferos, os olhos atentos e o dedo no gatilho do fuzil. Não sabiam o que teriam de enfrentar. Mesmo não sendo um soldado, Joe manejava com destreza sua arma de fogo.

– Faz bem caminhar, senhor Dick, mas esse terreno não é muito cômodo – fez enquanto sacudia as partículas de quartzo de que estava coberto.

Kennedy fez um sinal a seu companheiro para que parasse e fizesse silêncio. Era preciso fazer o trabalho dos cães, e, independentemente da agilidade de Joe, ele não tinha o faro de um cão de caça.

No leito de uma torrente onde ainda havia algumas poças, uma dezena de antílopes saciava sua sede. Esses animais graciosos, farejando o perigo, pareciam inquietos; a cada gole sôfrego de água, levantavam a cabeça com vivacidade, aspirando com suas narinas o vento que vinha da direção dos caçadores.

Kennedy contornou alguns arbustos enquanto Joe permanecia imóvel; ele chegou a uma distância boa para o fuzil e disparou. O bando desapareceu em um piscar de olhos; um antílope, macho, atingido no ombro, caía fulminado. Kennedy precipitou-se sobre a presa.

Era um *bluebuck*, um animal magnífico de uma cor azul pálida, acinzentada, com o ventre e o interior das patas brancos como a neve.

– Que belo tiro de fuzil! – exclamou o caçador. – É uma espécie muito rara de antílope. Pretendo preparar sua pele para conservá-la.

– Ah é, senhor Dick?!
– Sem dúvida! Veja bem essa pelugem esplêndida.
– Mas o doutor Fergusson não aceitaria jamais tamanha sobrecarga.
– Tem razão, Joe! Mas seria deplorável abandonar completamente um animal tão belo!
– Completamente não, senhor Dick; nós vamos tirar dele todos os benefícios nutritivos que possui, e, se me permite, tratarei de fazê-lo tão bem quanto o faria o chefe do honorável sindicato de açougueiros de Londres.
– À vontade, meu amigo; saiba no entanto que, como caçador, eviscerar um animal não me traz maiores problemas do que abatê-lo.
– Estou certo disso, senhor Dick; então, se puder, faça uma fogueira; há galho seco de sobra, e peço-lhe apenas alguns minutos para podermos usar a brasa.
– Isso será rápido – replicou Kennedy.

Ele procedeu imediatamente à construção de sua fogueira, que instantes mais tarde já flamejava.

Joe retirou do corpo do antílope uma dúzia de costeletas e os pedaços mais macios do lombo, logo transformados em bifes saborosos.

– Eis aí algo que agradará o amigo Samuel – disse o caçador.
– Sabe em que estou pensando, senhor Dick?
– Nos bifes que está fazendo, sem dúvida.
– De modo algum. Penso na cara que faríamos se não reencontrássemos mais o aeróstato.
– Mas que ideia! Quer então que o doutor nos abandone?
– Não, mas e se sua âncora se desprendesse?
– Impossível. Além do mais, Samuel não teria dificuldades de descer novamente com o balão; ele o manobra com muita propriedade.
– Mas e se o vento o levasse, se ele não conseguisse voltar até nós?
– Vejamos, Joe. Pare com suas suposições, elas não são nada agradáveis.
– Ah, senhor! Tudo o que acontece neste mundo é natural; ora, tudo pode acontecer, logo, é preciso tudo prever...

Nesse momento, um tiro de fuzil ecoou.

– Hein! – fez Joe.
– Minha carabina! Eu reconheço esse som!
– Um sinal!

– Estamos em perigo!
– Ou talvez ele – replicou Joe.
– Em marcha!

Os caçadores recolheram rapidamente o produto da caça e tomaram o caminho de volta guiando-se pelas marcas que Kennedy havia deixado no chão. A densidade de algumas árvores não os deixava ver o *Victoria*, do qual eles podiam até estar distantes.

Um segundo tiro foi ouvido.

– Há pressa – fez Joe.
– Mais um disparo!
– Isso cheira a defesa pessoal.
– Vamos logo!

E correram a toda velocidade. Ao chegarem à clareira do bosque, avistaram o *Victoria* em seu lugar, e o doutor no cesto.

– Então, que há? – perguntou Kennedy.
– Meu Deus! – exclamou Joe.
– Que vê?
– Lá, um grupo de negros cercando o balão!

Com efeito, a duas milhas dali, cerca de trinta indivíduos agitavam-se, gesticulavam, gritavam e saltavam ao pé do sicômoro. Alguns, subindo na árvore, avançavam até os galhos mais altos. O perigo era iminente.

– Meu mestre está perdido – exclamou Joe.
– Vamos, Joe. Sangue-frio e olhos de águia. Temos a vida de quatro desses negros em nossas mãos. Adiante!

Eles haviam atravessado uma milha com extrema rapidez, quando um novo tiro de fuzil partiu do cesto; ele atingiu um pobre-diabo que se pendurava pela corda da âncora. Um corpo sem vida caiu de galho em galho, mas permaneceu suspenso a vinte pés do solo, seus braços e pernas balançando no ar.

– Hein! – fez Joe detendo-se. – Pelo que se segura ainda esse animal?
– Pouco importa – respondeu Kennedy. – Corre, corre!
– Ah! Senhor Kennedy – exclamou Joe soltando uma risada. – Pelo rabo! Pelo rabo! Um macaco! São apenas macacos!
– Melhor que se fossem homens – replicou Kennedy precipitando-se até o barulhento bando.

Tratava-se de um grupo de cinocéfalos temíveis, ferozes, brutais, e horríveis de ver com seus focinhos caninos. No entanto, alguns tiros de fuzil triunfaram facilmente, e a horda, cheia de caretas, escapou, deixando muitos dos seus por terra.

Em instantes, Kennedy agarrava-se à escada; Joe içava-se nos sicômoros e desprendia a âncora; o cesto abaixava-se até ele, que não teve dificuldades para adentrá-lo. Alguns minutos depois, o *Victoria* elevava-se e dirigia-se a leste sob o impulso de um vento moderado.

– Um ataque, vejam só! – disse Joe.

– Nós o julgávamos cercado por indígenas.

– Eram apenas macacos, felizmente! – respondeu o doutor.

– De longe, a diferença não é grande, meu caro Samuel.

– Nem mesmo de perto – replicou Joe.

– De qualquer modo – retomou Fergusson –, esse ataque de macacos poderia ter tido consequências gravíssimas. Se a âncora se desprendesse sob as reiteradas sacudidas que deram, quem sabe aonde o vento me teria levado!

– Que dizia eu, senhor Kennedy?

– Tem razão, Joe; mas, ainda tendo razão, naquele momento despertava em mim um grande apetite ao vê-lo preparar os bifes de antílope.

– Posso imaginar – respondeu o doutor. – A carne de antílope é deliciosa.

– Pois poderá julgá-la, senhor. A mesa está servida.

– A carne de animais selvagens – disse o caçador – produz um aroma que não se pode desprezar, palavra!

– Bom, eu viveria de carne de antílope até o fim dos meus dias – respondeu Joe de boca cheia –, sobretudo com uma taça de grogue para facilitar a digestão.

Joe preparou a bebida em questão, que foi degustada com moderação.

– Até aqui, tudo vai bem – disse ele.

– Muito bem – respondeu Kennedy.

– Vejamos, senhor Dick, arrepende-se de ter-nos acompanhado?

– Quero saber quem me teria impedido de fazê-lo! – respondeu o caçador com um ar decidido.

Eram então quatro horas da tarde; o *Victoria* encontrou uma corrente mais rápida; o solo aproximava-se sensivelmente, e logo a coluna barométrica indicou uma altura de mil e quinhentos pés acima do nível do mar. O doutor foi obrigado a sustentar seu aeróstato com uma dilatação de gás bastante forte, e o maçarico funcionava sem trégua.

Por volta das sete horas, o *Victoria* planava sobre a bacia do Kanyenye; o doutor reconheceu imediatamente essa vasta terra baldia, com suas dez milhas de extensão e seus vilarejos perdidos entre os baobás e as cuieiras. Lá é a residência de um dos sultões do país de Ugogo, onde a civilização é talvez menos atrasada; ali se vendem mais raramente os membros da família; mas, animais e pessoas, todos vivem juntos em cabanas circulares semelhantes a palheiros.

Depois de Kanyenye, o terreno torna-se árido e pedregoso; mas, ao cabo de uma hora, em uma depressão fértil, a vegetação retoma todo o seu vigor próximo a Mdaburu. O vento caía com o dia, e a atmosfera parecia adormecida. O doutor procurou em vão uma corrente de ar em diferentes alturas; vendo a calmaria da natureza, ele decidiu passar a noite no ar, e, por uma questão de segurança, subiu cerca de mil pés. O *Victoria* permanecia imóvel. A noite magnificamente estrelada se fez em silêncio.

Dick e Joe deitaram-se tranquilamente em seus leitos e dormiram um sono profundo durante o turno do doutor; à meia-noite, este foi substituído pelo escocês.

– Acorde-me ao menor incidente – disse-lhe – e, sobretudo, não perca o barômetro de vista. Ele é nossa bússola!

A noite foi fria, e a diferença entre sua temperatura e a do dia chegou a catorze graus centígrados. Com a escuridão irrompeu o concerto noturno dos animais, que a sede e a fome expulsam de seus covis; a rã fez ecoar sua voz de soprano, ajudada pelos ganidos dos chacais, enquanto o baixo imponente dos leões sustentava os acordes dessa orquestra viva.

Ao retomar seu posto pela manhã, o doutor Fergusson consultou sua bússola e percebeu que a direção do vento havia mudado durante a noite. Já há cerca de duas horas o *Victoria* derivava trinta milhas em direção ao nordeste; ele passava sobre o Mabunguru, país rochoso, repleto de blocos de sienito, de uma polidez muito bonita. Pedras cônicas, semelhantes aos rochedos de Karnak, brotavam do solo como dólmens druídicos; ossadas de búfalos e de elefantes mostravam seu branco lá e cá; havia poucas árvores, a não ser no leste, onde havia bosques profundos, sob os quais escondiam-se alguns vilarejos.

Por volta das sete horas, uma rocha redonda, de cerca de duas milhas de extensão, surgiu como uma imensa carapaça.

– Estamos no caminho certo – disse o doutor Fergusson. – Eis aí Jihoue la Mkoa, onde faremos uma parada de alguns instantes. Vou renovar a provisão de água necessária à alimentação de meu maçarico. Tentemos nos prender em algum lugar.

– Há poucas árvores aqui – respondeu o caçador.

– Tentemos mesmo assim; Joe, jogue as âncoras.

O balão, perdendo pouco a pouco sua força ascensional, aproximou-se do solo. As âncoras foram soltas, a ponta de uma delas engatou na fissura de um rochedo, e o *Victoria* permaneceu imóvel.

Que não se imagine que o doutor pôde apagar completamente o maçarico durante suas paradas. O equilíbrio do balão havia sido calculado para o nível do mar; ora, o país seguia sempre subindo, e, encontrando-se a uma altura de seiscentos a setecentos pés, o balão tendia a descer abaixo do próprio solo; era preciso, portanto, sustentá-lo com certa dilatação de gás. Somente se, ausente todo e qualquer vento, o doutor então deixasse o cesto tocar o solo é que o aeróstato, então livre de um peso considerável, poderia manter-se sem o socorro do maçarico.

Os mapas indicavam haver grandes concentrações de água no lado ocidental de Jihoue la Mkoa. Joe foi só até lá com um barril que podia conter até uma dezena de galões; sem dificuldades, encontrou o local indicado, próximo a um vilarejo deserto, recolheu a provisão de água e retornou em menos de um quarto de hora; ele não havia visto nada de especial, a não ser imensas armadilhas de elefante, e quase caíra em uma delas, onde jazia uma carcaça carcomida.

Ele trouxe de sua excursão uma espécie de nêspera, que macacos comiam avidamente. O doutor reconheceu o fruto do *mbenbu*, árvore que abunda na parte ocidental de Jihoue la Mkoa. Fergusson esperava Joe com certa impaciência, pois mesmo uma parada rápida nessa terra inóspita lhe inspirava grandes temores.

A água foi embarcada sem dificuldade, pois o cesto desceu quase até o solo; Joe pôde puxar a âncora e retornar agilmente até seu mestre.

Imediatamente este reavivou a chama, e o *Victoria* retomou seu caminho pelos ares.

Ele se encontrava então a cem milhas de Kazeh, importante estabelecimento no interior da África, aonde, graças a uma corrente vinda do sudeste, os viajantes contavam chegar ainda durante o dia; eles seguiam a uma velocidade de catorze milhas por hora; a condução do aeróstato tornou-se então muito difícil; não era possível subir bastante sem dilatar muito o gás, pois a região encontrava-se já a uma altura média de três mil pés. Ora, tanto quanto possível, o doutor preferia não forçar sua dilatação; ele seguiu então com muita destreza as sinuosidades de uma ladeira bastante íngreme e passou bem próximo aos vilarejos de Thembo e Tura Wels. Este último faz parte de Unyamwezy, local magnífico em que as árvores atingem dimensões enormes, como, por exemplo, o cacto, que assume proporções gigantescas.

Por volta das duas horas, com um tempo magnífico e sob um sol de fogo que devorava a menor corrente de ar, o *Victoria* planava sobre a cidade de Kazeh, situada a trezentas e cinquenta milhas da costa.

– Saímos de Zanzibar às nove horas da manhã – disse o doutor Fergusson consultando suas notas – e, após dois dias de travessia, percorremos cerca de quinhentas milhas geográficas. Os capitães Burton e Speke levaram quatro meses para fazer o mesmo caminho!

XV. Kazeh – O mercado rumoroso – Aparição do *Victoria* – *Waganga* – Os filhos da Lua – Passeio do doutor – População – O *tembé* real – As mulheres do sultão – Uma embriaguez real – Joe adorado – Como se dança na lua – Mudança súbita – Duas luas no firmamento – Instabilidade das grandezas divinas

Kazeh, ponto importante da África central, não é uma cidade; a bem dizer, não há cidades no interior. Kazeh não é senão um conjunto de seis amplas escavações. Lá se encontram cabanas, choças de escravos com pequenos pátios e jardins, cuidadosamente cultivados; cebolas, batatas, berinjelas, abóboras e champignons de um gosto perfeito crescem ali admiravelmente.

O Unyamwezy é a Terra da Lua por excelência, o parque fértil e esplêndido da África; no centro se encontra o distrito de Unyanembé, uma região deliciosa onde vivem preguiçosamente algumas famílias Omani, que são árabes de origem pura.

Por muito tempo eles fizeram comércio no interior da África e na Arábia; traficavam borracha, marfim, chita, escravos; suas caravanas cortavam essa região equatorial em várias direções, e iam ainda procurar na costa objetos de luxo para os comerciantes ricos, e estes, em meio às mulheres e aos servos, levavam nessa região encantadora a existência menos agitada e mais horizontal, sempre deitados, rindo, fumando ou dormindo.

Em torno dessas escavações, inúmeras cabanas indígenas, locais amplos para o comércio, campos de *cannabis* e de *datura*, belíssimas árvores e sombra fresca, eis aí Kazeh.

Lá se dá o encontro das caravanas: as do sul, com seus escravos e seus carregamentos de marfim; as do oeste, que exportam algodão e vidrilhos às tribos dos Grandes Lagos.

Assim, reina uma agitação perpétua nos mercados, uma balbúrdia inominável composta dos gritos de carregadores mestiços, do som de tambores e cornetas, do rincho de mulas e burros, do canto das mulheres, do berro de crianças e do estalar do rotim do Jemadar,[24] que dá o tom dessa sinfonia pastoral.

Lá são expostos sem nenhuma ordem, e mesmo com uma desordem encantadora, tecidos vistosos, pérolas, marfim, presas de rinoceronte, dentes de tubarão, mel, tabaco, algodão; lá se praticam as trocas mais curiosas, e cada objeto adquire valor conforme os caprichos que excita.

De repente, essa agitação, esse movimento, esse ruído cessaram subitamente. O *Victoria* acabava de aparecer no céu; ele flutuava majestosamente e descia pouco a pouco, sem afastar-se da vertical. Homens, mulheres, crianças, escravos, comerciantes, árabes e negros, tudo desapareceu e insinuou-se sob as *tembés* e sob as cabanas.

– Meu caro Samuel – disse Kennedy –, se continuarmos a causar tais reações, teremos dificuldade para estabelecer relações comerciais com essa gente.

– No entanto – disse Joe – há uma operação comercial muito simples a ser feita. Seria a de descer tranquilamente e de levar as mercadorias mais preciosas, sem nos preocuparmos com os comerciantes. Ficaríamos ricos!

– Bom – replicou o doutor –, os indígenas tiveram medo em um primeiro momento, mas não tardarão a retornar, por superstição ou por curiosidade.

– Acha mesmo, senhor?

– Veremos, mas é prudente não nos aproximarmos muito. O *Victoria* não é um balão blindado ou encouraçado; ele não está, portanto, protegido nem contra balas nem contra flechas.

– Pretende então, meu caro Samuel, entrar em negociações com os africanos?

– É possível, por que não? – respondeu o doutor – Deve-se encontrar em Kazeh comerciantes árabes mais instruídos, menos selvagens. Lembro-me de que os senhores Burton e Speke tinham apenas elogios

---

24. Líder da caravana. (N.A.)

quanto à hospitalidade dos habitantes da cidade. Assim, podemos tentar a aventura.

O *Victoria*, aproximando-se imperceptivelmente do solo, prendeu uma de suas âncoras na copa de uma árvore próxima à praça do mercado.

Toda a população, nesse momento, ressurgiu de seus abrigos; as cabeças saíam com circunspecção. Vários *waganga*, reconhecíveis graças a suas insígnias de conchas cônicas, avançaram corajosamente; eram os feiticeiros do local. Eles carregavam na cintura pequenos cantis escuros untados de gordura, e diversos objetos mágicos, além de uma sujeira exemplar.

Pouco a pouco a multidão se juntou a eles, as mulheres e as crianças os cercavam, os tambores soavam um mais forte que o outro, as mãos se chocavam e apontavam ao céu.

– É como suplicam – disse o doutor Fergusson –, se não me engano; teremos de desempenhar um papel importante.

– Bem, meu senhor, interprete-o!

– Você mesmo, meu bravo Joe, vai talvez tornar-se um deus.

– Eh! Isso não me incomoda muito, e o incenso não me é desagradável.

Nesse momento, um dos feiticeiros, um *myanga*, fez um gesto, e todo esse clamor deu lugar a um profundo silêncio. Ele dirigiu algumas palavras aos viajantes, mas em uma língua desconhecida.

O doutor Fergusson, não o compreendendo, lançou a esmo algumas palavras de árabe, e imediatamente recebeu uma resposta nessa língua.

O orador entregou-se a um sermão copioso, rebuscado e escutado por todos; o doutor não tardou a perceber que o *Victoria* havia sido tomado simplesmente pela Lua em pessoa, e que essa divindade amável havia se dignado a aproximar-se da cidade com seus três filhos, honra que não seria jamais esquecida nessa terra amada do Sol.

O doutor respondeu com grande dignidade que, sentindo a necessidade de mostrar-se mais de perto a seus adoradores, a Lua dava a cada mil anos essa volta burocrática. Ele lhes pediu então para não se incomodarem e fazerem o favor à sua divina presença de dizer suas necessidades e apresentar seus desejos.

O feiticeiro respondeu por sua vez que o sultão, o *mwani*, doente há muitos anos, reclamava os socorros do céu, e convidava os filhos da Lua a irem até ele.

O doutor compartilhou o convite com seus companheiros.

– E vai então ir até o rei negro? – disse o caçador.

– Sem dúvida. Essa gente me parece com boa disposição; a atmosfera é calma, não há um só sopro de vento! Não temos nada a temer quanto ao *Victoria*.

– E que fará?

– Fique tranquilo, meu caro Dick; com um pouco de medicina poderei me safar.

Depois, dirigindo-se à multidão:

– A Lua, lamentando o soberano caro aos filhos de Unyamwezy, confiou-nos a tarefa de curá-lo. Que ele se prepare para receber-nos!

Os clamores, os cantos, as demonstrações redobraram, e todo esse amplo formigueiro de cabeças negras pôs-se novamente em movimento.

– Agora, meus amigos – disse o doutor Fergusson –, é preciso prever tudo. Nós podemos, eventualmente, ter de partir rápido. Dick permanecerá no cesto, portanto, e, por meio do maçarico, manterá uma força ascensional suficiente. A âncora está solidamente presa, não há nada a temer. Descerei ao solo. Joe me acompanhará, mas permanecerá junto à escada.

– Como?! Irá sozinho até o negro? – disse Kennedy.

– Como, senhor Samuel?! – exclamou Joe. – Não quer que eu o siga até lá?

– Não, irei só; essa brava gente entende que sua grande divindade, a Lua, veio lhe visitar, estou protegido pela superstição; assim, não temam nada, e permaneçam nos postos designados.

– Já que insiste – respondeu o caçador.

– Cuide da dilatação do gás.

– Está combinado.

Os gritos dos indígenas redobraram; eles reclamavam energicamente uma intervenção celeste.

– Vejam, vejam! – fez Joe. – Acho-os um pouco imperiosos demais com sua boa Lua e seus divinos filhos.

O doutor, munido com sua farmácia de viagem, desceu até o solo, precedido por Joe. Este, grave e digno como convinha, sentou-se ao pé da escada, as pernas cruzadas abaixo de si ao modo árabe, e uma parte da multidão formou um círculo respeitoso à sua volta.

Enquanto isso, o doutor Fergusson, conduzido sob o som de instrumentos musicais, acompanhado por uma espécie de pírrica religiosa, avançou lentamente até o *tembé* real, situado assaz longe da cidade; eram cerca de três horas, e o sol resplandecia; não se poderia esperar menos para as circunstâncias.

O doutor andava com dignidade; os *waganga* o cercavam e continham a multidão. Fergusson foi logo recebido pelo filho bastardo do sultão, jovem menino de belas feições, que, segundo os costumes do país, era o único herdeiro dos bens paternais, à exclusão dos filhos legítimos; ele prosternou-se diante do filho da Lua; este o levantou com um gesto gracioso.

Quarenta e cinco minutos depois, atravessando um percurso umbroso, em meio a todo o luxo de uma vegetação tropical, a procissão entusiasmada chegou ao palácio do sultão, espécie de edifício quadrangular chamado Iténya e situado em uma colina. Uma espécie de varanda, formada por um teto de colmo, reinava sobre o exterior, apoiada em colunas de madeira esculpidas. Longas linhas de argila avermelhada ornavam os muros, procurando reproduzir os contornos de homens e serpentes, estas naturalmente obtendo mais sucesso que aqueles. O teto dessa habitação não repousava diretamente sobre as paredes, e o ar podia circular livremente; aliás, não havia janelas, e mal havia uma porta.

O doutor Fergusson foi recebido com grandes honrarias pelos guardas e pelos áulicos, homens de boa raça, dos *wanyamwezi*, tipo puro das populações da África central, fortes e robustos, de boa compleição e de boa saúde. Seus cabelos divididos em um bom número de pequenas tranças caíam sobre os ombros; traços escuros e azuis zebravam suas bochechas, das têmporas até a boca. Suas orelhas, horrendamente estendidas, suportavam discos de madeira e placas de copal; eles estavam vestidos com tecidos brilhantes; os soldados, armados com zagaias, com arcos e flechas envenenadas com suco de eufórbia, com facas, com *sime*, um longo sabre com dentes de serra, e com pequenos machados.

O doutor adentrou o palácio. Lá, a despeito da doença do sultão, o tumulto já horrível redobrou com a sua chegada. Ele notou, no lintel da porta, algumas caudas de lebre e crinas de zebra suspensas como talismãs. Ele foi recebido pelo grupo de mulheres de Sua Majestade, sob o som harmonioso do *upatu*, espécie de címbalo feito com o fundo de um pote de cobre, e do *kilindo*, tambor de cinco pés de altura perfurado em um tronco de árvore, e contra o qual dois virtuoses esgrimiam-se.

A maior parte das mulheres parecia ser muito bonita, e ria enquanto fumava o tabaco e o *thang* em grandes cachimbos negros; elas pareciam de boa compleição sob seus vestidos longos e ornados graciosamente, e portavam o *kilt*, de fibras de porongo, preso na cintura.

Seis dentre elas não estavam assim tão circunspectas, ainda que afastadas e destinadas a um suplício cruel. Ao morrer o sultão, elas deveriam ser enterradas vivas juntas a ele, para distraí-lo durante sua solidão eterna.

Após analisar todo o grupo num golpe de vista, o doutor Fergusson avançou até o leito de madeira do soberano. Lá viu um homem de cerca de quarenta anos, absolutamente embrutecido pelas orgias, e pelo qual nada podia fazer. Essa doença, que se prolongava havia anos, não era senão uma embriaguez perpétua. Esse rei bêbedo estava praticamente inconsciente, e nem todo o amoníaco do mundo poderia pô-lo de pé.

Os áulicos e as mulheres curvavam-se, prostrando-se durante a visita solene. Com algumas gotas de um cordial violento, o doutor reanimou por um instante o corpo embrutecido; o sultão fez um movimento, e, para um cadáver que já não dava mais sinais de existência havia horas, o sintoma foi acolhido com uma intensificação dos brados em honra ao médico.

Este, que já havia visto o suficiente, afastou com um movimento rápido os adoradores mais exaltados, saiu do palácio e dirigiu-se até o *Victoria*. Eram então seis horas da tarde.

Joe, durante sua ausência, esperava tranquilamente junto à escada; a multidão lhe dava sinais de grande devoção. Como um verdadeiro filho da Lua, ele a deixava fazê-lo. Para uma divindade, ele tinha ares de um bravo homem, não orgulhoso, íntimo mesmo com as jovens africanas, que não se cansavam de contemplá-lo. Ele, aliás, dizia-lhes as coisas mais amáveis.

– Adorem-me, senhoritas, adorem-me – dizia-lhes. – Sou um bom diabo, ainda que filho de uma divindade!

Apresentaram-lhe as oferendas propiciatórias, ordinariamente entregues nos *mzimu* ou cabanas-fetiche. Elas consistiam em espigas de cevada e em *pombe*. Joe sentiu-se obrigado a experimentar essa espécie forte de cerveja; mas seu paladar, ainda que acostumado ao gim e ao uísque, não pôde suportar a violência. Ele fez uma careta horrorosa, que os presentes tomaram por um sorriso amável.

E, em seguida, as jovens juntaram suas vozes em uma melopeia arrastada, executando uma dança grave em torno dele.

– Ah, então dançam! – disse. – Para não ficar para trás, vou mostrar uma dança de meus países.

E começou uma giga extraordinária, contorcendo-se, esticando-se, curvando-se, dançando com os pés, dançando com os joelhos, dançando com as mãos, desenvolvendo contorções extravagantes, poses incríveis, caretas impossíveis, dando assim a essa população uma estranha ideia da maneira com que dançam os deuses na lua.

Ora, todos esses africanos, tão imitadores quanto os macacos, logo reproduziram suas maneiras, seus saltos, sua agitação; eles não perdiam um só gesto, não esqueciam um só movimento; foi então um caos, uma desordem, uma agitação da qual é difícil dar uma ideia, mesmo geral. No ápice da festa, Joe avistou o doutor.

Este vinha com toda a pressa em meio a uma multidão barulhenta e desordeira. Os feiticeiros e os líderes pareciam muito agitados. O doutor estava cercado; apressavam-no e ameaçavam-no.

Estranha mudança de ânimo! Que se teria passado? Teria o sultão desastradamente sucumbido nas mãos de seu médico celeste?

Kennedy, em seu posto, viu o perigo sem compreender a causa. O balão, vivamente acionado pela dilatação do gás, tensionava sua corda de retenção, impaciente para elevar-se às alturas.

O doutor chegou ao pé da escada. Um temor supersticioso retinha ainda a multidão e a impedia de qualquer violência contra sua pessoa; ele subiu rapidamente os degraus, e Joe seguiu-o com agilidade.

– Não há um só instante a perder – disse-lhe seu mestre. – Nem tentem desprender a âncora! Cortaremos a corda! Siga-me!

– Mas que há? – perguntou Joe escalando o cesto.

– Que aconteceu? – fez Kennedy, carabina à mão.
– Vejam – respondeu o doutor mostrando o horizonte.
– E? – perguntou o caçador.
– A lua!

A lua, com efeito, levantava-se vermelha e esplêndida, um globo de fogo sobre um fundo azul. Era bem ela! Ela e o *Victoria*!

Ou havia duas luas ou os estrangeiros eram meros impostores, intrigantes, falsos deuses!

Tais haviam sido as reflexões naturais da multidão. Daí a mudança súbita.

Joe não pôde conter uma enorme gargalhada. A população de Kazeh, compreendendo que sua presa lhe escapava, soltou longos urros; arcos e mosquetes foram apontados para o balão.

Mas um dos feiticeiros fez um sinal. As armas se abaixaram; ele subiu na árvore, com a intenção de se apoderar da corda da âncora, e de trazer a máquina à terra.

Joe lançou-se com um machado à mão.

– Devemos cortá-la? – disse ele.
– Espere – respondeu o doutor.
– Mas e o negro...?
– Nós talvez possamos salvar nossa âncora, o que é de minha preferência. Poderemos cortá-la a qualquer momento.

O feiticeiro, uma vez na árvore, agiu de modo tal que, ao quebrar os galhos, conseguiu soltar a âncora; esta, puxada violentamente pelo aeróstato, prendeu o feiticeiro pelas pernas, e este, montado sobre este hipogrifo inesperado, partiu em viagem pelos ares.

O estupor da multidão foi imenso ao ver um de seus *waganga* lançado pelo espaço.

– Hurra! – exclamou Joe enquanto o *Victoria*, graças à sua potência ascensional, subia com grande rapidez.

– Ele está aguentando bem – disse Kennedy. – Uma pequena viagem não lhe fará mal.

– Será que devemos largar esse negro de imediato? – perguntou Joe.

– Óbvio que não! – replicou o doutor. – Nós o deixaremos tranquilamente em terra, e creio que, após uma tal aventura, seu poder mágico crescerá enormemente aos olhos de seus contemporâneos.

– São capazes de fazê-lo um deus – exclamou Joe.

O *Victoria* havia chegado a uma altura de cerca de mil pés. O negro agarrava-se à corda com uma energia pavorosa. Ele estava calado, os olhos fixos. Ao seu terror mesclava-se espanto. Um leve vento vindo do oeste afastava o balão da cidade.

Meia hora mais tarde, o doutor, vendo uma região deserta, moderou a chama do maçarico e reaproximou-se do solo. A vinte pés de altura, o negro decidiu-se; jogou-se, caiu de pé e pôs-se a correr em direção a Kazeh, enquanto o *Victoria*, subitamente mais leve, ascendia às alturas.

XVI. Sinais da tempestade – A Terra da Lua – O futuro do continente africano – A máquina da última hora – Vista do país sob o sol poente – Flora e fauna – A tempestade – A zona do fogo – O céu estrelado

– É isso o que acontece – disse Joe – quando alguém se faz passar por filho da Lua sem permissão! O satélite quase nos aprontou uma terrível! Será que por acaso, meu senhor, teria comprometido sua reputação por causa desse caso?

– A propósito – disse o caçador –, que tal o sultão de Kazeh?

– Um velho bêbedo quase morto – respondeu o doutor – cuja perda não será tão sentida. Mas a moral da história é que as honrarias são efêmeras, e não se deve tomar muito gosto por elas.

– Tanto pior – replicou Joe. – Já estava gostando. Ser adorado! Brincar de deus como bem entender! Mas que fazer? A lua se mostrou, e toda vermelha, o que prova que estava zangada!

Entre essa e outras conversas, nas quais Joe examinou o astro de um ponto de vista inteiramente novo, nuvens enormes, sinistras e pesadas carregavam o céu ao norte. Um vento agitado, a trezentos pés do solo, levava o *Victoria* na direção nor-nordeste. Acima dele, a abóbada celeste estava limpa, mas a sentiam pesada.

Os viajantes encontraram-se, por volta das oito horas da noite, a trinta e dois graus e quarenta minutos de longitude e a quatro graus e dezessete minutos de latitude; as correntes atmosféricas, sob a influência de uma tempestade iminente, impeliam-nos com uma velocidade de trinta e cinco milhas por hora. Sob seus pés passavam rapidamente as planícies onduladas e férteis de Mtuto. O espetáculo era admirável, e foi admirado.

– Estamos em plena Terra da Lua – disse o doutor Fergusson –, pois ela conservou o nome que lhe deu a antiguidade, sem dúvida porque a lua foi adorada aqui desde sempre. É realmente uma região magnífica, e dificilmente se encontraria uma vegetação mais bela.

– Se a encontrássemos nos arredores de Londres, não seria natural – respondeu Joe –, mas seria muito agradável! Por que essas coisas belas são reservadas a países tão bárbaros?

– E por acaso sabemos – replicou o doutor – se algum dia esta região não se tornará o centro da civilização? Os povos do futuro talvez venham para cá, quando as regiões da Europa se esgotarem de tanto alimentar seus habitantes.

– Acredita nisso? – fez Kennedy.

– Sem dúvida, meu caro Dick. Veja o curso dos acontecimentos; considere as migrações sucessivas dos povos e chegará à mesma conclusão que eu. A Ásia é a ama de leite do mundo, não é verdade? Durante talvez quatro mil anos ela trabalhou, foi fertilizada, produziu, e depois, quando de onde brotavam as colheitas douradas de Homero brotaram pedras, seus filhos abandonaram seu seio extenuado e murcho. Vê-se então jogarem-se sobre a Europa, jovem e potente, que os alimenta há dois mil anos. Mas sua fertilidade já se perde, suas faculdades produtivas diminuem a cada dia; colheitas fracas, recursos insuficientes, tudo isso é um sinal inegável de uma vitalidade que se altera, de um esgotamento próximo. Assim, vemos já os povos precipitarem-se sobre as mamas da América como a uma fonte não inesgotável, mas inesgotada. Por sua vez, o novo continente se fará velho; suas florestas virgens cairão sob o machado da indústria; seu solo enfraquecerá de tanto produzir aquilo que tanto lhe será demandado; lá onde duas colheitas todo ano brotavam, mal uma sairá de seu terreno extenuado. Então a África oferecerá às raças novas tesouros acumulados há séculos em seu seio. Os climas fatais aos estrangeiros serão depurados com afolhamentos e drenagens. As águas esparsas se reunirão em um leito comum para formar uma artéria navegável. E o país sobre o qual planamos, mais fértil, mais rico, mais vital que os outros, tornar-se-á um grande reino onde se produzirão descobertas ainda mais surpreendentes que a máquina a vapor e a eletricidade.

– Ah, senhor! – disse Joe. – Bem gostaria de ver isso.

– Você se levantou cedo demais, meu jovem.

– E aliás – disse Kennedy – talvez fosse uma época muito entediante, essa em que a indústria absorverá tudo em seu proveito! De tanto inventar máquinas, o homem será devorado por elas! Sempre imaginei que o último dia do mundo será aquele em que alguma caldeira imensa, aquecida a uma temperatura incrível, fará nosso planeta explodir!

– E digo ainda – disse Joe – que os americanos não gostam pouco de trabalhar com máquinas!

– De fato – respondeu o doutor –, são grandes caldeireiros! Mas, sem nos deixarmos levar por tais discursos, contentemo-nos em admirar esta terra, já que nos é dado vê-la.

O sol, insinuando seus últimos raios sob a aglomeração de nuvens, ornava com uma crista de ouro os menores acidentes do solo: árvores gigantescas, plantas herbáceas, musgos, tudo era tocado por esse rio luminoso. O terreno, ligeiramente ondulado, saltava lá e cá em pequenas colinas cônicas; nenhuma montanha no horizonte; paliçadas imensas, sebes impenetráveis e selvas espinhosas separavam as clareiras, de onde surgiam vários vilarejos. Eufórbias gigantescas os cercavam de fortificações naturais, misturando-se aos galhos coraliformes dos arbustos.

Logo o Malagazari, o principal afluente do lago Tanganica, pôs-se a serpentear sob densas áreas verdes; ele dava abrigo a inúmeros cursos d'água, nascidos de trasbordamentos em época de cheias ou de açudes perfurados na camada argilosa do solo. Para observadores mais elevados, era como uma rede de cascatas sobre a face ocidental inteira do país.

Zebus pastavam nas pradarias férteis e desapareciam sob o mato alto; as florestas, contendo espécies magníficas, ofereciam-se aos olhos como buquês enormes; mas leões, leopardos, hienas, tigres refugiavam-se nesses buquês para escapar da última onda de calor do dia. Às vezes um elefante fazia ondular os galhos dos arbustos, e ouvia-se o estalar das árvores cedendo às suas presas de marfim.

– Que país para caçar! – exclamou Kennedy entusiasmado. – Uma bala lançada a esmo, em plena floresta, encontraria um animal digno dela! Será que poderíamos experimentar um pouco disso?

– Não, meu caro Dick; já é noite, uma noite ameaçadora, acompanhada de uma tempestade. Ora, as tempestades são terríveis nessa região, onde o solo é como uma imensa bateria elétrica.

– Tem razão, senhor – disse Joe –, o calor está sufocante e o vento parou completamente; percebe-se que alguma coisa está se preparando.

— A atmosfera está saturada de eletricidade — respondeu o doutor. — Todo ser vivo é sensível a esse estado atmosférico que precede a luta dos elementos, e confesso que nunca antes os senti assim.

— Bem — perguntou o caçador —, não seria o caso de descermos?

— Ao contrário, Dick, preferiria subir. Temo somente ser afastado da rota durante a passagem das correntes atmosféricas.

— Quer abandonar a direção que seguimos desde a costa?

— Se me for possível — respondeu Fergusson —, seguirei mais diretamente ao norte, entre sete e oito graus; tentarei subir em direção às supostas latitudes das fontes do Nilo; talvez percebamos vestígios da expedição do capitão Speke, ou mesmo a caravana do senhor de Heuglin. Se meus cálculos estiverem corretos, nós nos encontramos a trinta e dois graus e quarenta minutos de longitude, e gostaria de passar a linha do Equador.

— Veja! — exclamou Kennedy interrompendo seu companheiro. — Veja lá, hipopótamos saindo da água, essas massas de carne e sangue, e crocodilos ofegando ruidosamente!

— Eles estão sufocando! — fez Joe. — Ah, que maneira encantadora de viajar. São insignificantes como insetos daqui! Senhor Samuel, senhor Kennedy, vejam aquele bando de animais que marcha tão rapidamente! São certamente uns duzentos; são lobos.

— Não, Joe, são antes cães selvagens; uma raça famosa, que não temeria ter de enfrentar leões. É o encontro mais terrível que pode ter um viajante. Ele seria imediatamente feito em pedaços.

— Bom, não será Joe que se encarregará de lhes pôr uma focinheira — respondeu o amável rapaz. — Depois, se é da natureza deles, não se lhes pode querer mal.

O silêncio aumentava pouco a pouco devido à tempestade; parecia que o ar já não podia transmitir som algum; a atmosfera parecia abafada, e, como uma sala repleta de tapetes, perdia toda sonoridade. O corta-ramos, o grou-coroado, os gaios azuis e vermelhos, sabiás, papa-moscas, todos desapareciam entre as árvores. A natureza inteira dava sinais de um cataclismo próximo.

Às nove horas da noite, o *Victoria* mantinha-se sobre Mséné, ampla região de vilarejos difíceis de distinguir na escuridão; por vezes a reverberação de um raio inesperado na água morna indicava alguns buracos distribuídos regularmente, e, com um último clarão, o olhar podia perceber a forma calma e inquietante das palmeiras, dos tamarindos, dos sicômoros e das eufórbias gigantescas.

– Estou sufocando! – disse o escocês aspirando a plenos pulmões o máximo possível do ar rarefeito. – Já não nos movemos! Desceremos?

– Mas e a tempestade? – fez o doutor bastante inquieto.

– Se teme ser levado pelo vento, parece-me que não há outra escolha a ser feita.

– A tempestade talvez não se desencadeie esta noite – retomou Joe. – As nuvens estão muito altas.

– Mais uma razão por que hesito ultrapassá-las; seria preciso subir a uma altura muito elevada, perder a terra de vista, e deixar de saber durante a noite se avançamos e em que direção avançamos.

– Decida-se, meu caro Samuel, é urgente.

– É um problema que o vento tenha cessado – retomou Joe. – Ele nos teria afastado da tempestade.

– É de se lamentar, meus amigos, pois as nuvens são um perigo para nós; elas contêm as correntes opostas que podem nos prender em seus turbilhões, e relâmpagos capazes de nos incendiar. Por outro lado, a força do vento pode nos jogar ao solo, se jogarmos a âncora em uma árvore.

– Então, que fazer?

– É preciso manter o *Victoria* em uma zona intermediária, entre os perigos da terra e os perigos do céu. Nós temos água em quantidade suficiente para o maçarico, e nossas duzentas libras de lastro estão intactas. Caso necessário, posso servir-me delas.

– Ficaremos de vigília juntos – disse o caçador.

– Não, meus amigos, protejam as provisões e deitem-se; eu os acordarei se for o caso.

– Mas, mestre, não seria bom que o senhor descansasse um pouco, já que não há nenhuma ameaça por enquanto?

– Não, obrigado, meu jovem, prefiro ficar de vigia. Estamos imóveis, e, se as circunstâncias não mudarem, amanhã nos encontraremos exatamente no mesmo lugar.

– Boa noite, senhor.

– Boa noite, se for possível.

Kennedy e Joe deitaram-se sob as cobertas, e o doutor permaneceu só na imensidão.

Enquanto isso, o domo das nuvens descia quase imperceptivelmente, e a escuridão era profunda. A abóboda negra fechava-se em volta do globo terrestre como para esmagá-lo.

Subitamente um clarão violento, rápido, incisivo iluminou as sombras; mal o rasgão no céu se fechou e um trovão apavorante sacudia as profundezas do céu.

– Alerta! – exclamou Fergusson.

Os que dormiam, despertados por esse barulho horroroso, estavam agora a postos.

– Descemos? – fez Kennedy.

– Não! O balão não resistiria. Subamos antes que as nuvens se desmanchem em água e o vento comece a soprar!

E ele estimulou vivamente a chama do maçarico nas espirais da serpentina.

As tempestades tropicais desenvolvem-se com uma velocidade comparável à sua violência. Um segundo clarão rasgou a nuvem, e foi seguido imediatamente por vinte outros. O céu estava todo raiado por faíscas elétricas que estalavam sob as enormes gotas de chuva.

– Nós demoramos demais – disse o doutor. – Agora é preciso atravessar uma zona de fogo com nosso balão repleto de ar inflamável!

– Mas a terra! A terra! – retomava ainda Kennedy.

– O risco de sermos atingidos por um raio seria quase o mesmo, e logo nos destroçaríamos nos galhos das árvores.

– Subamos, senhor Samuel!

– Mais rápido! Mais rápido!

Nessa parte da África, durante as tempestades equatoriais, não é raro contar-se de vinte a trinta relâmpagos por minuto. O céu fica literalmente em fogo, e os trovões não descontinuam.

O vento soprava com uma violência pavorosa nessa atmosfera em chamas; ele contorcia as nuvens incandescentes. Dir-se-ia o sopro de um ventilador imenso que estimulava todo esse incêndio.

O doutor Fergusson mantinha seu maçarico à máxima potência; o balão dilatava-se e subia; de joelhos no meio do cesto, Kennedy segurava a cortina da tenda. O balão turbilhonava a ponto de causar vertigem, e os viajantes sofriam com oscilações inquietantes. Surgiam cavidades grandes no invólucro do aeróstato; o vento o engolfava com violência, e o tafetá produzia sons altos sob essa pressão. Uma espécie de granizo, precedido por um ruído tumultuoso, rasgava a atmosfera e crepitava sobre o *Victoria*. Este, no entanto, continuava sua marcha ascensional. Os relâmpagos desenhavam traçados de fogo em sua volta; ele estava em chamas.

– Seja o que Deus quiser! – disse o doutor Fergusson. – Nós estamos em suas mãos; só ele pode nos salvar. Preparemo-nos para qualquer caso, mesmo para um incêndio. Nossa queda pode não ser rápida.

A voz do doutor mal chegava aos ouvidos de seus companheiros; mas eles podiam ver sua figura calma em meio aos rasgos dos relâmpagos; ele observava os fenômenos de fosforescência produzidos pelo fogo de santelmo que revoava em volta das cordas do aeróstato.

Este girava, turbilhonava, mas subia; após quinze minutos, ele havia passado a zona das nuvens tempestuosas, e as descargas elétricas aconteciam abaixo dele, como fogos de artifício suspensos em seu cesto.

Este é um dos mais belos espetáculos que a natureza pode dar ao homem. Abaixo, a tempestade. Acima, o céu estrelado, tranquilo, mudo, impassível, com a lua projetando sua luz pacata sobre as nuvens coléricas.

O doutor Fergusson consultou o barômetro, que deu doze mil pés de altura. Eram onze horas da noite.

– Graças aos céus, o perigo já passou – disse. – Basta mantermo-nos a esta altura.

– Foi aterrorizante! – respondeu Kennedy.

– Bom – replicou Joe. – Isso dá mais diversidade à viagem, e não me importo de ter visto uma tempestade aqui de cima. É um belo espetáculo!

XVII. As montanhas da Lua – Um oceano de vegetação – Joga-se a âncora – O elefante rebocador – Fogo contínuo – Morte do paquiderme – Fogo de chão – Refeição sobre a grama – Uma noite em terra

Por volta das seis horas da manhã, o sol levantava-se no horizonte. As nuvens se dissiparam, e um vento refrescava as primeiras luzes da manhã.

A terra, toda perfumada, reapareceu aos olhos dos viajantes. O balão, girando em torno de seu próprio eixo, em meio a correntes opostas, mal derivara. O doutor, deixando o gás contrair, começou a descer para buscar uma direção mais setentrional. Por bastante tempo suas buscas foram vãs. O vento o levou a oeste, de onde se pôde ver as célebres montanhas do País da Lua, que formam um semicírculo em volta de uma das extremidades do lago Tanganica; essa cadeia, pouco acidentada, destacava-se sobre o horizonte azulado; dir-se-ia uma fortificação natural, intransponível para os exploradores do centro da África; alguns picos isolados ofereciam sinais de uma neve sempiterna.

– Eis-nos aqui – disse o doutor – em uma região inexplorada; o capitão Burke avançou profundamente a oeste, mas não pôde chegar a estas montanhas célebres. Chegou mesmo a negar que existissem, contrariando Speke, seu companheiro. Pretende ele que elas nasceram da imaginação deste último. Para nós, meus amigos, não há mais dúvida possível.

– E nós as atravessaremos? – perguntou Kennedy.

– Não, queira Deus; pretendo encontrar um vento favorável que me leve ao Equador; até o esperarei, e, se for necessário, farei do *Victoria* um navio que, para enfrentar os ventos contrários, joga sua âncora.

Mas as previsões do doutor não tardariam a se tornar realidade. Após tentar diferentes alturas, o *Victoria* seguia na direção nordeste a uma velocidade média.

– Estamos na direção certa – disse ele consultando sua bússola –, e apenas a duzentos pés do solo, circunstâncias favoráveis para fazermos o reconhecimento dessas regiões novas; o capitão Speke, ao descobrir o lago Ukerewe, subia mais na direção leste, em linha reta desde Kazeh.

– Seguiremos assim por muito tempo? – perguntou Kennedy.

– Talvez; nosso objetivo é ir até as fontes do Nilo, e nós temos mais de seiscentas milhas a percorrer até o limite extremo alcançado pelos exploradores vindos do norte.

– E não poremos os pés em terra – fez Joe –, a fim de esticar as pernas?

– Faremos isso. Aliás, será preciso poupar nossos víveres, e, no caminho, meu bravo Dick, você nos abastecerá com carne fresca.

– Quando quiser, amigo Samuel.

– Teremos também de renovar nossa reserva de água. Quem sabe se não seremos levados a regiões áridas? É preciso ser precavido.

Ao meio-dia, o *Victoria* encontrava-se a vinte e nove graus e quinze minutos de longitude e três graus e quinze minutos de latitude. Ele passava a cidade de Uyofu, limite setentrional de Unyamwezi, atravessando o lago Ukerewe, que ainda podia ser visto.

Os povos mais próximos do Equador parecem ser um pouco mais civilizados, e são governados por monarcas absolutos cujo despotismo não possui limites. A aglomeração mais compacta constitui a província de Karagwah.

Ficou decidido entre os três viajantes que eles desceriam à terra no primeiro local favorável. Deveriam fazer uma parada prolongada, e o aeróstato seria cuidadosamente revisado; a chama do maçarico foi moderada; as âncoras lançadas para fora do cesto foram logo roçar a relva alta de uma imensa pradaria; de uma certa altura, ela parecia coberta por uma relva rasteira, mas em verdade o relvado tinha entre sete e oito pés de espessura.

O *Victoria* roçava a relva sem curvá-la, como uma borboleta gigantesca. Nenhum obstáculo à vista. Era como um oceano verde sem nenhuma onda vindo quebrar na praia.

– Nós poderemos seguir assim por muito tempo – disse Kennedy. – Não vejo uma só árvore da qual possamos nos aproximar; a caça me parece comprometida.

– Espere, meu caro Dick, não há como caçar nessa relva mais alta que nós mesmos; acabaremos por encontrar um local favorável.

Era em verdade um passeio encantador, uma verdadeira navegação sobre esse mar tão verde, quase transparente, com suaves ondulações sob o sopro do vento. O cesto fazia jus ao seu nome, passando entre as ondinhas, e bandos de aves das cores mais esplêndidas escapavam por vezes do relvado com mil gritos de alegria. As âncoras mergulhavam nesse lago de flores e traçavam um sulco que se fechava logo atrás delas como o rastro de um navio.

Subitamente, o balão sofreu um grande abalo. A âncora havia sem dúvida encontrado um rochedo escondido sob esse relvado gigantesco.

– Estamos presos – fez Joe.

– Muito bem! Jogue a escada – replicou o caçador.

Nem bem essas palavras foram ditas quando um grito agudo rompeu o ar, e as frases seguintes, entrecortadas por exclamações, escaparam da boca dos três viajantes.

– Que é isso?

– Um grito peculiar!

– Veja! Estamos andando!

– A âncora resvalou.

– Mas não! Ela ainda está presa – fez Joe puxando a corda.

– É o rochedo que anda!

Percebia-se uma grande agitação na relva, e logo uma forma comprida e sinuosa elevou-se acima dela.

– Uma serpente! – fez Joe.

– Uma serpente! – exclamou Kennedy carregando sua carabina.

– Não! – disse o doutor. – É a tromba de um elefante.

– Um elefante, Samuel!

E Kennedy, dizendo isso, empunhou sua arma.

– Espere, Dick, espere!

– Sem dúvida! O animal está nos carregando.

– E na direção certa, Joe, na direção certa.

O elefante avançava com certa velocidade; logo ele chegou a uma clareira onde puderam vê-lo inteiro. De seu tamanho gigantesco, o doutor pôde reconhecer um macho de uma espécie magnífica; ele carregava duas presas brancas, de curvatura admirável, e que podiam ter oito pés de comprimento; a âncora estava firmemente presa entre elas.

O animal em vão tentava soltar-se da corda que o prendia ao cesto usando sua tromba.

– Em frente! Coragem! – exclamou Joe tomado de alegria, animando como podia o inesperado tripulante. – Eis aí um novo modo de viajar! Sem mais essa de cavalo! Um elefante, por favor.

– Mas aonde ele nos está levando? – perguntou Kennedy agitando a carabina que lhe coçava nas mãos.

– Ele nos leva aonde quisermos, meu caro Dick! Um pouco de paciência!

– "Wig a more! Wig a more!", como dizem os camponeses da Escócia – exclamava Joe exultante. – Avante! Avante!

O animal assumiu um galope muito veloz, projetando sua tromba à direita e à esquerda, e, com esses movimentos bruscos, causava sacudidas violentas no cesto. O doutor, machado à mão, estava pronto para cortar a corda se necessário fosse.

– Mas – disse ele – nós não nos separaremos de nossa âncora senão no último momento.

Essa corrida, a reboque de um elefante, durou cerca de uma hora e meia; o animal não parecia nem um pouco cansado. Esses enormes paquidermes podem dar trotes consideráveis, e, de um dia para o outro, pode-se vê-los percorrer distâncias imensas, assim como as baleias, com as quais eles partilham o peso e a rapidez.

– A propósito – dizia Joe –, é como uma baleia que arpoamos, e não fazemos senão imitar o procedimento dos baleeiros durante a pesca.

No entanto uma mudança na natureza do terreno obrigou o doutor a modificar seu meio de locomoção.

Um bosque espesso de camaldores aparecia ao norte da pradaria, a cerca de três milhas. Tornava-se necessário que o balão se separasse de seu condutor.

Kennedy foi então encarregado de deter o percurso do animal; ele empunhou sua carabina, mas sua posição não era conveniente para atingir o animal com sucesso. Uma primeira bala, disparada contra seu crânio, achatou-se como sobre uma placa de metal; o animal não pareceu minimamente incomodado. Ao som do disparo, seu passo acelerou, e sua velocidade era agora a de um cavalo a galope.

– Mil diabos! – disse Kennedy.

– Que cabeça dura! – fez Joe.

– Tentemos algumas balas na extremidade da espádua – retomou Dick carregando sua carabina com cuidado, e abriu fogo.

O animal soltou um grito horrível, e continuou ainda mais impetuosamente.

– Vejamos – disse Joe armando-se com um dos fuzis –, é preciso que eu lhe ajude, senhor Dick, ou isso não terá fim!

E duas balas foram alojar-se nas ilhargas do animal.

O elefante deteve-se, levantou sua tromba, e retomou a toda velocidade sua corrida em direção ao bosque; ele sacudia a cabeça enorme, e o sangue começava a jorrar copiosamente de seus ferimentos.

– Não cessemos o fogo, senhor Dick.

– Um fogo contínuo – acrescentou o doutor. – Estamos a apenas vinte toesas do bosque!

Mais dez disparos ecoaram. O elefante deu um salto apavorante; o cesto e o balão estalaram a fazer crer que tudo havia se quebrado. O impacto fez cair o machado das mãos do doutor.

A situação era agora terrível; o cabo da âncora tão firmemente preso não podia ser nem solto nem cortado pelos instrumentos do viajante. O balão aproximava-se rapidamente do bosque, quando o animal recebeu uma bala em um dos olhos no momento em que levantava a cabeça. Ele parou, hesitou. Seus joelhos dobraram, e ele mostrou as ilhargas ao caçador.

– Uma bala no coração – disse este. – Descarregando uma última vez sua carabina.

O elefante soltou um gemido de aflição e agonia; levantou-se por um instante, fazendo girar sua tromba, e em seguida tombou novamente com todo o seu peso sobre uma de suas presas, que quebrou facilmente. Ele estava morto.

– Sua presa quebrou! – exclamou Kennedy. – Cem libras deste marfim valem trinta e cinco guinéus na Inglaterra!

– Tanto assim! – fez Joe, descendo à terra pela corda da âncora.

– De que serve seu lamento, meu caro Dick? – respondeu o doutor Fergusson. – Por acaso somos traficantes de marfim? Viemos até aqui para fazer fortuna?

Joe examinou a âncora. Ela permanecia firmemente unida à presa ainda intacta. Samuel e Dick saltaram ao solo, enquanto o aeróstato, quase esvaziado, balançava sobre o corpo do animal.

– Um animal magnífico! – exclamou Kennedy. – Quanta massa! Nunca vi na Índia um elefante desse tamanho!

– Não surpreende, meu caro Dick; os elefantes do centro da África são os mais belos. Os Anderson, os Cumming tanto os caçaram nos arredores do Cabo que eles emigraram em direção ao Equador, onde os encontraremos agrupados em bandos muito numerosos.

– Antes disso – respondeu Joe –, espero que possamos experimentar a carne deste aqui! Disponho-me a lhes oferecer uma refeição suculenta às custas deste animal. O senhor Kennedy pode caçar durante uma hora ou duas, o senhor Samuel pode inspecionar o *Victoria* e, enquanto isso, eu vou à cozinha!

– Muito bem – respondeu o doutor. – Faça como quiser.

– Quanto a mim – disse o caçador –, farei uso das duas horas de liberdade que Joe se dignou a conceder-me.

– Vá, meu amigo, mas sem imprudências. Não se afaste muito.

– Fique tranquilo.

E Dick, armado com seu fuzil, embrenhou-se no bosque.

Joe, então, ocupou-se de suas tarefas. Primeiro, fez um buraco de dois pés de profundidade na terra e o preencheu com os galhos secos que cobriam o solo, originários de passagens abertas no bosque pelos elefantes, cujos vestígios ele podia perceber. Preenchido o buraco, ele montou uma fogueira de dois pés de altura, e a acendeu.

Em seguida, voltou-se ao cadáver do elefante, caído a dez toesas do bosque apenas; ele desmembrou habilmente a tromba, que media cerca de dois pés de comprimento; dela, escolheu a parte mais delicada, e a ela juntou um dos pés esponjosos do animal. Com efeito, esses são os seus melhores pedaços, como a bossa do bisão, a pata do urso ou a cabeça do javali.

Quando a fogueira foi inteiramente consumida, por dentro e por fora, o buraco, livre das cinzas e das brasas, ofereceu uma temperatura muito elevada. Os pedaços do elefante, cobertos por folhas aromáticas, foram postos no fundo desse forno improvisado, e recobertos por cinzas quentes; depois, Joe montou uma segunda fogueira sobre tudo isso, e, quando a madeira foi consumida, a carne estava cozida ao ponto.

Então Joe retirou o jantar da fornalha, pôs essa carne apetitosa sobre folhas verdes e montou a refeição no meio de um gramado magnífico; ele acrescentou biscoitos, aguardente, café e buscou água fresca e límpida de um riacho vizinho.

Era agradável só de ver o banquete assim montado, e Joe pensava, sem muita presunção, que comê-lo seria ainda mais agradável.

– Uma viagem sem fadigas e sem perigos! – repetia ele. – Uma refeição a uma hora dessas! Uma folga perpétua! Que mais se pode pedir? E o bom senhor Kennedy que não queria vir!

Quanto ao doutor Fergusson, ele se entregava a um exame minucioso do aeróstato. Este não parecia ter sofrido com a tormenta; o tafetá e a guta-percha haviam resistido maravilhosamente; medindo a altura atual do solo, e calculando a força ascensional do balão, ele viu com satisfação que o hidrogênio permanecia na mesma quantidade; o invólucro até ali mantinha-se inteiramente impermeável.

Havia apenas cinco dias que os viajantes haviam deixado Zanzibar. Ainda não haviam tocado no *pemmican* e as provisões de biscoito e carne curada bastavam para uma longa viagem. Apenas a reserva de água precisava ser reabastecida.

Os tubos e a serpentina pareciam estar em perfeito estado; graças às articulações de borracha eles estavam prontos para todas as oscilações do aeróstato.

Terminado o exame, o doutor ocupou-se de pôr suas notas em ordem. Ele fez um desenho detalhado da planície circundante, com a longa pradaria a perder de vista, a floresta de camaldores e o balão imóvel sobre o corpo do monstruoso elefante.

Ao cabo de duas horas, Kennedy retornava com uma série de perdizes e uma coxa de órix, espécie de guelengue pertencente à espécie mais ágil de antílope. Joe encarregou-se de preparar este acréscimo de alimentos.

– O jantar está servido – exclamou ele com a voz mais bela que tinha.

E os três viajantes não tiveram senão de sentar-se sobre o gramado verde; os pés e a tromba do elefante foram julgados excepcionais; beberam à Inglaterra, como sempre, e charutos cubanos perfumaram pela primeira vez essa região encantadora.

Kennedy comia, bebia e conversava por quatro; já estava embriagado; ele propôs seriamente a seu amigo doutor que se estabelecessem nessa floresta, que construíssem uma cabana com folhagem, e que começassem a dinastia dos Robinson africanos.

A proposta obviamente não foi acolhida, ainda que Joe tivesse se oferecido a cumprir o papel de Vendredi.

A planície parecia tão tranquila, tão deserta, que o doutor decidiu passar a noite em terra. Joe montou então um círculo de fogo, barricada indispensável contra os animais ferozes; as hienas, as onças, os chacais, atraídos pelo odor da carne de elefante, rodearam o acampamento. Kennedy teve várias vezes de descarregar sua carabina sobre os visitantes mais audaciosos; mas, ao fim e ao cabo, a noite passou sem nenhum incidente desagradável.

XVIII. O Karagwah – O lago Ukerewe – Noite numa ilha – O Equador – Travessia do lago – Cascatas – Vista do país – Fontes do Nilo – A ilha Benga – A assinatura de Andrea Debono – O pavilhão da Inglaterra

No dia seguinte, às cinco horas, começaram os preparativos para a partida. Joe, com o machado que havia felizmente recuperado, quebrou as presas do elefante. O *Victoria*, finalmente livre, levou os viajantes ao nordeste a uma velocidade de dezoito milhas.

O doutor havia cuidadosamente encontrado a posição em que estava pela altura das estrelas durante a noite anterior. Ele estava em torno de dois graus de quarenta minutos de latitude, abaixo do Equador, ou seja, a cento e sessenta milhas geográficas. Ele atravessou inúmeros vilarejos sem preocupar-se com os gritos provocados por sua aparição; tomou nota do aspecto dos lugares esboçando alguns desenhos; passou pela encosta do Rubemhé, quase tão íngreme quanto o Ousagara, e encontrou mais tarde, próximo a Tenga, os primeiros picos da cordilheira de Karagwah, que, segundo ele, derivam necessariamente das montanhas da Terra da Lua. Ora, a antiga lenda que fazia dessas montanhas o berço do Nilo estava próxima da verdade, pois elas confinam com o lago Ukerewe, suposto reservatório das águas do grande rio.

De Kafuro, grande distrito dos comerciantes do país, ele enfim avistou no horizonte esse lago tão procurado, que o capitão Speke entreviu dia 3 de agosto de 1858.

Samuel Fergusson estava emocionado; ele finalmente chegava a um dos pontos principais de sua exploração, e, levando a luneta aos olhos, não perdia um só detalhe dessa região misteriosa assim percebida por ele:

Abaixo dele, uma terra em geral estéril, apenas com alguns barrancos cultivados; o terreno, juncado por rochas de altura média, era plano nas proximidades do lago; os campos de cevada substituíam os arrozais; lá crescia a tanchagem com que se faz o vinho do país, e também *mwani*, planta selvagem que serve de café. A reunião de cerca de cinquenta cabanas circulares, cobertas com palha, formava a capital de Karagwah.

Percebiam-se facilmente as expressões estupefatas de uma raça muito bela, de uma tez amarelo-torrada. Mulheres de uma corpulência inverossímil arrastavam-se nas plantações, e o doutor surpreendeu seus companheiros ao lhes explicar que essa rotundidade, muito apreciada, obtinha-se com um regime obrigatório de leite coalhado.

Ao meio-dia, o *Victoria* encontrava-se no 1º 45' de latitude austral; à uma hora, o vento o impelia sobre o lago.

Esse lago foi chamado Nyanza[25] Victoria pelo capitão Speke. Nesse local, ele podia chegar a noventa milhas de largura; em sua extremidade meridional, o capitão encontrou um grupo de ilhas que ele chamou Arquipélago de Bengala. Ele levou sua missão de reconhecimento até Muanza, na costa leste, onde foi bem recebido pelo sultão. Ele fez então a triangulação dessa parte do lago, mas não conseguiu uma embarcação nem para atravessá-lo nem para visitar a grande ilha do Ukerewe. Essa ilha, muito populosa, é governada por três sultões, e, quando a maré baixa, forma uma pequena península.

O *Victoria* chegava à parte norte do lago, para lamento do doutor, que teria preferido analisar seus contornos inferiores. As margens, crivadas de arbustos espinhosos e emaranhados de moitas, literalmente desapareciam sob miríades de mosquitos de uma cor castanha; o país devia ser inabitável e inabitado. Via-se bandos de hipopótamos chafurdando em florestas alagadas ou fugindo sob as águas alvacentas do lago.

Este, visto do alto, oferecia a oeste um horizonte tão amplo que poderia facilmente ser tomado por um mar; a distância é grande o bastante entre as duas margens para que não se possa estabelecer comunicações. Além disso, as tempestades ali são fortes e frequentes, pois os ventos manifestam-se com grande ímpeto sobre essa bacia elevada e desprotegida.

---

25. Nyanza significa lago. (N.A.)

O doutor teve dificuldades para dirigir-se até lá. Ele temia ser levado a leste, mas felizmente uma corrente o levou diretamente ao norte, e, às seis horas da tarde, o *Victoria* estabeleceu-se em uma pequena ilha deserta, a 0º 30' de latitude e 32º 52' de longitude, a vinte milhas da costa.

Os viajantes puderam prender-se a uma árvore, e, acalmando-se o vento ao anoitecer, eles permaneceram tranquilamente sobre a âncora. Nem podiam pensar em descer à terra; aqui, assim como nas margens do Nyanza, legiões de mosquitos cobriam o solo como uma nuvem espessa. Joe até mesmo retornou da árvore coberto de picadas; mas isso não o incomodou, tanto julgava ele natural da parte dos mosquitos picá-lo.

No entanto, o doutor, menos otimista, soltou o máximo de corda possível, a fim de escapar desses insetos impiedosos que subiam com um murmúrio inquietante.

O doutor calculou a altura do lago, com relação ao nível do mar, e obteve o mesmo resultado a que havia chegado o capitão Speke, ou seja, três mil e setecentos pés.

– Eis-nos aqui em uma ilha! – disse Joe, que se coçava incessantemente.

– Poderíamos atravessá-la rapidamente – respondeu o caçador – e, salvo estes insetos amáveis, não se vê um único ser vivo.

– As ilhas espalhadas por este lago – respondeu o doutor Fergusson – são, na verdade, apenas cumes de colinas submersas; mas nós tivemos a felicidade de encontrar um abrigo nelas, pois as margens do lago são habitadas por tribos ferozes. Durmam então, já que o céu nos prepara uma noite tranquila.

– Não irá dormir, Samuel?

– Não. Não conseguiria pregar o olho. Meus pensamentos afastariam qualquer sono. Amanhã, meus amigos, se o vento estiver favorável, seguiremos diretamente ao norte, e talvez descubramos as fontes do Nilo, esse segredo até agora impenetrável. Assim tão perto das fontes desse grande rio, não seria capaz de dormir.

Kennedy e Joe, cujas preocupações científicas não os perturbavam a este ponto, não tardaram a adormecer profundamente sob a guarda do doutor.

Na quarta-feira, dia 23 de abril, às quatro horas da manhã, o *Victoria* aparelhava sob um céu acinzentado. A noite deixava lentamente as águas do lago, que um nevoeiro espesso envolvia, mas logo um vento violento dissipou toda a bruma. O *Victoria* balançou por alguns minutos em diversas direções, mas enfim seguiu diretamente para o norte.

O doutor Fergusson bateu palmas de alegria.

– Estamos no caminho certo! – exclamou. – É hoje ou nunca que veremos o Nilo! Meus amigos, estamos prestes a atravessar o Equador! Estamos entrando em nosso hemisfério!

– Oh! – fez Joe. – Pensa então, meu senhor, que o Equador passa por aqui?

– Aqui mesmo, meu bravo rapaz!

– Muito bem! Com todo o respeito, parece-me conveniente comemorarmos imediatamente.

– Comemoremos então com uma taça de grogue! – respondeu rindo o doutor. – Percebo que tem uma maneira nada tola de compreender a cosmografia.

Eis aí como foi celebrada a passagem do Equador a bordo do *Victoria*.

E este se deslocava rapidamente. Percebia-se a oeste uma costa baixa e pouco acidentada; ao fundo, os planaltos mais elevados de Uganda e de Usoga. A velocidade do vento tornava-se excessiva: quase trinta milhas por hora.

As águas do Nyanza, erguidas com violência, espumavam como as ondas de um mar. Devido a algumas ondas muito altas, que se agitavam por muito tempo depois das calmarias, o doutor pôde perceber que o lago deveria ter uma profundidade elevada. Apenas uma ou duas embarcações rudimentares foram avistadas durante essa travessia rápida.

– O lago – disse o doutor – é evidentemente, dada sua posição elevada, o reservatório natural dos rios da parte oriental da África; o céu lhe entrega em chuva aquilo que captura por meio da evaporação. Parece-me inegável que o Nilo deve ter aqui a sua fonte.

– Logo veremos – replicou Kennedy.

Por volta das nove horas, a costa oeste estava mais próxima; ela parecia deserta e arborizada. O vento aumentava um pouco a leste, e pôde-se entrever a outra margem do lago. Ela curvava-se de modo a terminar em um ângulo bem aberto, próximo a dois graus e quarenta minutos de latitude setentrional. Montanhas altas levantavam seus picos áridos nessa extremidade do Nyanza; mas entre elas um abismo profundo e sinuoso dava passagem a um curso d'água muito agitado.

Enquanto manobrava seu aeróstato, o doutor Fergusson examinou o país com olhos ávidos.

– Vejam! – exclamou ele. – Vejam, meus amigos! Os relatos dos árabes estavam corretos! Eles falavam de um rio pelo qual o lago Ukerewe deságua ao norte. Esse rio existe, nós o seguimos, e ele segue a uma velocidade próxima à nossa. E essa água toda que corre sob nossos pés vai certamente confundir-se com as águas do Mediterrâneo! É o Nilo!

– É o Nilo! – repetiu Kennedy, que se deixava impregnar com o entusiasmo de Samuel Fergusson.

– Viva o Nilo! – disse Joe, que adorava exclamar "viva" alguma coisa quando estava alegre.

Rochedos enormes obstavam em vários pontos o curso desse misterioso rio. A água espumava. Viam-se as corredeiras e as cataratas que confirmavam as previsões do doutor. As montanhas vizinhas lhe derramavam inúmeras torrentes; os olhos contavam-nas às centenas. Via-se surgir do solo minúsculos filetes d'água cruzando-se, confundindo-se, disparando o mais rápido que podiam, e todos iam encontrar-se nesse curso d'água nascente, que ia fazer-se rio após absorvê-los todos.

– Eis aí o Nilo – repetiu o doutor com convicção. – A origem do seu nome tem intrigado os eruditos tanto quanto a origem de suas águas; ele teria vindo do grego, do copta, do sânscrito;[26] pouco importa afinal, pois ele teve enfim de revelar o segredo de suas fontes!

– Mas – disse o caçador – como ter certeza da identidade desse curso d'água e daquele que os viajantes do norte descobriram?

– Nós teremos provas certas, irrecusáveis, infalíveis – respondeu Fergusson – se o vento nos ajudar por mais uma hora.

As montanhas separavam-se, dando lugar a inúmeros vilarejos, a campos de sésamo, de sorgo, de canas-de-açúcar. As tribos dessa região se mostravam agitadas, hostis. Elas pareciam mais próximas da cólera que da adoração; elas pressentiam estrangeiros, e não deuses. Parecia

---

[26]. Um erudito bizantino via em Neilos um nome aritmético. N representava 50; E, 5; I, 10; L, 30; O, 70; S, 200: o que representa o número de dias no ano. (N.A.)

que, ao seguir as fontes do Nilo, vinham lhes roubar alguma coisa. O *Victoria* teve de manter-se fora do alcance dos mosquetes.

– Parar aqui será difícil – disse o escocês.

– Eh! – replicou Joe. – Tanto pior para os indígenas; nós os privaremos do charme de nossa conversação.

– É preciso no entanto que eu desça – respondeu o doutor Fergusson – nem que seja por um quarto de hora. Sem isso, não poderei constatar os resultados de nossa exploração.

– É algo indispensável, Samuel?

– Indispensável, ainda que tenhamos de nos defender a tiros de fuzil!

– A ideia não me desagrada – respondeu Kennedy afagando sua carabina.

– Quando quiser, senhor – disse Joe preparando-se para o combate.

– Não será a primeira vez – respondeu o doutor – que se faz ciência de armas em punho; algo semelhante aconteceu com um pesquisador francês nas montanhas da Espanha, quando ele media o meridiano terrestre.

– Fique tranquilo, Samuel, e confie em seus dois guarda-costas.

– Já chegamos, senhor?

– Ainda não. Vamos antes subir um pouco mais para vermos a configuração exata do país.

O hidrogênio dilatou-se e, em menos de dez minutos, o *Victoria* planava a uma altura de dois mil e quinhentos pés.

De lá se via uma rede inextricável de cursos d'água que o rio recebia em seu leito; eles vinham mais do oeste, entre as inúmeras colinas e entre campos férteis.

– Estamos a menos de noventa milhas de Gondokoro – disse o doutor apontando para seu mapa – e a menos de cinco milhas do ponto atingido pelos exploradores vindos do norte. Aproximemo-nos do solo com precaução...

O *Victoria* desceu mais de dois mil pés.

Agora, meus amigos, estejamos prontos para qualquer situação.

– Estamos prontos – responderam Dick e Joe.

– Muito bem!

O Victoria avançou seguindo o leito do rio, a apenas cem pés dele. O Nilo media cinquenta toesas nesse local, e os indígenas agitavam-se nos vilarejos estabelecidos nas margens. Num segundo nível, ele forma uma cascata de cerca de dez pés de altura, consequentemente intransponível.

– Essa é certamente a cascata indicada por Debono – exclamou o doutor.

A bacia do rio alargava-se, coberta por inúmeras ilhas que Samuel Fergusson devorava com os olhos; ele parecia procurar um ponto de referência ainda não avistado.

Alguns negros avançaram em um barco até logo abaixo do balão, Kennedy os recebeu com um tiro de fuzil que, sem atingi-los, obrigou-os a retornar rapidamente até a margem.

– Boa viagem! – desejou-lhes Joe. – No lugar deles, não me arriscaria a retornar! Eu teria muito medo de um monstro capaz de lançar raios como bem entendesse!

Mas eis que o doutor Fergusson empunhou logo sua luneta e a apontou na direção de uma ilha localizada no meio do rio.

– Quatro árvores! – exclamou ele. – Vejam, lá!

Com efeito, quatro árvores isoladas elevavam-se em sua extremidade.

– É a ilha de Benga! Certamente é ela! – acrescentou.

– Bem, e agora? – perguntou Dick.

– É lá que desceremos, se Deus quiser!

– Mas ela parece habitada, senhor Samuel!

– Joe tem razão. Se não me engano, logo ali há um grupo de vinte indígenas.

– Nós os forçaremos a fugir. Não deverá ser difícil – respondeu Fergusson.

– Assim será – replicou o caçador.

O sol estava a zênite. O *Victoria* aproximou-se da ilha.

Os negros, pertencentes à tribo de Makado, deram gritos enérgicos. Um deles agitava no ar seu chapéu de casca de árvore. Kennedy tomou-o por alvo, disparou, e o chapéu voou em pedaços.

Todos bateram em retirada. Os indígenas precipitaram-se em direção ao rio e o atravessaram a nado; das duas margens veio uma chuva de balas e de flechas, mas sem ameaçar o aeróstato, cuja âncora havia sido presa na fenda de uma rocha. Joe deixou-se escorregar até o solo.

– A escada! – exclamou o doutor. – Siga-me, Kennedy.

– Que pretende fazer?

– Desçamos; preciso de uma testemunha.
– Eis-me aqui.
– Joe, fique de vigia.
– Sem problemas, senhor. Afastarei qualquer ameaça.
– Vamos, Dick! – disse o doutor descendo ao chão.
Ele levou seu companheiro até um grupo de rochas na ponta da ilha; lá, procurou, virou e revirou os arbustos, e terminou com as mãos ensanguentadas.
Subitamente, ele agarrou o braço do caçador.
– Veja – disse.
– Letras! – exclamou Kennedy.
Com efeito, duas letras gravadas sobre a rocha apareciam com toda a nitidez. Lia-se claramente:

A.D.

– A.D. – retomou o doutor Fergusson. – Andrea Debono! A assinatura do viajante que havia ido mais longe seguindo o curso do Nilo!
– Isso é algo inquestionável, amigo Samuel.
– Está convencido agora?
– É o Nilo! Não temos nenhuma dúvida!
O doutor observou uma última vez essas preciosas iniciais, das quais anotou a forma e a dimensão exatas.
– E agora – disse ele – ao balão!
– E rápido, pois aqueles indígenas preparam-se para atravessar o rio novamente.
– Pouco nos importa agora! O vento nos levará na direção norte por mais algumas horas, chegaremos a Gondokoro e apertaremos a mão de nossos compatriotas!
Dez minutos depois, o *Victoria* subia majestosamente enquanto o doutor Fergusson, como sinal de sucesso, desfraldava o pavilhão da Inglaterra.

XIX. O Nilo – A montanha que treme – Lembranças do país – Os relatos árabes – Os *nyam-nyam* – Reflexões sensatas de Joe – Ascensão aerostática – Madame Blanchard

– Qual a nossa direção? – perguntou Kennedy ao ver seu amigo consultar a bússola.
– Nor-noroeste.
– Diabos! Não estamos indo para o norte!
– Não, Dick, e creio que teremos dificuldades para chegar a Gondokoro; é de se lamentar, mas, de qualquer modo, conseguimos unir as explorações do leste às do norte; não devemos nos queixar.

O *Victoria* afastava-se pouco a pouco do Nilo.

– Um último olhar sobre essa latitude intransponível – disse o doutor – que os viajantes mais intrépidos jamais haviam atravessado! Aí estão as tribos intratáveis assinaladas por Petherick, d'Arnaud, Miani, e o jovem viajante, Lejean, ao qual devemos os melhores trabalhos sobre o alto Nilo.

– Então – perguntou Kennedy – nossas descobertas estão de acordo com as expectativas da ciência?

– Plenamente de acordo. As fontes do Nilo Branco, do Bahr-el-Abiad, provêm de um lago grande como um mar. É lá que nasce. A poesia é quem perde, sem dúvida; adorava-se atribuir a esse rei dos rios uma origem celeste. Os antigos chamavam-no Oceano,[27] e não se estava longe de crer que ele escorria diretamente do sol! Mas é preciso transigir e aceitar de tempos em tempos aquilo que a ciência nos ensina. Talvez não haja sempre estudiosos, mas haverá sempre poetas.

– Ainda se veem as cataratas – disse Joe.

– Essas são as cataratas de Makedo, a três graus de latitude. Nada mais exato. Ah, se pudéssemos seguir o curso do Nilo por mais algumas horas!

---

27. Um dos doze titãs, filhos de Urano e de Gaia. (N.T.)

– E lá embaixo, à frente – disse o caçador –, percebo o pico de uma montanha.

– É o monte Logwek, a montanha que treme, como dizem os árabes; toda essa região foi visitada pelo senhor Debono, que a percorreu sob o nome de Latif Effendi. As tribos vizinhas do Nilo são inimigas e lutam uma guerra de extermínio. Pode-se avaliar os perigos que ele precisou enfrentar.

O vento então levava o *Victoria* na direção noroeste. Para evitar o monte Logwek, precisaram procurar uma corrente mais oblíqua.

– Meus amigos – disse o doutor a seus dois companheiros –, é aqui que começamos realmente nossa travessia africana. Até aqui seguimos os passos de nossos predecessores. De agora em diante nos lançaremos no desconhecido. A coragem nos fará falta?

– Jamais – exclamaram Dick e Joe em uníssono.

– Em frente, então, e que os céus nos ajudem!

Às dez horas da noite, acima dos barrancos, das florestas, dos vilarejos dispersos, os viajantes chegavam à encosta da montanha que treme, cuja vertente não tão íngreme costeavam.

Nesse dia memorável de 23 de abril, durante uma viagem de quinze horas, eles haviam, sob o impulso de um vento ligeiro, percorrido mais de trezentas e quinze milhas.

Mas essa última parte da viagem os havia deixado com uma impressão triste. Um completo silêncio reinava no cesto. Estaria o doutor Fergusson absorto em suas descobertas? Seus dois companheiros estariam pensando nessa travessia de regiões totalmente desconhecidas? Havia tudo isso, misturado, sem dúvida, às mais vivas memórias da Inglaterra e de amigos distantes. Apenas Joe demonstrava uma filosofia despreocupada, julgando muito natural que a pátria estivesse ausente nesse momento; mas ele respeitava o silêncio de Samuel Fergusson e de Dick Kennedy.

Às dez horas da noite, o *Victoria* "ancorava" na montanha que treme,[28] tomaram uma refeição substanciosa e foram dormir sob a vigia um dos outros.

No dia seguinte, ideias mais serenas retornaram ao amanhecer; fazia um tempo bom, e o vento soprava na direção certa; um desjejum

---

28. Diz a lenda que ela treme sempre que um muçulmano a pisa. (N.A.)

animado, graças a Joe, conseguiu deixar todos novamente de bom humor.

A região que percorriam nesse momento era imensa; ela confina com as montanhas da Lua e com as montanhas de Darfur; tão grande quanto a Europa.

– Nós atravessamos, sem dúvida – disse o doutor –, o que se imagina ser o reino de Usoga; os geógrafos supõem existir, no centro da África, uma depressão enorme, um imenso lago central. Veremos se esse sistema tem qualquer relação com a realidade.

– Mas como se pôde chegar a essa suposição? – perguntou Kennedy.

– Pelos relatos dos árabes. Os povos árabes são grandes contadores de histórias, talvez até demais. Alguns viajantes, chegados a Kazeh ou aos Grandes Lagos, viram escravos vindos das regiões centrais e os interrogaram sobre de onde vinham. Com isso, reuniram acervos de diversos documentos e, deles, deduziram diversos sistemas. No fundo de tudo isso há sempre alguma coisa verdadeira, e, como pode ver, não se enganavam acerca da origem do Nilo.

– Nada mais certo – respondeu Kennedy.

– Foi por meio desses documentos que alguns esboços de mapas foram tentados. Assim, continuaremos nosso caminho seguindo um deles, e poderemos retificá-lo conforme seja necessário.

– Esta região é habitada? – perguntou Joe.

– Sem dúvida, e mal habitada.

– Já suspeitava.

– Essas tribos esparsas são conhecidas sob a denominação geral de *nyam-nyam*, e esse nome não é outra coisa senão uma onomatopeia: ele reproduz o som da mastigação.

– Maravilha – disse Joe – nyam, nyam!

– Meu bravo Joe, se você fosse a causa imediata dessa onomatopeia, não julgaria isso nada maravilhoso.

– Que quer dizer?

– Que esses povos são considerados antropófagos.

– E isso é certo?

– Certíssimo, e se havia também suposto que esses indígenas possuíam uma cauda como simples quadrúpedes; mas logo se percebeu que o apêndice pertencia às peles de animais com que se vestem.

– Tanto pior! Uma cauda é muito útil para afastar os mosquitos.

– É possível, Joe; mas é preciso relegar tudo isso ao reino das fábulas, assim como as cabeças de cachorro que o viajante Brun-Rollet atribuía a certos povos.

– Cabeças de cachorro? Cômodo para latir e mesmo para ser antropófago!

– O que infelizmente está confirmado é a ferocidade desses povos, muito ávidos por carne humana, que procuram com paixão.

– Peço apenas – disse Joe – que não se deixem apaixonar demais por mim pessoalmente.

– Mas vejam essa! – disse o caçador.

– É assim, senhor Dick. Se eu jamais tiver de ser comido em um momento de penúria, quero que seja para ajudá-los, o senhor ou o meu mestre! Mas alimentar estes negros, jamais! Eu morreria de vergonha!

– Bem, meu bravo Joe – fez Kennedy –, está combinado; contaremos contigo caso seja necessário.

– Estou a serviço dos senhores.

– Joe fala assim – replicou o doutor – para que o tratemos bem, engordando-o.

– Talvez! – respondeu Joe – o homem é um animal tão egoísta!

À tarde, o céu foi coberto por uma névoa quente que ressumava do solo; a bruma mal permitia que se distinguissem os objetos terrestres; assim, temendo chocar-se inadvertidamente contra algum pico, o doutor deu o sinal de parada por volta das cinco horas.

A noite passou sem incidentes, mas foi preciso redobrar a vigilância nessa escuridão profunda.

A monção soprou com grande violência durante a manhã do dia seguinte; o vento mergulhava nas cavidades inferiores do balão; ele agitava violentamente o apêndice pelo qual penetravam os tubos de dilatação; foi preciso contê-lo com cordas, manobra que Joe realizou com grande destreza.

Ele constatou nesse momento que o orifício do aeróstato permanecia hermeticamente fechado.

– Ele tem uma dupla importância para nós – disse o doutor Fergusson. – Primeiro, nós evitamos o desperdício de um gás importante;

depois, não deixamos atrás de nós um rastro inflamável, o qual terminaríamos por incendiar.

– Seria um incidente bastante incômodo – disse Joe.

– Será que seríamos jogados ao solo? – perguntou Dick.

– Jogados, não! O gás queimaria tranquilamente, e nós desceríamos pouco a pouco. Acidente semelhante aconteceu com uma aeronauta francesa, madame Blanchard. Ela incendiou o balão ao lançar fogos de artifício, mas ela não caiu, e sem dúvida não teria morrido, se seu cesto não tivesse sido lançado contra uma chaminé, de onde caiu.

– Esperamos que nada parecido nos aconteça – disse o caçador. – Até aqui nossa travessia não me parece perigosa, e não vejo razão que nos impeça de alcançar nossa meta.

– Tampouco a vejo eu, meu caro Dick; os acidentes, aliás, são sempre causados ou pela imprudência dos aeronautas ou pela má construção de seus aparelhos. No entanto, entre milhares de ascensões aerostáticas, não se contam vinte acidentes que tenham causado mortes. Em geral, são as aterrissagens e partidas que oferecem mais perigo. Sendo assim, não podemos subestimar nenhuma precaução.

– Já é a hora do almoço – disse Joe. – Contentaremo-nos com carne curada e café, até que o senhor Kennedy encontre um meio de nos oferecer um bom pedaço de carne.

XX. A garrafa celeste – *Ficus pseudopalma* – Sequoias – Árvores de guerra – A carruagem alada – Combate entre dois povos – Massacre – Intervenção divina

O vento tornava-se violento e irregular. O *Victoria* alternava entre diferentes rajadas de ar. Jogado ora a norte, ora a sul, ele não conseguia encontrar um sopro constante.

– Nós seguimos muito rápido sem avançarmos quase nada – disse Kennedy destacando as oscilações frequentes da agulha magnética.

– O *Victoria* vai a uma velocidade mínima de trinta léguas por hora – disse Samuel Fergusson. – Vejam como os campos desaparecem rapidamente sob nossos pés. Vejam! Essa floresta parece jogar-se contra nós!

– A floresta já se tornou uma clareira – respondeu o caçador.

– E a clareira um vilarejo – replicou Joe alguns instantes depois. – Vejam o assombro no rosto dos negros!

– Naturalmente – respondeu o doutor. – Os camponeses da França, à primeira aparição de balões, disparam contra eles, tomando-os por monstros alados; é portanto permitido a um negro do Sudão arregalar os olhos.

– Palavra! – disse Joe enquanto o *Victoria* rasava um vilarejo a cem pés do solo. – Vou lhes jogar uma garrafa vazia, com a permissão do senhor, meu mestre. Se ela chegar sã e salva, eles a adorarão; se ela se quebrar, eles farão inúmeros talismãs com os pedaços!

E, dizendo isso, lançou a garrafa, que não deixou de quebrar-se em mil pedaços, enquanto os indígenas corriam até suas cabanas circulares lançando gritos desesperados.

Um pouco depois, Kennedy exclamou:

– Vejam esta árvore singular! Ela é de uma espécie em cima e de outra embaixo.

– Muito bem! – fez Joe. – Eis aí um país em que as árvores nascem umas sobre as outras.

– Ela é simplesmente um tronco de figueira – respondeu o doutor – sobre o qual se espalhou um pouco de terra vegetal. O vento um belo dia jogou uma semente de palmeira, e a palmeira nasceu como em pleno solo.

– Uma ótima ideia – disse Joe –, e que levarei à Inglaterra. Isso fará muito bem aos parques de Londres, sem contar que seria um meio de multiplicar as árvores frutíferas. Teríamos jardins com plantas grandes. Eis aqui quem será adorado por todos os pequenos proprietários.

Nesse momento foi preciso elevar o *Victoria* para atravessar uma floresta de árvores, com mais de trezentos pés de altura, semelhantes a figueiras-da-índia.

– Que árvores magníficas! – exclamou Kennedy. – Não conheço nada mais belo que estas florestas admiráveis. Veja, Samuel.

– A altura dessas figueiras é realmente maravilhosa, meu caro Dick; e, no entanto, ela não seria nada surpreendente nas florestas do Novo Mundo.

– Como?! Existem árvores ainda maiores?

– Sem dúvida. Em inglês elas são chamadas *mammoth trees*. Assim, na Califórnia, foi encontrado um cedro de quatrocentos e cinquenta pés, altura maior que a da torre do Parlamento, e mesmo que a da Grande Pirâmide do Egito. A base possuía cento e vinte pés de circunferência, e as camadas concêntricas de seu tronco lhe davam mais de quatro mil anos de existência.

– Mas, senhor, isso não tem nada de surpreendente! Quando se vive quatro mil anos, que há de mais natural que ter um belo tamanho?

Contudo, durante a narrativa do doutor e a resposta de Joe, a floresta já havia sido substituída por uma grande aglomeração de cabanas dispostas em círculos em volta de uma praça. No meio havia uma única árvore, e Joe exclamou ao vê-la:

– Bem, se há quatro mil anos que ela produz este tipo de flor, não estendo a ela meus cumprimentos.

E ele mostrava um sicômoro gigantesco cujo tronco desaparecia sob várias ossadas humanas. As flores de que falava Joe eram cabeças recentemente cortadas, suspensas sobre punhais presos em sua casca.

– A árvore de guerra dos canibais! – disse o doutor. – Os indianos retiram a pele do crânio; os africanos, a cabeça inteira.

– Uma questão de hábito – disse Joe.

Mas já o vilarejo das cabeças ensanguentadas desaparecia no horizonte; um outro mais longe oferecia um espetáculo não menos repulsivo; cadáveres devorados pela metade, esqueletos, membros humanos por toda parte, haviam sido deixados de alimento às hienas e aos chacais.

– São sem dúvida corpos de criminosos; assim como se faz na Abissínia, eles são expostos a animais ferozes que terminam de devorá-los, como bem entendam, após esganá-los com uma mordida.

– Não é muito mais cruel que a forca – disse o escocês. – É mais sujo, só isso.

– Nas regiões do sul da África – retomou o doutor – contenta-se em trancar o criminoso em sua própria cabana, com seus animais e talvez sua família. Então, põe-se fogo nela e tudo queima ao mesmo tempo. Julgo isso cruel, mas confesso como Kennedy que, se a forca é menos cruel, é também bárbara.

Joe, com a excelente visão de que sabia servir-se tão bem, assinalou alguns bandos de aves de rapina que planavam no horizonte.

– São águias – exclamou Kennedy após reconhecê-las com a luneta –, aves magníficas cujo voo é tão rápido quanto o nosso.

– O céu nos protege de seus ataques! – disse o doutor. – Elas são mais temíveis que os animais ferozes e as tribos selvagens.

– Bom – respondeu o caçador –, vamos afastá-las a tiros de fuzil.

– Prefiro, meu caro Dick, não ter de recorrer às suas habilidades; o tafetá de nosso balão não resistiria a bicadas. Felizmente, creio que essas aves temíveis sentem mais medo que atração por nossa máquina.

– Mas tenho uma ideia – disse Joe –, pois hoje elas me surgem às dezenas. Se nós conseguíssemos prender e amarrar aves vivas, nós as prenderíamos ao nosso cesto e elas nos levariam pelos ares!

– Esse método foi proposto seriamente – respondeu o doutor –, mas eu o creio pouco praticável com animais normalmente tão insubmissos.

– Poderíamos adestrá-los – retomou Joe. – Em vez de freios, poderíamos guiá-los com antolhos que lhes dificultariam a visão; caolhos, iriam à direita ou à esquerda; cegos, parariam.

– Permita-me, meu bravo Joe, preferir um vento favorável a suas aves adestradas; custa menos para alimentá-lo, e é mais seguro.

– Permito-lhe, senhor, mas guardarei minha ideia.

Era meio-dia. O *Victoria*, já havia algum tempo, mantinha-se a uma velocidade mais moderada; o país passeava abaixo deles, mas já não fugia.

Subitamente, gritos e assobios chegaram às orelhas dos viajantes; estes se inclinaram na murada do cesto e perceberam em um campo aberto um espetáculo capaz de emocioná-los.

Dois povos combatiam-se furiosamente e faziam voar nuvens de flechas pelos ares. Os combatentes, ávidos para matarem-se, não percebiam a chegada do *Victoria*; eles eram cerca de trezentos chocando-se em uma confusão inextricável; a maior parte dentre eles, vermelhos dos sangues dos feridos, formavam um conjunto horrível de se ver.

À aparição do aeróstato, houve uma breve pausa; os urros redobraram; algumas flechas foram lançadas em direção ao cesto, e uma delas chegou perto o suficiente para que Joe a parasse com as mãos.

– Subamos para fugir do alcance deles! – exclamou o doutor Fergusson. – Sem imprudências! Isso não nos é permitido.

O massacre continuava de parte a parte, com golpes de machado e de zagaias; tão logo um inimigo caísse ao solo, seu adversário rapidamente cortava-lhe a cabeça. As mulheres, misturadas à confusão, apanhavam as cabeças ensanguentadas e as empilhavam em cada extremidade do campo de batalha; amiúde elas mesmas lutavam para conquistar o temível troféu.

– Que cena horrorosa! – exclamou Kennedy com profundo desgosto.

– Cavalheiros vis estes! – disse Joe. – Mas, se estivessem de uniforme, seriam como todos os guerreiros do mundo.

– Tenho uma vontade indomável de intervir no combate – retomou o caçador empunhando sua carabina.

– Não – respondeu o doutor –, não! Quer mesmo participar disto que estamos vendo? Sabe quem tem razão ou não, para poder agir como se fosse a Providência? Fujamos imediatamente deste espetáculo repulsivo! Se os grandes capitães pudessem sobrevoar assim o teatro de guerra, eles talvez acabassem perdendo gosto por sangue e por conquistas!

O líder de uma dessas tribos selvagens distinguia-se por seu porte atlético e sua força hercúlea. Com uma mão, mergulhava a lança sobre as posições compactas dos inimigos, com a outra, abria grandes buracos a golpes de machado. Em dado momento, jogou para longe de si sua zagaia vermelha de sangue, precipitou-se sobre um ferido, arrancou-lhe o braço com um só golpe, levou-o à boca e o mordeu com todos os dentes.

– Ah! – disse Kennedy. – Que besta horrível! Não aguento mais!

E o guerreiro, atingido por uma bala na testa, caiu para trás.

Ao cair, um estupor profundo apoderou-se dos guerreiros; essa morte sobrenatural espantou-os e reanimou o ardor de seus adversários, e em um segundo o campo de batalha foi abandonado pela metade dos combatentes.

– Vamos mais alto procurar uma corrente de ar que nos carregue – disse o doutor. – Sinto-me nauseado por esse espetáculo.

Mas ele não partiu tão rápido que não pudesse ver a tribo vitoriosa precipitando-se sobre os mortos e feridos, brigando por essa carne ainda quente, e alimentando-se avidamente.

– Argh! – fez Joe. – Isso é nojento!

O *Victoria* dilatava o gás e subia; os urros dessa horda delirante prosseguiram ainda por alguns instantes, mas, finalmente, levado ao sul, ele afastou-se dessa cena de carnificina e canibalismo.

O terreno oferecia então acidentes variados, com inúmeros cursos d'água que corriam na direção leste; eles desaguavam sem dúvida nos afluentes do lago Nu ou do rio das Gazelas, sobre o qual Guillaume Lejean deu muitos detalhes curiosos.

Chegada a noite, o *Victoria* lançou sua âncora aos 27º de longitude e 4º 20' de latitude setentrional, após uma viagem de 150 milhas.

XXI. Ruídos estranhos – Um ataque noturno – Kennedy e Joe na árvore – Dois disparos – Aqui! Aqui! – Resposta em francês – A manhã – O missionário – O plano de resgate

A noite estava muito escura. O doutor não conseguia observar o país, pois se havia prendido a uma árvore muito alta, cuja silhueta confusa mal se podia distinguir na escuridão.

Como de hábito, assumiu a vigília às nove e quinze, e à meia-noite Dick veio substituí-lo.

– Vigie bem, Dick, vigie com muita atenção.

– Há algo de novo?

– Não! No entanto acredito ter ouvido ruídos estranhos abaixo de nós; não sei bem para onde o vento nos trouxe; um excesso de prudência não pode nos fazer mal.

– Deve ter ouvido os gritos de alguns animais ferozes.

– Não, me pareceu algo bem diferente; enfim, ao menor sinal de alerta, não deixe de nos acordar.

– Fique tranquilo.

Após mais uma tentativa infrutífera de escutar os ruídos, o doutor jogou-se sobre a cama e logo adormeceu.

O céu estava coberto por nuvens espessas, mas nenhum vento soprava. O *Victoria*, preso apenas a uma âncora, não sofria nenhuma oscilação.

Kennedy, apoiado no cesto de modo a vigiar o maçarico em atividade, considerava essa calma escuridão; ele interrogava o horizonte, e, como acontece aos espíritos inquietos ou prevenidos, julgava surpreender luminosidades vagas e indeterminadas no horizonte.

Em dado momento, acreditou mesmo ter visto claramente uma delas a duzentos passos de distância, mas foi apenas um relâmpago, após o qual não viu mais nada.

Era sem dúvida uma dessas ilusões luminosas que o olhar percebe nas escuridões profundas.

Kennedy tranquilizava-se e retornava a seu estado de contemplação indecisa, quando um silvo agudo atravessou o ar.

Seria o grito de um animal, de uma ave noturna? Sairia ele de lábios humanos?

Kennedy, reconhecendo a gravidade da situação, esteve a ponto de acordar seus companheiros; mas disse a si mesmo que, em todo caso, tanto homens quanto animais estavam fora de alcance; ele então inspecionou suas armas e, com sua luneta noturna, mergulhou novamente seu olhar no espaço.

Logo julgou entrever abaixo dele formas vagas que se insinuavam em direção à árvore; sob um raio de luz da lua, que passou como um relâmpago entre duas nuvens, reconheceu claramente um grupo de indivíduos agitando-se na sombra.

A aventura dos cinocéfalos veio-lhe à mente, e pôs a mão no ombro do doutor.

Este levantou-se imediatamente.

– Silêncio – fez Kennedy –, falemos baixo.

– Há alguma coisa?

– Sim, vamos acordar Joe.

Tão logo Joe despertou, o caçador contou aquilo que havia visto.

– De novo estes macacos malditos? – disse Joe.

– É possível, mas é preciso tomar precauções.

– Joe e eu – disse Kennedy – vamos descer até a árvore pela escada.

– E, enquanto isso – retomou o doutor –, eu tomarei as medidas necessárias para que possamos alçar voo rapidamente.

– Está combinado.

– Desçamos – disse Joe.

– Não faça uso de sua arma senão em último caso – disse o doutor. – Não é bom revelarmos nossa presença nessas paragens.

Dick e Joe responderam com um sinal, e então se deixaram deslizar sem barulho até a árvore, posicionando-se sobre o galho bifurcado em que a âncora havia sido presa.

Havia alguns minutos eles escutavam a noite atentamente, mudos e imóveis entre as folhas. Após alguns ruídos produzidos na casca da árvore, Joe pegou a mão do escocês.

– Não escutou?

– Escutei. Esta coisa se aproxima.
– E se for uma serpente? Esse silvo que foi ouvido...
– Não, ele tinha algo de humano.
– Prefiro os selvagens – murmurou Joe. – Os répteis me repugnam.
– O ruído aumenta – retomou Kennedy alguns instantes depois.
– Sim! Vamos subir, rápido.
– Cuide desse lado, eu me encarrego do outro.
– Está bem.

Eles estavam ambos isolados, no alto de um galho maior dessa floresta que são os baobás; a escuridão, intensificada pela espessura da folhagem, era profunda; Joe, no entanto, inclinando-se até a orelha de Kennedy e indicando-lhe a parte inferior da árvore, disse:

– Negros.

Algumas palavras trocadas em voz baixa chegaram aos dois viajantes.

Joe empunhou seu fuzil.

– Espere – disse Kennedy.

Selvagens haviam de fato escalado o baobá. Eles vinham de todas as partes, escorregando pelos galhos como répteis, subindo lentamente, mas com determinação. Eles se traíam pela emanação de gordura infeta que vinha de seus corpos.

Logo duas cabeças apareceram para Kennedy e Joe, no nível mesmo do galho que ocupavam.

– Atenção – disse Kennedy. – Fogo!

A dupla detonação ecoou como um trovão, e se extinguiu em meio a gritos de dor. Em um instante, toda a horda havia desaparecido.

Mas, em meio aos urros, produzira-se um grito estranho, inesperado, impossível! Uma voz humana havia claramente proferido estas palavras em francês:

– Aqui! Aqui!

Kennedy e Joe, estupefatos, retornaram ao cesto o mais rápido possível.

– Ouviu isso? – perguntou-lhes o doutor.
– Sem dúvida! Um grito sobrenatural: *Aqui! Aqui!*
– Um francês nas mãos destes bárbaros!
– Um viajante!

– Um missionário, talvez!

– Pobre infeliz – exclamou o caçador. – Estão assassinando-o, martirizando-o!

O doutor tentava em vão disfarçar a emoção.

– Não há dúvidas – disse. – Um pobre francês caiu nas mãos destes selvagens. Mas nós não partiremos sem fazer todo o possível para salvá-lo. Com nossos tiros de fuzil, ele terá reconhecido um socorro inesperado, uma intervenção providencial. Nós não desmentiremos essa última esperança. Concordam?

– Concordamos, Samuel, e estamos prontos a obedecê-lo.

– Combinemos então nossas manobras e, ao amanhecer, nós tentaremos resgatá-lo.

– Mas como afastaremos esses miseráveis? – perguntou Kennedy.

– É evidente para mim – disse o doutor –, dada a maneira com que fugiram, que eles não conhecem as armas de fogo; portanto, nós devemos nos valer de seu temor, mas é preciso esperar o dia antes de agirmos, e assim formaremos nosso plano de resgate segundo as características do local.

– O pobre infeliz não deve estar longe – disse Joe – pois...

– Aqui! Aqui! – repetiu a voz mais enfraquecida.

– Esses bárbaros! – exclamou Joe palpitando. – Mas o matarão nesta noite?

– Pensa, Samuel – retomou Kennedy tomando a mão do doutor –, que o matam esta noite?

– É improvável, meus amigos; esses povos selvagens matam os prisioneiros sob a luz do dia; o sol lhes é necessário!

– E se eu aproveitasse a noite – disse o escocês – para insinuar-me até o infeliz?

– Eu o acompanho, senhor Dick!

– Esperem, meus amigos, esperem! Seus instintos são honrosos, mas acabariam por expor a todos nós, e prejudicariam ainda mais aquele que queremos salvar.

– Por que diz isso? – retomou Kennedy. – Os selvagens estão apavorados, dispersos! Eles não retornarão.

– Dick, suplico-lhe, obedeça-me. Estou agindo pelo bem comum; se, por acaso, acontecesse algo com vocês, tudo estaria perdido!

– Mas esse desafortunado que aguarda, que ainda tem esperanças! Ninguém lhe responde! Ninguém vem em socorro! Ele deve acreditar que seus sentidos se enganaram, que ele não escutou nada...!

– Podemos tranquilizá-lo – disse o doutor Fergusson.

E de pé, em meio à escuridão, fazendo as mãos de porta-voz, exclamou com energia na língua do estrangeiro:

– Quem quer que seja, tenha confiança! Três amigos o ajudarão!

Um urro terrível lhe respondeu, abafando sem dúvida a resposta do prisioneiro.

– Vão degolá-lo, vão degolá-lo! – exclamou Kennedy. – Nossa intervenção serviu apenas para adiantar a hora de seu suplício! É preciso agir!

– Mas como, Dick? Que pretende fazer em meio a essa escuridão?

– Oh! Se fosse dia! – exclamou Joe.

– Bem, e se fosse dia? – perguntou o doutor em um tom singular.

– Nada mais simples, Samuel – respondeu o caçador. – Eu desceria ao solo e dispersaria essa canalha a tiros de fuzil.

– E você, Joe? – perguntou Fergusson.

– Eu, mestre, eu agiria mais prudentemente, dando ao prisioneiro uma direção determinada para fugir.

– E como faria para que essa ideia chegasse até ele?

– Por meio dessa flecha que apanhei voando, e à qual eu prenderia um bilhete, ou simplesmente falando-lhe em voz alta, já que os negros não compreendem nossa língua.

– Esses planos são impraticáveis, meus amigos. A dificuldade maior seria a de esse pobre infeliz escapar, admitindo-se que ele conseguisse despistar a vigilância dos algozes. Quanto a você, meu caro Dick, com muita audácia, e beneficiando-se do pavor gerado por nossas armas de fogo, seu plano talvez obtivesse sucesso; mas se ele falhasse, estaria perdido, e nós teríamos duas pessoas para salvar, em vez de uma só. Não! É preciso que todas as chances estejam do nosso lado, agindo de outra maneira.

– Mas agir imediatamente – replicou o caçador.

– Talvez! – respondeu Samuel insistindo nessa palavra.

– Mestre, seria o senhor capaz de dissipar essas trevas?

– Quem sabe, Joe?

– Ah! Se o senhor fizer uma coisa dessas, eu o proclamarei o maior sábio do mundo.

O doutor calou-se por alguns instantes; ele refletia. Seus dois companheiros o consideravam com emoção. Eles estavam exaltados com essa situação extraordinária. Logo Fergusson retomou a palavra:

– Eis aqui meu plano – disse ele. – Restam-nos duzentas libras de lastro, já que os sacos que trouxemos ainda estão intactos. Suponho que o prisioneiro, um homem evidentemente esgotado por esse sofrimento, pese tanto quanto um de nós; restará ainda sessenta libras de que nos desfazermos, de modo a que subamos mais rapidamente.

– Como pretende fazer essa manobra? – perguntou Kennedy.

– Assim, Dick: suponha que consigamos chegar até o prisioneiro, e que eu jogue uma quantidade de lastro igual ao seu peso. Com isso, nada terei mudado do equilíbrio do balão. Mas, então, se eu quiser uma ascensão rápida para escapar da tribo de negros, será necessário empregar meios mais enérgicos que o maçarico; ora, soltando esse excedente de lastro no momento certo, estou certo de que subiremos com grande velocidade.

– Isso é evidente.

– Sim, mas há um inconveniente. É que, para descermos mais tarde, terei de perder uma quantidade de gás proporcional ao lastro que terei soltado. Ora, esse gás é coisa preciosa; mas não se pode lamentar sua perda quando se trata de salvar um homem.

– Tem razão, Samuel, devemos tudo sacrificar para salvá-lo!

– Ajamos assim então, e estendam os sacos na borda do cesto, de modo que eles possam ser lançados de uma só vez.

– Mas e essa escuridão?

– Ela esconde nossos preparativos, e se dissipará somente quando eles estiverem terminados. Estejam com as armas sempre ao alcance das mãos. Talvez seja necessário disparar o fuzil; para a carabina, temos um tiro, para os dois fuzis, quatro, mais os dois revólveres, doze, totalizando dezessete, que podem ser disparados em quinze segundos. Mas talvez não tenhamos de recorrer a todo esse barulho. Estão prontos?

– Estamos prontos – respondeu Joe.

Os sacos estavam estendidos, as armas estavam carregadas.

– Bem – fez o doutor. – Fiquem de olhos abertos. Joe será encarregado de lançar o lastro, e Dick de resgatar o prisioneiro, mas que nada seja feito antes que eu dê as ordens. Joe, vá primeiro soltar a âncora, e depois suba prontamente até o cesto.

Joe deixou-se deslizar pelo cabo e reapareceu após alguns instantes. O *Victoria*, agora livre, flutuava no ar, praticamente imóvel.

Enquanto isso, o doutor certificava-se da presença de uma quantidade suficiente de gás na caixa de mistura para alimentar, conforme o caso, o maçarico sem que fosse necessário recorrer durante certo tempo à ação da pilha de Bunsen; ele então retirou os dois fios condutores perfeitamente isolados que serviam para a decomposição da água; em seguida, mexendo em sua bagagem, retirou dela dois pedaços de carvão, que ele fixou na extremidade de cada fio.

Seus dois amigos o observavam sem compreender, mas se calavam; quando o doutor terminou o trabalho, manteve-se de pé no meio do cesto; em seguida, pegou um carvão em cada mão e aproximou as duas pontas.

Subitamente uma luz intensa e ofuscante foi produzida por um clarão insuportável entre as duas pontas de carvão; um feixe enorme de luz elétrica literalmente rompia a escuridão da noite.

– Oh! – fez Joe. – Senhor!

– Nem uma palavra – disse o doutor.

XXII. O feixe de luz – O missionário – Resgate sob um raio de luz – O pastor lazarista – Pouca esperança – Cuidados do doutor – Uma vida de abnegação – Passagem por um vulcão

Fergusson projetou em diversos pontos do espaço seu potente raio de luz e o deteve sobre um local onde foram ouvidos gritos de pavor. Seus dois companheiros o observavam com atenção.

O baobá, acima do qual se mantinha quase imóvel o *Victoria*, ficava no meio de uma clareira; entre campos de sésamo e canas-de-açúcar, distinguia-se cerca de cinquenta cabanas, baixas e cônicas, em volta das quais se via uma tribo muito numerosa.

A cem pés abaixo do balão havia um poste. Ao pé dele jazia uma criatura humana, um homem jovem de no máximo trinta anos, com longos cabelos negros, seminu, magro, ensanguentado, coberto de feridas, a cabeça deitada sobre o peito, como o Cristo na cruz.

Alguns cabelos mais curtos no topo do crânio indicavam ainda a existência de uma tonsura já quase desfeita.

– Um missionário! Um padre! – exclamou Joe.

– Pobre infeliz! – respondeu o caçador.

– Nós o salvaremos, Dick! – fez o doutor. – Nós o salvaremos!

A multidão de negros, percebendo o balão, semelhante a um cometa enorme com uma cauda de luz radiante, foi subitamente tomada por um pavor fácil de imaginar. Ao gritarem, o prisioneiro levantou a cabeça. Seus olhos brilharam com uma rápida esperança, e, sem bem compreender o que se passava, estendeu as mãos a seus libertadores inesperados.

– Ele está vivo, ele está vivo! – exclamou Fergusson. – Deus seja louvado! Um medo magnífico se apoderou dos selvagens! Nós o salvaremos! Estão prontos, meus amigos?

– Estamos prontos, Samuel.

– Joe, apague o maçarico.

A ordem do doutor foi executada. Uma brisa quase imperceptível soprava docemente o *Victoria* até o prisioneiro, ao mesmo tempo que ele caía tenuemente com a contração do gás. Durante cerca de dez minutos, ele permaneceu flutuando em meio às ondas luminosas. Fergusson jogava na multidão seu feixe de luz, que desenhava lá e cá rápidos e fulgurantes retângulos de luz. A tribo, sob o império de um medo indescritível, desapareceu pouco a pouco em suas cabanas, e o entorno do poste se tornou ermo. O doutor tivera razão ao contar com a aparição fantástica do *Victoria*, que projetava raios de sol nessa intensa escuridão.

O cesto aproximou-se do solo. Entretanto, alguns negros, mais audaciosos, compreendendo que sua vítima escapava, retornaram com berros ensurdecedores. Kennedy pegou seu fuzil, mas o doutor ordenou-lhe que não atirasse.

O padre, ajoelhado, não tendo mais forças para manter-se de pé, nem mesmo estava preso ao poste, pois sua fraqueza tornava inútil qualquer grilhão. No momento em que o cesto chegou próximo ao solo, o caçador, livrando-se da arma e pegando o padre pela cintura, colocou-o no cesto no exato momento em que Joe jogava bruscamente as duzentas libras de lastro.

O doutor esperava subir com uma velocidade excepcional, mas, contrariamente a suas previsões, o balão, após subir três ou quatro pés, permaneceu imóvel!

– Que nos segura? – exclamou com um tom aterrorizado.

Alguns selvagens aproximavam-se lançando gritos ferozes.

– Oh! – exclamou Joe inclinando-se para fora do cesto. – Um desses negros malditos prendeu-se embaixo do cesto!

– Dick! Dick! – exclamou o doutor. – A caixa-d'água!

Dick compreendeu a ideia de seu amigo, e, levantando uma das caixas-d'água, que pesava mais de cem libras, jogou-a por cima do parapeito.

O *Victoria*, subitamente livre desse peso, deu um salto de trezentos pés pelos ares em meio aos rugidos da tribo, da qual o prisioneiro escapava num raio de luz ofuscante.

– Hurra! – exclamaram os dois companheiros do doutor.

De repente, o balão deu um novo salto, que o levou a mais de mil pés de altura.

– Que foi isso? – perguntou Kennedy, que por pouco não perdeu o equilíbrio.

– Nada, apenas esse patife que nos solta – respondeu tranquilamente Samuel Fergusson.

E Joe, inclinando-se rapidamente, pôde ainda perceber o selvagem, as mãos estendidas, contorcendo-se no espaço, e logo chocando-se contra o solo. O doutor afastou então os dois fios elétricos, e a escuridão tornou-se novamente profunda. Era uma hora da manhã.

O francês desvanecido abriu finalmente os olhos.

– Está salvo! – disse-lhe o doutor.

– Salvo – respondeu ele em inglês com um sorriso triste. – Salvo de uma morte cruel! Meus irmãos, agradeço-lhes, mas meus dias estão contados, mesmo as horas, e não tenho muito tempo mais a viver!

E o missionário, esgotado, caiu novamente em seu torpor.

– Morreu! – exclamou Dick.

– Não, não – respondeu Fergusson debruçando-se sobre ele –, mas está muito fraco. Vamos deitá-lo sob a tenda.

Eles estenderam docemente sobre as cobertas esse pobre corpo macilento, coberto de cicatrizes e ferimentos ainda sangrando, onde o ferro e o fogo haviam deixado vestígios dolorosos em vinte locais diferentes. O doutor fez, com um lenço, uma gaze que ele estendeu sobre as feridas após tê-las lavado. Esses cuidados, ele os deu com a destreza, com a perícia de um médico; em seguida, pegando um cordial em sua farmácia, derramou algumas gotas dele nos lábios do padre.

Este pressionou languidamente os lábios condolentes e mal teve forças para dizer "Obrigado! Obrigado!".

O doutor compreendeu que era preciso deixá-lo em repouso absoluto; ele fechou as cortinas da tenda e retornou para guiar o balão.

Este, dado o peso de seu novo hóspede, havia se livrado de cerca de cento e oitenta libras; ele mantinha-se, portanto, sem o auxílio do maçarico. Ao raiar do dia, uma corrente o levava docemente na direção oés-noroeste. Fergusson foi ver por alguns minutos o padre desvanecido.

– Tomara que possamos conservar esse companheiro que o céu nos enviou! – disse o caçador. – Tem alguma esperança?

– Sim, Dick, com cuidados, e nesse ar tão puro...

– Como sofreu esse homem! – disse Joe com emoção. – Pois saibam que ele fazia coisas ainda mais corajosas que nós, vindo só em meio a estes povos!

– Não tenha dúvidas – respondeu o caçador.

Durante o dia inteiro, o doutor não quis que o sono do desventurado fosse interrompido; foi um longo torpor, entrecortado por alguns murmúrios de sofrimento que não deixavam de inquietar o doutor Fergusson.

Ao anoitecer, o *Victoria* permanecia estacionário em meio à escuridão, e, durante a noite, enquanto Joe e Kennedy revezavam-se ao lado do doente, Fergusson fez a vigília, para a segurança de todos.

No dia seguinte pela manhã, o *Victoria* havia derivado na direção oeste, mas muito pouco. O dia se anunciava puro e magnífico. O doente pôde chamar seus novos amigos com uma voz mais vigorosa. A cortina da tenda foi levantada, e ele inspirou o ar vivo da manhã com felicidade.

– Como está? – perguntou-lhe Fergusson.

– Melhor, talvez – respondeu. – Mas, meus amigos, só os havia visto como se fosse um sonho! Apenas com muita dificuldade pude dar-me conta do que se passava! Quem são vocês, afinal, para que seus nomes não sejam esquecidos em minha última oração?

– Nós somos viajantes ingleses – respondeu Samuel. – Nós tentamos atravessar a África num balão, e, durante nossa travessia, tivemos a felicidade de salvá-lo.

– A ciência tem seus heróis – disse o missionário.

– Mas a religião tem seus mártires – respondeu o escocês.

– E o senhor é um missionário? – perguntou o doutor.

– Sou um padre da missão dos lazaristas. O céu os enviou até mim, o céu seja louvado! Meu sacrifício já estava feito! Mas os senhores vêm da Europa. Falem-me da Europa, da França! Há cinco anos que não tenho notícias de lá.

– Cinco anos, sozinho, e entre os selvagens! – exclamou Kennedy.

– São almas a ser libertadas – disse o jovem padre –, irmãos ignorantes e bárbaros que apenas a religião pode instruir e civilizar.

Samuel Fergusson, respondendo ao desejo do missionário, falou-lhe longamente da França.

Ele escutava avidamente, e lágrimas corriam de seus olhos. O pobre jovem pegava alternadamente as mãos de Kennedy e de Joe, que contrastavam com as suas, ardentes de febre. O doutor lhe preparou algumas xícaras de chá que ele bebeu com prazer. Ele, então, teve a força de levantar-se um pouco e sorrir, vendo-se levado pelos ares sob um céu assim tão puro!

– Os senhores são viajantes muito corajosos – disse –, e terão sucesso nesse empreendimento tão audacioso. Verão novamente seus pais, amigos, sua pátria...

Nesse momento, a fraqueza do jovem padre tornou-se tão grande que foi preciso deitá-lo novamente. Uma prostração de algumas horas o manteve como morto entre as mãos de Fergusson. Este não podia conter sua emoção; sentia essa existência fugindo. Iriam então perder tão rapidamente este homem que haviam salvado do suplício? Ele tratou novamente das feridas horríveis do mártir e precisou sacrificar a maior parte de sua provisão de água para refrescar seus membros ardentes. Ele o envolveu de cuidados muito ternos e inteligentes. O doente renascia pouco a pouco entre seus braços, e retomava a consciência, se não a vida.

O doutor ouvia sua história entre palavras entrecortadas.

– Fale na sua língua materna – dissera-lhe. – Eu a compreendo, e isso o cansará menos.

O missionário era um pobre jovem da cidade de Arradon, na Bretanha, no departamento de Morbihan. Seus primeiros instintos o levaram à carreira eclesiástica; a essa vida de abnegações, ele quis ainda acrescentar a vida de aventuras, e entrou na ordem dos padres da missão que teve o são Vicente de Paulo como glorioso fundador. Aos vinte anos, deixava seu país pelas praias nada hospitaleiras da África. E de lá, pouco a pouco, vencendo os obstáculos, desafiando as privações, marchando e rezando, avançou até o seio das tribos que habitam os afluentes do Nilo superior; durante dois anos, sua religião foi rejeitada, seu zelo, ignorado, sua caridade, desprezada. Ele caiu prisioneiro de uma das tribos mais cruéis do Nyambarra, entregue a mil e um tormentos. Mas não deixou de ensinar, instruir e rezar. Essa tribo dispersou-se e o deixou para morrer após um desses combates tão frequentes entre povos africanos, mas ele, em vez de retornar, continuou a peregrinação evangélica. O período mais pacato que teve foi quando o tomaram por um louco; ele se familiarizava com os idiomas desses países, catequizava. Finalmente, após dois longos anos, ele percorreu essas regiões bárbaras, levado por essa força sobre-humana que vem de Deus. Há um ano ele estava com essa tribo dos *nyam-nyam* chamada Barafri, uma das mais selvagens. Morto o líder há alguns dias, foi a ele que atribuíram essa morte inesperada, e resolveram imolá-lo. Seu suplício durava já quarenta horas; assim como havia suposto o doutor, ele deveria morrer sob o sol do meio-dia. Quando ouviu o barulho das armas de fogo, a natureza lhe deu energias: "Aqui! Aqui!", exclamou ele, e julgou ter sonhado quando uma voz vinda dos céus lhe lançou palavras de consolação.

– Não lamento – disse ele – essa existência que se vai. Minha vida é de Deus!

– Mas, espere – respondeu-lhe o doutor –, nós estamos com você, nós o salvaremos da morte assim como o salvamos do suplício.

– Não peço tanto aos céus! – respondeu o padre resignado. – Abençoado seja Deus por ter-me dado antes de morrer a alegria de apertar mãos amigas e de ouvir a língua do meu país.

O missionário abateu-se novamente. O dia passou entre a esperança e o temor. Kennedy muito emocionado, e Joe afastando-se para enxugar as lágrimas.

O *Victoria* progredia pouco, e o vento parecia querer poupar seus esforços.

Joe notou, ao anoitecer, uma luminosidade enorme a oeste. Em latitudes mais elevadas, poderia tratar-se de uma vasta aurora boreal; o céu parecia arder em fogo. O doutor foi examinar com atenção o fenômeno.

– Só pode ser um vulcão em atividade – disse ele.

– Mas o vento nos leva diretamente a ele – replicou Kennedy.

– Bem, nós o atravessaremos a uma altura segura.

Três horas mais tarde, o *Victoria* encontrava-se entre montanhas. Sua posição exata era aos 24º 15' de longitude e aos 4º 42' de latitude; à sua frente, uma cratera em brasa derramava torrentes de lava em fusão, e projetava pedaços de rocha a alturas consideráveis; havia corredeiras de fogo líquido que caíam em cascatas fulgurantes. Espetáculo magnífico e perigoso, pois o vento, com firmeza constante, levava o balão até a atmosfera incendiária.

Esse obstáculo, que não podia ser contornado, precisava ser atravessado; o maçarico foi levado à máxima potência, e o *Victoria* chegou a seis mil pés, deixando entre o vulcão e ele um espaço de mais de trezentas toesas.

Do seu leito de morte, o padre pôde contemplar a cratera de fogo de onde escapavam fragorosamente mil jatos de fogo.

– Como é bela – disse ele – a potência de Deus, infinita até em suas manifestações mais terríveis!

Esse jorro de lava revestia as encostas da montanha com um verdadeiro tapete de brasas; o hemisfério inferior do balão resplandecia na noite; um calor tórrido subia até o cesto, e o doutor Fergusson apressou-se para fugir dessa situação perigosa.

Por volta das dez horas da noite, a montanha já não era mais que um ponto vermelho no horizonte, e o *Victoria* prosseguia tranquilamente sua viagem em uma zona menos elevada.

XXIII. Cólera de Joe – A morte de um homem justo – Velório – Aridez – Enterro – Blocos de quartzo – Alucinação de Joe – Um lastro precioso – Levantamento das montanhas auríferas – Começo dos desesperos de Joe

Uma noite magnífica estendia-se sobre a terra. O padre adormeceu em uma prostração tranquila.

– Ele não vai conseguir se restabelecer! – disse Joe. – Pobre jovem, de nem trinta anos!

– Ele morrerá em nossos braços! – disse o doutor com desespero. – Sua respiração, já fraca, enfraquece a olhos vistos, e não posso fazer nada para salvá-lo!

– Esses patifes infames! – exclamava Joe, que de tempos em tempos era tomado de cólera. – E pensar que esse digníssimo padre encontrou ainda palavras para lhes mostrar compaixão, para desculpá-los, para perdoá-los!

– O céu lhe dá uma noite linda, Joe, sua última noite talvez. A partir de agora, sofrerá pouco, e sua morte será apenas um sono tranquilo.

O moribundo pronunciou algumas palavras entrecortadas e o doutor aproximou-se; a respiração do doente tornava-se difícil. Ele pediu por ar, as cortinas foram totalmente retiradas, e ele aspirou com prazer o sopro delicado dessa noite translúcida; as estrelas entregavam-lhe sua luz trêmula, e a lua o envolvia em uma luminosa mortalha branca.

– Meus amigos – disse ele com uma voz fraca –, estou indo! Que Deus os recompense conduzindo-os ao seu destino! Que ele pague por mim minha dívida de gratidão!

– Espere mais um pouco – respondeu-lhe Kennedy. – É só uma fraqueza passageira. Não morrerá! Pode-se morrer numa linda noite de verão?

– A morte está perto – retomou o missionário –, eu sei! Deixem--me enfrentá-la! A morte não é senão o começo das coisas eternas, o fim dos tormentos terrestres. Ponham-me de joelhos, meus irmãos, eu lhes imploro!

Kennedy levantou-se, e foi tocante ver suas pernas cederem sob ele.

– Meu Deus! Meu Deus! – exclamou o apóstolo moribundo. – Tende piedade de mim!

Sua figura resplandecia. Longe dessa terra onde nunca tivera alegrias, no meio dessa noite que lhe lançava sua claridade mais doce, a caminho desse céu para o qual ele era erguido como em uma assunção miraculosa, ele parecia já viver uma nova existência.

Seu último gesto foi uma benção suprema a seus amigos por um dia. E ele desabou nos braços de Kennedy, cujo rosto estava banhado em lágrimas.

– Morto! – disse o doutor debruçando-se sobre ele. – Está morto!

E, de comum acordo, os três amigos ajoelharam-se para rezar em silêncio.

– Amanhã de manhã – logo retomou Fergusson –, nós o enterraremos nesta terra africana que foi banhada por seu sangue.

Durante o resto da noite o corpo foi velado alternadamente pelo doutor, por Kennedy e por Joe, e nenhuma palavra quebrou o silêncio religioso; todos choravam.

No dia seguinte, o vento vinha do sul, e o *Victoria* seguia muito lentamente acima das montanhas; aqui, crateras, lá, barrancos. Não havia uma só gota d'água no terreno ressecado; rochas disformes, blocos erráticos, margueiras esbranquiçadas, tudo denotava uma esterilidade profunda.

Por volta do meio-dia, para seguir com o enterro do corpo, o doutor resolveu descer até um barranco, em meio a rochas plutônicas de formação primitiva; as montanhas circundantes deveriam protegê-lo e permitir-lhe dirigir o cesto até o solo, pois não existia nenhuma árvore que lhe servisse para ancorar o balão.

Mas, assim como havia explicado a Kennedy, dada a perda de lastro quando resgataram o padre, ele não poderia mais descer senão livrando-se de uma quantidade proporcional de gás. Ele então abriu a válvula do balão exterior. O hidrogênio escapou, e o *Victoria* desceu tranquilamente até o barranco.

Assim que o cesto tocou o solo, o doutor fechou a válvula; Joe saltou do cesto, mas manteve uma mão na murada, enquanto com a outra apanhava dado número de pedras para substituir seu peso; então ele pôde finalmente empregar suas duas mãos, e logo reuniu mais de quinhentas libras de pedras; assim, o doutor e Kennedy puderam finalmente descer. O *Victoria* estava equilibrado, e sua força ascensional não tinha forças para levantá-lo.

Além disso, não foi preciso usar uma grande quantidade de pedras, pois os blocos apanhados por Joe eram extremamente pesados, o que chamou a atenção de Fergusson por um instante. O solo estava coberto por quartzo e por rochas porfiríticas.

– Uma descoberta singular – pensou o doutor.

Enquanto isso, Kennedy e Joe foram escolher um local para a fossa a alguns passos dali. Fazia um calor extremo nesse barranco, fechado como se fosse uma fornalha. O sol do meio-dia deitava-lhe a pique seus raios ardentes.

Foi preciso primeiro limpar o terreno dos fragmentos de rochas que o cobriam; depois, uma fossa profunda foi cavada, para que os animais selvagens não pudessem desenterrar o cadáver.

O corpo do mártir foi posto ali com o devido respeito.

A terra caiu sobre os restos mortais, e em cima colocaram grandes fragmentos de rochas, dispostos como uma tumba.

O doutor permanecia imóvel e perdido em suas reflexões. Ele não ouvia o chamado de seus companheiros, que pensavam em se abrigar do calor.

– Em que está pensando, Samuel? – perguntou-lhe Kennedy.

– Em um contraste bizarro da natureza, um efeito singular do acaso. Sabe em que terra esse homem de privações, esse pobre de corpo foi enterrado?

– Que quer dizer, Samuel? – perguntou o escocês.

– O padre, que havia feito voto de pobreza, repousa agora em uma mina de ouro!

– Uma mina de ouro! – exclamaram Kennedy e Joe.

– Uma mina de ouro – respondeu tranquilamente o doutor. – Esses blocos que pisamos como rochas insignificantes são de um minério muito puro.

– Impossível! Impossível! – repetiu Joe.

– Não levaria muito tempo para encontrar, nessas fissuras de xisto, pepitas consideráveis.

Joe lançou-se como um louco sobre esses fragmentos esparsos. Kennedy não estava longe de imitá-lo.

– Acalme-se, meu bravo Joe – disse-lhe seu mestre.

– Meu senhor, estou ocupado, mas pode falar.

– Como! Um filósofo da sua estirpe...

– Ah, senhor! Nessas horas não há filosofia que aguente.

– Joe! Reflita por um momento. De que nos serviria toda essa riqueza? Nós não podemos transportá-la.

– Não podemos transportá-la? Ora essa!

– É pesada demais para o nosso cesto! Eu até mesmo hesitei em comunicá-lo dessa descoberta, por medo dos lamentos que ela poderia causar.

– Como! – disse Joe. – Abandonar esse tesouro! Uma fortuna só nossa! Deixá-la!

– Atenção, meu amigo. Será que a febre do ouro já lhe contaminou? Será que esse morto que acaba de enterrar não lhe ensinou a insignificância das coisas humanas?

– Tudo isso é verdade – respondeu Joe –, mas, afinal de contas, é ouro! Senhor Kennedy, será que o senhor não me ajudaria a apanhar um pouco desses milhões?

– Que faríamos com eles, meu pobre Joe? – disse o caçador, sem conseguir conter um sorriso. – Não viemos aqui fazer fortuna, e não podemos carregá-la conosco.

– São um pouco pesados esses milhões – retomou o doutor. – E não se os põe facilmente no bolso.

– Mas, afinal – respondeu Joe exaltado em uma última tentativa –, não podemos, em vez de areia, levar esse minério como lastro?

– Bem, estou de acordo! – disse Fergusson. – No entanto, não reclame quando jogarmos alguns milhares de libras por cima da murada.

– Milhares de libras! – retomou Joe. – É possível mesmo que haja tudo isso de ouro?

– Sim, meu amigo; este é um reservatório onde a natureza deixa seus tesouros há séculos; há o suficiente para enriquecer países inteiros! Uma Austrália e uma Califórnia reunidas no fim de um deserto!

– E tudo isso permanecerá inútil!

– Talvez! Em todo caso, eis aqui o que farei para consolá-lo.

– Isso será difícil – replicou Joe com um ar contrito.

– Escute. Vou anotar e lhe dar a posição exata deste local, assim, ao retornar à Inglaterra, poderá compartilhá-la com nossos concidadãos, se julga que tanto ouro assim lhe fará feliz.

– Vamos, mestre, vejo que tem razão; desisto, já que não há outra coisa a fazer. Enchamos nosso cesto com esse minério precioso. O que restar ao fim da viagem será lucro de qualquer modo.

E Joe pôs mãos à obra; ele o fazia de muito bom grado, e logo empilhou quase mil libras de fragmentos de quartzo, no qual o ouro se encontra preso como em uma ganga muito resistente.

O doutor o observava sorrindo; durante esse trabalho, ele fez seus cálculos e encontrou para o local da tumba do missionário os 22° 23' de longitude e 4° 55' de latitude setentrional.

Em seguida, lançando um último olhar sobre a intumescência do solo sob a qual repousava o corpo do pobre francês, retornou ao cesto.

Ele teria gostado de erguer uma cruz modesta sobre essa tumba abandonada em pleno deserto africano, mas não existia nenhuma árvore nas proximidades.

– Deus a reconhecerá – disse ele.

Uma preocupação muito séria insinuava-se nos pensamentos de Fergusson; ele teria dado muito desse ouro para encontrar um pouco de água; ele queria repor a que havia sido jogada com a caixa quando da queda do negro, mas era algo impossível nessas terras áridas, o que não deixava de inquietá-lo. Obrigado a alimentar incessantemente seu maçarico, ele começava a ver seu estoque de água para saciar a sede cada vez mais curto. Portanto, prometeu a si mesmo não deixar escapar nenhuma nova oportunidade de renovar sua reserva.

De volta ao cesto, encontrou-o coberto pelas pedras do pobre Joe; então subiu nele sem nada dizer, Kennedy tomou seu lugar habitual, e Joe os seguiu, não sem lançar um último olhar de cobiça sobre os tesouros do barranco.

O doutor acendeu o maçarico; a serpentina esquentou e a corrente de hidrogênio se fez sentir após alguns minutos; o gás dilatou, mas o balão não se moveu.

Joe o observava inquieto, mas não dizia palavra.

– Joe – fez o doutor.

Joe não respondia.

– Joe, está me ouvindo?

Joe fez sinal de que o ouvia, mas não queria compreendê-lo.

– Faça o favor – retomou Fergusson – de jogar uma boa quantidade desse minério ao solo.

– Mas o senhor deu-me permissão...

– Permiti que substituísse o lastro, eis tudo.

– Mas...

– Quer que fiquemos eternamente nesse deserto?

Joe lançou um olhar desesperado a Kennedy, mas o caçador fez uma expressão de quem não podia fazer nada.

– E então, Joe?

– O maçarico do senhor não funciona? – respondeu o teimoso.

– Meu maçarico está aceso, sabe disso! Mas o balão não subirá antes de deslastrarmos um pouco.

Joe coçou a testa, pegou um fragmento de quartzo, o menor de todos, pesou e repesou-o, jogou-o de uma mão a outra; era um peso de três ou quatro libras; finalmente, lançou-o para fora do cesto.

O *Victoria* não se moveu.

– E então? Já estamos subindo?

– Ainda não – respondeu o doutor. – Continue.

Kennedy ria. Joe jogou mais uma dezena de libras. O balão permanecia imóvel. Joe empalideceu.

– Meu pobre menino – disse Fergusson. – Dick, eu e você pesamos, se não me engano, cerca de quatrocentas libras; é preciso, portanto, livrar-nos de um peso ao menos igual ao nosso, já que ele tomava nosso lugar.

– Quatrocentas libras! – exclamou Joe piamente.

– E mais alguma coisa para subirmos. Vamos, coragem!

O bravo rapaz, soltando graves suspiros, pôs-se a deslastrar o balão. De tempos em tempos ele parava:

– Estamos subindo! – dizia ele.

– Não estamos subindo – invariavelmente lhe era respondido.

– Mas se mexe – dizia.

– Mais um pouco – repetia Fergusson.

– Subimos! Tenho certeza.

– Ainda falta mais um pouco – replicava Kennedy.

Joe, então, pegando desesperado um último bloco, lançou-o para fora do cesto. O *Victoria* elevou-se uma centena de pés e, com a ajuda do maçarico, logo passou os picos vizinhos.

– Agora, Joe – disse o doutor –, ainda lhe resta uma bela fortuna, e, se conseguirmos guardá-la até o fim da viagem, será rico até o fim dos seus dias.

Joe não disse nada e deitou-se languidamente sobre seu leito de minérios.

– Veja, meu caro Dick – retomou o doutor –, a influência que tem esse metal sobre o melhor rapaz do mundo. Quanta paixão, quanta avareza, quantos crimes dá à luz a descoberta de uma mina de ouro! É muito triste.

Ao anoitecer, o *Victoria* havia avançado cerca de noventa milhas na direção oeste, e estava agora a mil e quatrocentas milhas de Zanzibar.

XXIV. O vento ganha força – Chegando ao deserto – Cálculo da provisão de água – Noites no Equador – Inquietude de Samuel Fergusson – A situação tal como ela é – Respostas enérgicas de Kennedy e de Joe – Mais uma noite

O *Victoria*, preso a uma árvore solitária e quase morta, passou a noite em perfeita tranquilidade; os viajantes puderam enfim dormir o sono de que tanto precisavam; as emoções dos dias precedentes lhes haviam deixado lembranças muito tristes.

Ao amanhecer, o céu recuperou sua limpidez brilhante e seu calor, e o balão ganhou altura. Após várias tentativas fracassadas, ele encontrou uma corrente de ar, não muito rápida, que o levou na direção noroeste.

– Nós não estamos avançando – disse o doutor. – Se não me engano, chegamos à metade da viagem em mais ou menos dez dias; mas, nesse ritmo em que seguimos, levaremos meses para terminá-la. Isso é tanto mais preocupante quanto, devo dizer, estamos correndo o risco de ficar sem água.

– Mas nós a encontraremos – respondeu Dick. – É impossível não encontrarmos algum rio, algum riacho, alguma lagoa nesse país enorme.

– É o que desejo.

– Não será o carregamento de Joe que nos atrasa?

Kennedy falava assim para brincar com o bravo rapaz. E o fazia com tanta descontração quanto, por alguns instantes, também havia sofrido com as mesmas alucinações de Joe; mas, não o tendo demonstrado, podia ostentar um espírito forte; tudo isso, de resto, rindo muito.

Joe lançou-o um olhar digno de piedade. Mas o doutor não lhe respondeu. Ele pensava, não sem horrores, no vasto deserto que é o Saara. Lá, semanas se passam sem que as caravanas encontrem um só poço onde matar a sede. Assim, vigiava com a mais cuidadosa atenção as menores depressões do solo.

Essas medidas e os últimos incidentes haviam modificado sensivelmente a disposição de espírito dos três viajantes; eles falavam menos, e se deixavam absorver mais em seus próprios pensamentos.

O digníssimo Joe já não era mais o mesmo desde que seus olhos haviam cruzado com aquele oceano de ouro; ele calava-se e considerava com cobiça as pedras empilhadas no cesto, sem valor hoje, mas inestimáveis amanhã.

O aspecto dessa parte da África era, além disso, inquietante. O deserto surgia pouco a pouco. Não se via mais nenhum vilarejo, nem mesmo uma pequena reunião de cabanas. A vegetação se retirara. Havia apenas algumas plantas mirradas, como nos terrenos arenosos e secos da Escócia. Uma mistura entre o branco das areias e o fogo das pedras, alguns lentiscos e arbustos espinhosos. Em meio a essa esterilidade, a carcaça rudimentar do planeta aparecia como arestas de rochas vivas e cortantes. Esses sintomas de aridez davam muito que pensar ao doutor Fergusson.

Não parecia que uma só caravana jamais houvesse enfrentado essa região deserta; ela teria deixado vestígios visíveis de acampamento, as ossadas brancas dos homens ou dos animais. Mas nada. E eles sentiam que logo uma imensidão de areia se apropriaria desse terreno desolado.

Entretanto, não podiam recuar. Era preciso seguir em frente. O doutor não esperava menos, e teria desejado uma tempestade para levá-lo longe desse país. Mas não havia uma só nuvem no céu! Ao fim do dia, o *Victoria* não havia avançado trinta milhas.

Ah, se não faltasse água! Mas restavam ao todo três galões![29] Fergusson separou um galão destinado a saciar a sede ardente que um calor de cinquenta graus centígrados tornava intolerável; dois galões restavam então para alimentar o maçarico; eles não podiam produzir senão quatrocentos e oitenta pés cúbicos de gás; ora, o maçarico usava cerca de nove pés cúbicos por hora, de modo que só poderiam

---

29. Cerca de treze litros e meio. (N.A.)

continuar a viagem por mais cinquenta e quatro horas. Tudo rigorosamente calculado.

– Cinquenta e quatro horas! – disse ele a seus companheiros. – Ora, como estou bem decidido a não viajar durante a noite, por medo de deixar passar um riacho, uma fonte de água, uma poça, são três dias e meio de viagem que nos restam, e nesse período é preciso encontrar água a qualquer preço. Julguei ter de preveni-los dessa grave situação, meus amigos, pois estou guardando apenas um galão para nossa sede, e teremos de racioná-lo severamente.

– Pois o racionemos – respondeu o caçador –, mas não é ainda hora de nos desesperarmos. Temos mais três dias, então?

– Sim, meu caro Dick.

– Muito bem! Lamentarmo-nos não levará a nada. Três dias bastam para tomarmos nossas decisões. Até lá, redobremos a atenção.

Na refeição dessa noite, a água foi estritamente calculada; a porção de aguardente nos grogues foi aumentada, mas era preciso ter em mente que esse líquido podia bem causar sede em vez de refrescar.

O cesto descansou durante a noite sobre uma vasta planície que possuía uma forte depressão. Sua altura mal passava de oitocentos pés acima do nível do mar. Essa circunstância dava alguma esperança ao doutor; ela o lembrou das suposições dos geógrafos da existência de uma grande superfície de água no centro da África. Mas, se o lago existia, ainda era preciso chegar até ele, e nenhuma mudança parecia ocorrer no céu imóvel.

À noite tranquila, ao espetáculo magnífico das estrelas sucederam o dia imutável e os raios ardentes do sol; desde as primeiras luzes, a temperatura tornou-se escaldante. Às cinco horas da manhã, o doutor deu o sinal de partida, e por um tempo significativo o *Victoria* permaneceu sem movimento em uma atmosfera sufocante.

O doutor poderia escapar desse calor intenso elevando-se a alturas superiores, mas para isso seria preciso consumir uma maior quantidade de água, algo impossível nessa situação. Ele contentou-se, portanto, em manter o aeróstato a cem pés do solo; ali, uma corrente fraca o levava até o horizonte ocidental.

O desjejum compunha-se de um pouco de carne curada e de *pemmican*. Por volta do meio-dia, o *Victoria* mal havia percorrido algumas milhas.

– Nós não podemos ir mais rápido – disse o doutor. – Nós não estamos no comando, estamos obedecendo.

– Ah, meu caro Samuel – disse o caçador –, eis aqui uma situação em que um propulsor não cairia nada mal.

– Sem dúvida, Dick, admitindo todavia que ele não exigisse água para pôr-se em movimento, pois então a situação seria exatamente a mesma. Até hoje, diga-se, nada viável foi inventado. Os balões ainda estão onde os navios estavam antes da invenção do motor a vapor. Levamos seis mil anos para imaginar as pás e as hélices; talvez tenhamos de esperar mais um pouco.

– Maldito calor! – fez Joe enxugando o suor que escorria de sua testa.

– Se tivéssemos água, o calor viria a nos calhar, pois ele dilata o hidrogênio do aeróstato e exige uma chama mais fraca na serpentina! É verdade que se não estivéssemos quase no fim do líquido, não teríamos de economizá-lo. Ah! Maldito selvagem que nos custou essa caixa preciosa!

– Não lamenta o que fizemos, Samuel?

– Não, Dick, pois pudemos salvar aquele infeliz de uma morte horrível. Mas as cem libras d'água que jogamos nos seriam bem úteis. Seriam doze ou treze dias de progresso garantidos, certamente o bastante para atravessarmos o deserto.

– Pelo menos já percorremos metade da viagem? – perguntou Joe.

– Em distância, sim. Em duração, não, se o vento nos abandonar. Ele está tendendo a diminuir bastante.

– Sigamos em frente, senhor – retomou Joe. – Não temos nada de que nos queixar; nos viramos bem até aqui, e, o que quer que eu faça, é-me impossível perder as esperanças. Nós encontraremos água, posso lhe garantir.

A altura do terreno, no entanto, diminuía a cada milha; as ondulações das montanhas auríferas vinham morrer na planície; eram os últimos movimentos de uma natureza esgotada. A vegetação esparsa substituía as belas árvores do leste; algumas faixas de um verde ressecado lutavam ainda contra a invasão das areias; rochas grandes caídas de montanhas longínquas, fragmentadas na queda, espalhavam-se como pedregulhos agudos, que logo se fariam em areia grossa, e finalmente em poeira impalpável.

– Eis aí a África, tal como a representava, Joe; eu tinha razão em dizer: tenha paciência!

– Bem, senhor – replicou Joe –, muito natural, ao menos! Calor e areia! Seria absurdo esperar qualquer outra coisa nesse continente. Mas, veja – acrescentou ele rindo –, eu não tinha muita confiança nas tais florestas e nos prados de que me falava; era um contrassenso! Não vale a pena vir tão longe para encontrar os campos da Inglaterra. Agora é a primeira vez em que me sinto na África, e não me importo de experimentá-la um pouco!

Ao anoitecer, o doutor constatou que o *Victoria* não havia andado vinte milhas durante esse dia tórrido. Uma escuridão quente o envolveu tão logo o sol desapareceu atrás de um horizonte traçado com a nitidez de uma linha reta.

O dia seguinte era primeiro de maio, uma quinta-feira, mas os dias se sucediam com uma monotonia desesperadora; a manhã era como a manhã que a havia precedido; o meio-dia lançava em profusão seus raios sempre copiosos, e a noite condensava em sua sombra o calor esparso que o dia seguinte legaria novamente à noite seguinte. O vento, quase imperceptível, tornava-se antes uma expiração que um sopro, e se podia pressentir o momento em que esse fôlego mesmo se extinguiria.

O doutor reagia contra a tristeza da situação; ele conservava a calma e o sangue-frio de um coração aguerrido. Luneta à mão, ele interrogava todos os pontos do horizonte; ele via desaparecer as últimas colinas e sumir a última vegetação; à sua frente estendia-se toda a imensidão do deserto.

A responsabilidade que pesava sobre ele o afetava muito, ainda que ele não deixasse mostrar. Esses dois homens, Dick e Joe, dois amigos ambos, ele os havia trazido tão longe, quase pela força da amizade e do dever. Teria agido bem? Não estaria avançando por caminhos proibidos? Não estaria, com essa viagem, tentando transpor os limites do impossível? Não teria Deus reservado a séculos posteriores a exploração desse continente ingrato?

Todas essas ideias, como costuma acontecer nas horas de desânimo, multiplicaram-se em sua cabeça, e, por uma associação de ideias irresistível, Samuel deixou-se levar além da lógica e do racional. Após apurar aquilo que não deveria ter feito, ele agora se perguntava o que deveria ser feito. Seria impossível retroceder no caminho percorrido? Não haveria correntes superiores que o levariam a regiões menos áridas? Ciente dos locais por que passaram, ele ignorava os locais ainda por vir; assim, sua consciência falando alto, ele decidiu explicar-se francamente com seus dois companheiros; ele lhes expôs claramente a situação, e lhes mostrou o que havia sido feito e o que restava a fazer; a rigor, poderiam retornar, ao menos tentar; qual era a opinião deles?

– Não tenho outra opinião além da de meu senhor – respondeu Joe. – O que ele sofrer, também posso sofrê-lo, e ainda mais. Onde ele for, eu irei.

– E Kennedy?

– Eu, meu caro Samuel, eu não sou homem de se desesperar; ninguém imaginava os perigos deste empreendimento mais do que eu; mas, tão logo partimos, não quis mais vê-los. Estamos todos juntos, corpo e alma. Na situação presente, sou da opinião de que devemos perseverar, ir até o fim. Os perigos, aliás, parecem-me tão grandes quanto se voltássemos. Portanto, pode contar conosco.

– Muito obrigado, meus amigos – respondeu o doutor realmente emocionado. – Já esperava tanta dedicação, mas precisava dessas palavras encorajadoras. Mais uma vez, muito obrigado.

E os três homens apertaram-se as mãos efusivamente.

– Escutem-me – retomou Fergusson. – Segundo meus levantamentos, não estamos a mais de trezentas milhas do golfo da Guiné; assim, o deserto não pode se estender indefinidamente, já que a costa é habitada e conhecida até dado ponto do interior. Se for preciso, nós seguiremos até a costa, e é impossível que não encontremos algum oásis, algum poço de onde possamos renovar a provisão de água. Mas o que nos falta é o vento, e, sem ele, ficamos como ancorados em pleno ar.

– Esperemos com resignação – disse o caçador.

Mas todos interrogaram em vão o espaço durante esse dia interminável; nada apareceu que fizesse nascer uma esperança. Os últimos movimentos do solo desapareceram com o pôr do sol, cujos raios horizontais estenderam-se em longas linhas de fogo sobre a imensidão. Era o deserto.

Os viajantes haviam percorrido menos de quinze milhas, tendo gastado, assim como no dia anterior, cento e trinta e cinco pés cúbicos de gás para alimentar o maçarico, e duas pintas[30] de água de um total de oito precisaram ser sacrificadas para saciar a sede ardente.

A noite passou tranquila, tranquila demais! O doutor não dormiu.

---

30. Medida anglo-saxã equivalente à oitava parte de um galão. (N.T.)

XXV. Um pouco de filosofia – Uma nuvem no horizonte – Em meio ao nevoeiro – O balão inesperado – Sinais – Visão exata do *Victoria* – As palmeiras – Vestígios de uma caravana – O poço no meio do deserto

No dia seguinte, a mesma pureza no céu, a mesma imobilidade atmosférica. O *Victoria* elevou-se até uma altura de quinhentos pés; mas, se se moveu na direção oeste, foi pouco.

– Estamos em pleno deserto – disse o doutor. – Aí está a imensidão de areia! Que espetáculo mais estranho! Que disposição singular da natureza! Por que lá vegetação excessiva e aqui extrema aridez? E isso na mesma latitude, sob os mesmos raios de sol!

– O porquê, meu caro Samuel, pouco me inquieta – respondeu Kennedy. – A razão preocupa-me menos que o fato. Isto é assim, eis o mais importante.

– É bom filosofar um pouco às vezes, meu caro Dick; não há mal algum nisso.

– Filosofemos, eu não me importo; e temos tempo; mal nos movemos. O vento dorme, tem medo de soprar.

– Não por muito tempo – disse Joe. – Parece haver algumas nuvens a leste.

– Joe tem razão – respondeu o doutor.

– Bom – fez Kennedy –, será que alcançaremos nossa nuvem, que nos jogará uma boa chuva e um bom vento no rosto?

– Veremos, Dick, veremos.

– No entanto é sexta-feira, mestre, e eu desconfio das sextas-feiras.

– Muito bem, espero que hoje tenha de repensar essas suas prevenções!

– Adoraria, senhor! Ufa! – fez ele passando a esponja no rosto. – O calor é muito bom, sobretudo no inverno; mas, no verão, é preciso moderação.

– O ardor do sol não causa nenhum problema ao nosso balão? – perguntou Kennedy ao doutor.

– Não; a guta-percha untada no tafetá suporta temperaturas muito mais elevadas. Aquela à qual a submeti por meio da serpentina chegou por vezes a setenta graus centígrados, e o invólucro não parece ter sofrido com isso.

– Uma nuvem, uma nuvem de verdade! – exclamou nesse momento Joe, cuja visão desafiava qualquer luneta.

De fato, uma nuvem espessa e agora distinta elevava-se lentamente acima do horizonte; ela parecia profunda e de certo modo inchada; era um conjunto de pequenas nuvens que conservavam persistentemente a primeira forma em que haviam sido vistas, do que o doutor concluiu não existir nenhuma corrente de ar nessa aglomeração.

Essa massa compacta havia aparecido por volta das oito horas da manhã, e, às onze horas, ela alcançava o disco solar, que desapareceu completamente atrás dessa cortina espessa; nesse momento mesmo, a parte inferior da nuvem deixava a linha do horizonte, que resplandeceu prontamente.

– É apenas uma nuvem isolada – disse o doutor. – Não devemos contar muito com ela. Veja, Dick, sua forma é exatamente a mesma de hoje de manhã.

– De fato, Samuel, não há chuva nem vento, pelo menos para nós.

– É o que parece, pois ela se mantém a uma altura muito elevada.

– Bem, e se fôssemos atrás dessa nuvem que não pretende rebentar sobre nós?

– Imagino que não seria de grande ajuda – respondeu o doutor –, seria um desperdício de gás, e portanto de água. Mas, na nossa situação, é preciso atentar a tudo; vamos subir.

O doutor aumentou a chama do maçarico nas espirais da serpentina, e um calor violento se desenvolveu. Logo o balão subia sob a ação do hidrogênio dilatado.

A cerca de mil e quinhentos pés do solo, ele encontrou a massa opaca da nuvem e entrou em uma bruma espessa, mantendo-se a essa altura; mas não encontrou o menor sopro de vento. A bruma parecia mesmo desprovida de umidade, e os objetos que com ela entraram em contato mal se umidificaram. O *Victoria*, envolvido nesse vapor, ganhou talvez um ritmo levemente mais veloz, mas foi tudo.

O doutor constatava com tristeza o resultado medíocre obtido pela manobra, quando ouviu Joe exclamar com o tom da mais viva surpresa:

– Ora essa!

– Que foi, Joe?

– Mestre! Senhor Kennedy! Vejam que estranho!

– O quê?

– Não estamos a sós aqui! Há intrusos! Roubaram nossa invenção!

– Estará louco agora? – perguntou Kennedy.

Joe parecia petrificado de estupefação!

– Será que o sol terá afetado o juízo desse pobre jovem? – disse o doutor voltando-se a ele.

– Diga-me você – disse ele.

– Mas veja, senhor – disse Joe indicando um ponto no espaço.

– Por São Patrício! – exclamou Kennedy. – É inacreditável! Samuel, Samuel, veja!

– Estou vendo – respondeu tranquilamente o doutor.

– Outro balão! Outros viajantes como nós!

De fato, a duzentos pés dali, um aeróstato flutuava no ar com seu cesto e seus viajantes, e seguia exatamente a mesma rota do *Victoria*.

– Muito bem! – disse o doutor. – Só nos resta enviarmos sinais; pegue a bandeira, Kennedy, e mostremos nossas cores.

Parece que os viajantes tiveram a mesma ideia, e no mesmo momento, pois a mesma bandeira repetia o mesmo movimento em uma mão agitada da mesma forma.

– Que significa isso? – perguntou o caçador.

– São macacos... – exclamou Joe – e gozam de nós!

– Isso significa – respondeu Fergusson rindo – que somos nós mesmos que fazemos o sinal, meu caro Dick; significa que somos nós que estamos naquele segundo cesto, e que o balão é simplesmente o nosso *Victoria*.

– Nisso, senhor, com todo o respeito – disse Joe –, não posso acreditar.

– Suba na murada, Joe, agite os braços e verá.

Joe obedeceu e viu seus gestos reproduzidos com exatidão de imediato.

– É apenas uma miragem – disse o doutor –, e nada mais; um simples fenômeno óptico que se deve à rarefação desigual das camadas de ar, eis tudo.

– É maravilhoso! – repetia Joe, que não conseguia conter-se e imitava suas experiências com os braços.

– Que espetáculo curioso! – retomou Kennedy. – Dá gosto ver nosso bravo *Victoria*! Pois saibam que ele tem um ótimo aspecto e se comporta majestosamente.

– Não adianta explicar a coisa nos seus próprios termos – replicou Joe. – É um efeito singularíssimo!

Mas logo a imagem começou a se apagar; as nuvens subiram a uma altura ainda mais elevada, abandonando o *Victoria*, que não tentou segui-las, e, ao cabo de uma hora, desapareceram completamente.

O vento, quase imperceptível, pareceu diminuir ainda mais. O doutor, desesperado, aproximou-se do solo.

Os viajantes, cujas preocupações haviam sido esquecidas com o curioso fenômeno, retornaram a seus pensamentos tristes, sufocados por um calor acabrunhante.

Por volta das quatro horas, Joe avistou um objeto em relevo sobre uma imensa planície de areia, e logo pôde afirmar tratar-se de duas palmeiras pouco longe dali.

– Palmeiras! – disse Fergusson. – Mas então há uma fonte, um poço?

Ele pegou a luneta e garantiu que os olhos de Joe não o enganavam.

– Enfim água! Água – repetiu. – Estamos salvos, pois, por mais devagar que avancemos, avançamos de todo modo, e acabaremos por chegar!

– Muito bem, senhor! – disse Joe. – E se bebêssemos enquanto isso? O ar está realmente abafado.

– Bebamos, meu rapaz.

Ninguém fez cerimônia. Uma pinta inteira se foi, o que reduziu a provisão a três pintas e meia somente.

– Ah! Isso faz muito bem! – fez Joe. – Como é bom! Nem bebendo as cervejas Perkins tive tanto prazer assim!

– Essas são as vantagens da privação – respondeu o doutor.

– São poucas, afinal – disse o caçador –, e, se eu tivesse de ser privado do prazer de beber água, então consentiria à condição de não ser jamais privado dela.

Às seis horas, o *Victoria* planava acima das palmeiras.

Eram duas árvores finas, fracas, ressecadas, dois espectros de árvores sem folhagem, mais mortas que vivas. Fergusson as considerou com temor.

A seus pés, distinguiam-se as pedras gastas de um poço; mas essas pedras, pulverizadas sob o calor do sol, não pareciam formar mais que uma poeira impalpável. Não havia nenhuma aparência de umidade. O coração de Samuel apertou, e ele ia comunicar seu temor a seus companheiros, quando as exclamações destes chamaram sua atenção.

A oeste estendia-se a perder de vista uma longa linha de ossadas; fragmentos de esqueletos rodeavam a fonte. Uma caravana havia chegado até ali, marcando sua passagem com esse longo ossuário; os mais fracos haviam caído gradativamente na areia; os mais fortes, chegando à fonte tão desejada, encontraram em seu redor uma morte horrível.

Os viajantes se entreolharam e empalideceram.

– Nem desçamos – disse Kennedy. – Vamos fugir desse espetáculo horrendo! Não há uma só gota a se retirar dali.

– Não, Dick, precisamos ficar com a consciência limpa. Melhor passar a noite aqui que em outro lugar. Cavaremos este poço até o fundo; já houve aqui uma fonte, talvez ainda reste algo dela.

O *Victoria* desceu ao solo; Joe e Kennedy puseram no cesto um peso equivalente aos seus e desceram. Correram até o poço e penetraram nele por uma escada que era pouco mais que pó. A fonte parecia esgotada há muitos anos. Eles cavaram em uma areia seca e poenta, a mais árida das areias; não havia vestígio algum de umidade.

O doutor os viu retornar à superfície do deserto suando, vencidos, cobertos de uma poeira fina, abatidos, desanimados, desesperados.

Ele compreendeu o fracasso dessa busca; já o esperava, e não disse nada. Sentia que, a partir desse momento, deveria ter coragem e energia pelos três.

Joe trazia fragmentos de um pequeno odre, que ele jogou com cólera entre as ossadas dispersas no solo.

Durante a ceia, nenhuma palavra foi trocada entre os viajantes. Eles comiam com repugnância. No entanto, não haviam ainda realmente sofrido os tormentos da sede, e somente desesperavam pelo futuro.

XXVI. Quarenta e cinco graus – Reflexões do doutor – Busca desesperada – O maçarico se apaga – Cento e vinte e dois graus – A contemplação do deserto – Passeio noturno – Solitude – Fraqueza – Planos de Joe – Dá-se mais um dia

O caminho percorrido pelo *Victoria* durante o dia anterior não passava de dez milhas, e, para manter-se, haviam gastado cento e sessenta e dois pés cúbicos de gás.

O doutor deu o sinal de partida no sábado de manhã.

– O maçarico não vai funcionar por mais de seis horas – disse ele. – Se em seis horas não descobrirmos um poço ou uma fonte, só Deus sabe o que acontecerá.

– Pouco vento essa manhã, mestre! – disse Joe. – Mas talvez ele ganhe força – acrescentou vendo a tristeza mal disfarçada de Fergusson.

Vã esperança! Fazia uma grande calmaria nessa manhã, dessas que, nos mares tropicais, acorrentam obstinadamente os navios. O calor tornou-se intolerável, e o termômetro à sombra, sob a tenda, marcou quarenta e cinco graus centígrados.

Joe e Kennedy, deitados um ao lado do outro, procuravam, senão no sono, ao menos no torpor, esquecer a situação. Uma inatividade forçada lhes oferecia um ócio penoso. O homem mais infeliz é aquele que não pode afastar seus pensamentos com um trabalho ou uma ocupação material; mas aqui, nada a ser vigiado; nada também a se tentar; era preciso enfrentar a situação sem poder melhorá-la.

Os sofrimentos da sede começaram a ser sentidos cruelmente; a aguardente, longe de saciar a necessidade imperiosa, ao contrário, aumentava-a, e acabava por merecer o nome de "leite dos tigres", que o dão os povos africanos. Restava menos de duas pintas de um líquido quente. Todos cobiçavam algumas gotas tão preciosas, mas ninguém ousava molhar os lábios nelas. Duas pintas d'água, no meio do deserto!

O doutor Fergusson, mergulhado em suas reflexões, perguntava-se se havia agido prudentemente. Não teria sido melhor conservar essa água que ele decompunha para manter-se na atmosfera?

Ele havia se movimentado, sem dúvida, mas teriam de fato avançado? Quando ele estivesse sessenta milhas adentro dessa latitude, que importaria, se lhe faltava água? O vento, se enfim ganhasse força, sopraria lá como aqui, ou mesmo mais devagar, se viesse do leste! Mas a esperança empurrava Samuel adiante! E, no entanto, os dois galões de água, gastos em vão, seriam o bastante para nove dias de parada no deserto! E quantas mudanças poderiam ocorrer em nove dias! Talvez também, conservando a água, devesse ele subir livrando-se do lastro, de modo a perder gás para descer mais tarde! Mas o gás do balão era seu sangue, sua vida!

Essas mil reflexões agitavam-se em sua cabeça, que ele levava às mãos, e por horas inteiras não a levantava.

– Precisamos de um último esforço! – disse ele a si mesmo por volta das dez horas da manhã. – É preciso tentar, uma última vez, encontrar uma corrente atmosférica que nos carregue! É preciso arriscar nossos últimos recursos.

E, enquanto seus companheiros dormitavam, ele levou o hidrogênio do aeróstato a uma alta temperatura; este se abaulou sob a dilatação do gás e subiu rapidamente entre os raios perpendiculares do sol. O doutor em vão procurou um sopro de vento dos cem aos cinco mil pés; seu ponto de partida permaneceu obstinadamente abaixo dele; uma calma absoluta parecia reinar até os últimos limites de ar respirável.

Enfim, a água de alimentação secou; o maçarico apagou com a falta de gás; a pilha de Bunsen parou de funcionar, e o *Victoria*, contraindo-se, desceu suavemente até a areia, no mesmo local em que o cesto havia estado.

Era meio-dia; os cálculos do doutor o punham aos 19º 35' de longitude e 6º 51' de latitude, a aproximadamente quinhentas milhas do lago Chade, a mais de quatrocentas milhas da costa ocidental da África.

Chegando ao solo, Dick e Joe saíram do pesado torpor em que estavam.

– Nós estamos parando – disse o escocês.

– É preciso – respondeu Samuel em um tom grave.

Seus companheiros o compreenderam. O nível do solo encontrava-se então ao nível do mar, dada sua extensa depressão; assim, o balão manteve-se em um equilíbrio perfeito e em uma imobilidade absoluta.

O peso dos viajantes foi substituído por uma carga equivalente de areia, e desembarcaram; todos permaneceram absortos em seus pensamentos e, por muitas horas, não conversaram. Joe preparou o jantar, composto de biscoito e *pemmican*, no qual mal tocaram; um gole de água quente completou a triste refeição.

Durante a noite, ninguém ficou de vigia, mas ninguém dormiu. O calor era sufocante. No dia seguinte, não restava mais que meia pinta d'água; o doutor a reservou, e resolveram não usá-la senão em caso de extrema necessidade.

– Estou sufocando – exclamou logo Joe. – O calor está aumentando! O que não me surpreende – disse ele após consultar o termômetro. – Sessenta graus centígrados!

– A areia nos queima – respondeu o caçador – como se tivesse saído de um forno. E nem uma só nuvem no céu em fogo! É de enlouquecer!

– Não nos desesperemos – disse o doutor. – A esses calores inevitavelmente sucedem tempestades nessa latitude, e elas chegam com a velocidade de um relâmpago. Malgrado a serenidade opressiva do céu, grandes mudanças podem ocorrer em menos de uma hora.

– Porém de qualquer modo – retomou Kennedy – haveria algum indício!

– Oh, muito bem! – disse o doutor. – Parece-me que o barômetro tem uma leve tendência a cair.

– Os céus nos ouvem, Samuel! Pois estamos aqui pregados no chão como uma ave cujas asas se quebraram.

– Com a diferença, meu caro Dick, de que nossas asas estão intactas, e ainda pretendo fazer uso delas.

– Ah! Vento, vento! – exclamou Joe. – O bastante para nos levar a um riacho, a um poço, e nada nos faltará; nossos víveres são suficientes, e com água passaremos um mês sem sofrer! A sede é uma coisa cruel.

A sede, de fato, mas também a contemplação incessante do deserto, fatigava o espírito; não havia um acidente geográfico, um monte de areia, uma rocha para deter o olhar. Todo esse plano nauseava e causava o que é chamado "mal do deserto". A impassibilidade do azul árido do céu e do amarelo imenso da areia acabava por apavorar. Nessa atmosfera incendiária, o calor parecia vibrante, como sobre brasas incandescentes; o espírito desesperava-se ao ver a imensa calmaria, e não entrevia razão alguma para que tal estado de coisas viesse a cessar, pois a imensidão é uma espécie de eternidade.

Assim, os infelizes, privados de água sob essa temperatura tórrida, começaram a sentir sintomas de alucinação; os olhos arregalaram, o olhar tornou-se confuso.

Quando a noite veio, o doutor decidiu combater essa disposição inquietante com uma caminhada rápida; ele quis percorrer o plano de areia por algumas horas; não para procurar, mas para caminhar.

– Venham – disse ele a seus companheiros –, acreditem, isso nos fará bem.

– Impossível – respondeu Kennedy –, eu não poderia dar um só passo.

– Eu prefiro dormir – fez Joe.

– Mas o sono e o repouso lhes são funestos, meus amigos. Reajam contra esse torpor. Vamos!

O doutor não conseguiu extrair nada deles, e partiu só em meio à transparência estrelada da noite. Seus primeiros passos foram penosos, os passos de um homem enfraquecido e desabituado a caminhar; mas logo percebeu que o exercício lhe seria salutar. Ele percorreu várias milhas na direção oeste, e seu espírito já começava a se reconfortar, quando, subitamente, sentiu uma vertigem; ele se viu como debruçado sobre um abismo, e sentiu os joelhos dobrarem; a ampla solitude o horrorizou; ele era um ponto cartesiano, o centro de uma circunferência infinita, isto é, nada! O *Victoria* desaparecia inteiramente nas sombras. O doutor foi invadido por um pavor insuperável, logo ele, o impassível, o viajante audacioso! Quis retornar, mas em vão; gritou, mas nem mesmo um eco lhe respondeu, e sua voz caiu no espaço como uma pedra em um abismo sem fim. Ele deitou enfraquecido sobre a areia, só, em meio ao grande silêncio do deserto.

À meia-noite, retomava a consciência entre os braços de seu fiel Joe; este, inquieto com a ausência prolongada de seu mestre, lançara-se atrás dos vestígios nítidos que havia deixado no solo, e o havia encontrado desvanecido.

– Que tem, senhor? – perguntou ele.

– Não será nada, meu bravo Joe; um momento de fraqueza, eis tudo.

– Não será nada de fato, senhor; mas levante-se e apoie-se em mim, vamos até o *Victoria*.

O doutor, nos braços de Joe, refez o caminho que havia percorrido.

– Foi imprudente, senhor, não se deve sair e aventurar-se dessa maneira. Poderia ter sido assaltado – acrescentou rindo. – Senhor, falemos seriamente.

– Fale, estou escutando!

– É absolutamente necessário tomarmos uma decisão. Nossa situação não pode permanecer assim por muito tempo, e se o vento não vier, estaremos perdidos.

O doutor não respondeu.

– Pois muito bem! É preciso que alguém se sacrifique pelo bem comum, e é muito natural que seja eu!

– Que quer dizer? Qual seu plano?

– Um plano bem simples: levar alguns víveres comigo e caminhar sempre em frente até que eu chegue a algum lugar, o que necessariamente acontecerá. Enquanto isso, se o céu lhe enviar um vento favorável, não me esperarão e seguirão viagem. Quanto a mim, se chegar a um vilarejo, darei um jeito de me safar com algumas palavras de árabe que o senhor me dará por escrito, e eu lhes enviarei ajuda, ou morrerei tentando! Que diz de minha ideia?

– É insensata, mas digna do seu coração bravo, Joe. É algo impossível, não pode nos deixar.

– Mas afinal, senhor, é preciso tentar algo; isso não pode prejudicá-lo, já que, repito, não me esperará, e, a rigor, tenho chances de sucesso!

– Não, Joe, não! Não nos separemos! Seria uma dor somada às outras. Estava escrito que seria assim, e está muito provavelmente escrito que será de outro modo mais tarde. Assim, esperemos com resignação.

– Que assim seja, senhor; mas previno-o de uma coisa: dou-lhe mais um dia; não esperarei mais; hoje é domingo, ou antes segunda, pois é uma hora da manhã; se terça-feira não tivermos partido, tentarei a aventura. É um projeto irrevogável.

O doutor não respondeu; logo chegava ao cesto, e acomodou-se próximo a Kennedy. Este estava mergulhado em um silêncio absoluto que não parecia tratar-se de sono.

XXVII. Calor pavoroso – Alucinações – Últimas gotas d'água – Noite de desespero – Tentativa suicida – O simum – O oásis – Leão e leoa

A primeira medida do doutor, no dia seguinte, foi consultar o barômetro. Se a coluna de mercúrio sofreu alguma queda, foi pouca.

– Nada! – disse ele a si mesmo. – Nada!

Ele saiu do cesto e foi examinar o tempo. Mesmo calor, mesma pureza, mesma implacabilidade.

– Será hora de nos desesperarmos?! – exclamou.

Joe não dizia palavra, absorto em seus pensamentos, meditando seu plano de exploração.

Kennedy levantou muito doente, e sofrendo com uma agitação inquietante. Ele sofria horrivelmente com a sede. Sua língua e seus lábios tumeficados mal articulavam um som.

Havia ainda algumas gotas de água; todos sabiam e todos pensavam nisso, mas ninguém ousava agir.

Os três companheiros, os três amigos olhavam-se com olhos apavorados, com um sentimento de avidez bestial, que se mostrava sobretudo em Kennedy; durante o dia todo ele sofreu com delírios; ia e vinha, lançando gritos roucos, mordendo os punhos, pronto a abrir as veias para beber o sangue.

– Ah! – exclamou. – País da sede! País do desespero lhe seria um bom nome!

Em seguida, caiu em prostração profunda, e não ouviram mais que o silvo da respiração entre seus lábios ressecados.

Ao anoitecer, Joe, por sua vez, foi tomado por alguns episódios de insanidade; um vasto oásis de areia lhe aparecia como uma lagoa imensa, com águas claras e límpidas; mais de uma vez ele precipitou-se sobre o solo em brasas para beber o máximo que pudesse, e levantava com a boca cheia de areia.

– Maldição! – disse ele com cólera. – É água salgada!

Então, enquanto Fergusson e Kennedy permaneciam deitados sem movimento, ele foi tomado por uma ideia invencível de secar as poucas gotas d'água postas em reserva. Foi mais forte que ele; ele avançou até o cesto arrastando-se de joelhos, fulminou com os olhos a garrafa onde estava o líquido, lançou-lhe um olhar desmesurado, agarrou-a e levou-a aos lábios.

Nesse momento, as palavras *"Beber! Beber!"* foram pronunciadas em um tom dilacerante.

Era Kennedy que se arrastava atrás dele; o infeliz dava pena, pedia de joelhos, chorava.

Joe, também chorando, deu-lhe a garrafa, e Kennedy bebeu-a até a última gota.

– Obrigado – disse.

Mas Joe não o ouviu, e estava como ele caído na areia.

Não se sabe o que se passou durante essa noite horrorosa. Mas na terça-feira de manhã, sob a ducha de fogo que lançava o sol, os desafortunados sentiram os membros secarem pouco a pouco. Quando Joe quis levantar-se, foi-lhe impossível. Ele não pôde pôr seu plano em execução.

Ele olhou a redor. No cesto, o doutor prosternado, braços cruzados sobre o peito, mirava no espaço um ponto imaginário com uma fixação idiota. Kennedy estava apavorante; ele balançava a cabeça lateralmente como uma besta feroz enjaulada.

De súbito, os olhos do caçador miraram sua carabina, cuja coronha estava além da murada do cesto.

– Ah! – exclamou, levantando-se com um esforço sobre-humano.

Ele precipitou-se até sua arma, desvairado, louco, e pôs o cano em sua boca.

– Senhor, senhor! – fez Joe lançando-se contra ele.

– Deixe-me! Vá embora! – disse asperamente o escocês.

Os dois lutaram obstinadamente.

– Deixe-me, ou vou matá-lo – repetiu Kennedy.

Mas Joe prendia-se a ele com força, e assim se debateram por cerca de um minuto, sem que o doutor parecesse notá-los. Na luta, a carabina disparou inopinadamente; ao som da detonação, o doutor levantou-se rapidamente como um espectro; olhou ao seu redor.

Mas, súbito, eis que seu olhar se anima, sua mão se estende ao horizonte, e, com uma voz que já não tinha nada de humano, exclama:

– Lá, lá adiante!

Havia tamanha energia em seu gesto, que Joe e Kennedy se separaram e observaram.

A planície agitava-se como um mar em fúria em dia de tempestade; ondas de areia caíam umas sobre as outras em meio à poeira intensa. Uma imensa coluna vinha do sudeste rodopiando com extrema velocidade; o sol desaparecia atrás de uma nuvem opaca cuja sombra desmesurada estendia-se até o *Victoria*; os grãos de areia fina deslizavam com a facilidade dos líquidos, e essa maré subia pouco a pouco.

Um olhar enérgico de esperança brilhou nos olhos de Fergusson.

– O simum! – exclamou.

– O simum! – repetiu Joe sem compreender muito.

– Tanto pior! – exclamou Kennedy com uma raiva desesperada. – Tanto pior! Nós vamos morrer!

– Tanto melhor! – replicou o doutor. – Ao contrário, nós vamos viver!

Ele se pôs a retirar rapidamente a areia que lastrava o cesto.

Seus companheiros enfim o compreenderam e juntaram-se a ele.

– E agora, Joe – disse o doutor –, jogue fora umas cinquenta libras do seu minério!

Joe não hesitou, mas sentiu algo como um rápido pesar. O balão levantou.

– Já não era sem tempo – exclamou o doutor.

O simum chegava, de fato, com a velocidade de um relâmpago. Um pouco mais e o *Victoria* seria destruído, aniquilado, feito em pedaços. A imensa coluna de vento o atingiu, e ele foi coberto por uma rajada de areia.

– De novo o lastro! – exclamou o doutor a Joe.

– Aqui! – respondeu este lançando um enorme fragmento de quartzo.

O *Victoria* rapidamente subiu acima da ventania; mas, envolvido em um imenso deslocamento de ar, acabou levado com uma velocidade incalculável acima desse mar espumante.

Samuel, Dick e Joe não falavam; eles olhavam, esperavam, sentindo-se refrescados pelo turbilhão de vento.

Às três horas, a tormenta cessava. A areia, caindo, formava uma grande quantidade de montículos, e o céu retomava sua tranquilidade anterior.

O *Victoria*, agora imóvel, planava próximo a um oásis, a uma ilha coberta de árvores verdes e emersa finalmente do oceano.

– Água, há água lá! – exclamou o doutor.

Imediatamente, abrindo a válvula superior, ele deu passagem ao hidrogênio e desceu suavemente a duzentos passos do oásis.

Em quatro horas, os viajantes haviam atravessado um espaço de duzentas e quarentas milhas.

O cesto foi logo equilibrado, e Kennedy, seguido de Joe, lançou-se ao solo.

– Os fuzis! – exclamou o doutor. – Os fuzis. Sejam prudentes.

Dick precipitou-se até sua carabina, e Joe apossou-se de um dos fuzis. Eles avançaram rapidamente até as árvores e penetraram a massa verde que lhes anunciava fontes abundantes; não notaram pegadas largas e vestígios frescos que estavam marcados no solo úmido.

Súbito, um rugido ecoou a vinte passos deles.

– O rugido de um leão! – disse Joe.

– Tanto melhor! – replicou o caçador exasperado. – Nós o enfrentaremos! Somos fortes quando temos apenas de lutar.

– Prudência, senhor Dick, prudência! Da vida de um depende a vida de todos.

Mas Kennedy não o escutava; ele avançava, olhos em fogo, a carabina carregada, terrível e audacioso. Sob uma palmeira, um enorme leão de juba escura em posição de ataque. Este mal havia avistado o caçador e pulou sobre ele; mas nem bem havia tocado o chão e caía morto fulminado por uma bala no coração.

– Hurra! Hurra! – exclamou Joe.

Kennedy precipitou-se até o poço, correu sobre os degraus úmidos e deitou-se em frente a uma fonte fresca, na qual mergulhou os lábios avidamente; Joe imitou-o, e não se ouviu mais que o estalido da língua dos animais que matam a sede.

– Atenção, senhor Dick – disse Joe respirando. – Não abusemos da sorte!

Mas Dick, sem responder, continuava bebendo. Ele mergulhava a cabeça e as mãos na água benfazeja. Entorpecia-se.

– E o senhor Fergusson? – disse Joe.

Somente essa palavra fez Kennedy cair em si. Ele encheu uma garrafa que havia trazido e lançou-se sobre os degraus do poço.

Mas qual foi sua surpresa! Um corpo opaco, enorme, obstava a saída. Joe, que seguia Dick, teve de recuar com ele.

– Estamos presos!

– Impossível! Que quer dizer isso...?

Dick não pôde terminar a frase; um rugido terrível o fez compreender qual inimigo teriam de enfrentar.

– Outro leão! – exclamou Joe.

– Não, uma leoa! Ah, maldito animal! Espere – disse o caçador recarregando rapidamente a carabina.

Um instante depois, ele disparava, mas o animal havia desaparecido.

– Em frente! – exclamou.

– Não, senhor Dick, não, o senhor não a matou com o disparo; seu corpo teria rolado até aqui; ela está pronta para saltar sobre o primeiro de nós que aparecer, e ele estará perdido!

– Mas que fazer? É preciso sair! Samuel nos espera!

– Temos de atrair o animal; pegue meu fuzil e dê-me sua carabina.

– Qual é o plano?

– O senhor verá.

Joe, retirando a parte de cima da vestimenta, colocou-a na ponta da arma e a apresentou como presa na saída. A besta furiosa precipitou-se sobre ela, mas Kennedy a esperava, e foi atingida por uma bala na espádua. A leoa, rugindo, rolou sobre os degraus, derrubando Joe. Este julgava já sentir as enormes patas do animal abaterem-se sobre ele quando uma segunda detonação ecoou, e o doutor Fergusson apareceu, fuzil à mão e disparando mais uma vez.

Joe levantou-se rapidamente, pulou sobre o corpo do animal, e deu a garrafa d'água a seu mestre.

Levá-la aos lábios, esvaziá-la até a metade foram questão de um segundo para Fergusson, e os três viajantes agradeceram do fundo do coração à Providência, que tão milagrosamente os salvou.

XXVIII. Noite deliciosa – A cozinha de Joe – Dissertação sobre a carne crua – História de James Bruce – O bivaque – O barômetro desce – O barômetro sobe – Preparativos para a partida – O furacão

A noite foi encantadora, e a passaram sob a sombra fresca de mimosas após uma refeição reconfortante; o chá e o grogue não foram poupados.

Kennedy havia percorrido cada canto do local e examinado cada arbusto. Os viajantes eram os únicos seres animados desse paraíso terrestre, e logo se deitaram sobre as cobertas e passaram uma noite tranquila, que lhes fez esquecer as dores passadas.

No dia seguinte, sete de maio, o sol resplandecia, mas seus raios não podiam atravessar a espessa sombra da folhagem. Como ainda havia víveres em quantidade suficiente, o doutor decidiu esperar nesse local por um vento favorável.

Joe havia trazido consigo sua cozinha portátil, e agora se entregava a loucas combinações culinárias, gastando água com uma prodigalidade despreocupada.

– Que estranha sucessão de desgostos e prazeres! – exclamou Kennedy. – Essa abundância após aquela privação! O luxo sucedendo à miséria! Ah! Estive bem próximo de enlouquecer.

– Meu caro Dick – disse-lhe o doutor –, sem Joe, não estaria em condições de discorrer sobre a instabilidade das coisas humanas.

– Bravo amigo! – fez Dick estendendo a mão a Joe.

– Não há de quê – respondeu este. – Faria o mesmo por mim, senhor Dick, mas prefiro que a ocasião não se apresente para fazê-lo!

– É uma pobre natureza esta nossa! – retomou Fergusson. – Deixarmo-nos abater por tão pouco!

– Tão pouco de água, senhor! Esse elemento é muito necessário à vida.

– Sem dúvida, Joe, e as pessoas privadas de comer resistem por muito mais tempo que as privadas de beber.

– Acredito; além disso, em caso de necessidade, come-se o que se encontra, mesmo seu semelhante, ainda que essa refeição lhe deixe com o coração pesado!

– Os selvagens não perdem a menor oportunidade – disse Kennedy.

– Sim, mas são selvagens, habituados a comer carne crua; este é um costume que me repugnaria!

– Isso é muito repugnante, de fato – retomou o doutor –, que ninguém deu fé aos relatos dos primeiros viajantes que vieram à África; estes relataram que muitos povos alimentavam-se de carne crua, e muitos se recusaram a admitir isso. Foram nessas circunstâncias que James Bruce teve uma aventura singular.

– Conte-nos a aventura, senhor; temos tempo para ouvi-lo – disse Joe deitando-se voluptuosamente sobre a grama fresca.

– De bom grado. James Bruce era um escocês do condado de Stirling que, de 1768 a 1772, percorreu toda a Abissínia até o lago Tana, à procura das fontes do Nilo; depois, retornou à Inglaterra onde publicou suas viagens somente em 1790. Seus relatos foram acolhidos com extrema incredulidade, incredulidade que, sem dúvida, está reservada aos nossos. Os hábitos dos abissínios pareciam tão diferentes dos usos e costumes ingleses que ninguém queria acreditar. Entre outros detalhes, James Bruce havia dito que os povos da África oriental comiam carne crua. Esse fato uniu todos contra ele. Ele podia falar à vontade, já que ninguém poderia ver! Bruce era um homem muito corajoso, mas facilmente irritável. Essas dúvidas o irritaram tremendamente. Um dia, em um salão de Edimburgo, um escocês retomou, em sua presença, o tema dos gracejos cotidianos e, a respeito da carne crua, declarou firmemente que a coisa não é nem possível nem verdadeira. Bruce nada disse; ele saiu e voltou alguns instantes depois com um bife cru, temperado com sal e pimenta à moda africana. "Senhor", disse ele ao escocês, "duvidando de uma coisa que relatei, cometeu uma grave injúria. Julgando-a impraticável, engana-se completamente. E, para prová-lo a todos, irá comer imediatamente este bife cru, ou justificará o que disse."

O escocês teve medo, mas obedeceu, não sem enormes caretas. Então, com o maior sangue-frio, James Bruce acrescentou: "Mesmo admitindo que a coisa não seja verdadeira, senhor, agora não sustentará, ao menos, que é impossível".

– Bem dito! – fez Joe. – Se o escocês teve uma indigestão, não teve mais do que merecia. E se, ao retornarmos à Inglaterra, duvidarem de nossa viagem...

– Que faria, Joe?

– Faria os incrédulos comerem os pedaços do *Victoria*, sem sal e sem pimenta!

E todos riram da ideia de Joe. O dia passou assim, com conversas agradáveis, e com a força retornava a esperança; com a esperança, a audácia. O passado sumia diante do futuro com uma velocidade providencial.

Joe não gostaria jamais de deixar este abrigo encantador; era o reino dos sonhos; ele sentia-se em casa. Foi preciso que seu mestre lhe desse as coordenadas exatas, e foi com grande seriedade que ele escreveu em suas anotações: 15° 43' de longitude e 8° 32' de latitude.

Kennedy não lamentava senão uma só coisa: não poder caçar nessa floresta em miniatura; segundo ele, faltava um pouco de animais ferozes ali.

– Mas, meu caro Dick – retomou o doutor –, esquece muito rapidamente. E o leão, e a leoa?

– Ora! – fez ele com o desprezo do verdadeiro caçador pelo animal abatido. – A propósito, a presença deles neste oásis pode nos fazer supor que não estamos tão longe de regiões mais férteis.

– Prova medíocre, Dick. Esses animais, levados pela fome ou pela sede, costumam atravessar distâncias consideráveis; durante a próxima noite, faremos bem em vigiar com mais atenção, e também acender um fogo.

– Nessa temperatura! – fez Joe. – Enfim, se é necessário, então o faremos. Mas sofrerei muito ao pôr fogo nesse lindo bosque, que nos foi tão útil.

– Cuidaremos para não incendiá-lo – respondeu o doutor –, para que outros possam um dia encontrar refúgio em meio ao deserto!

– Tomaremos as precauções devidas, senhor; mas pensa que este oásis seja conhecido?

– Certamente. É um lugar de descanso para as caravanas que frequentam o centro da África, e uma visita delas poderia não nos ser tão agradável, Joe.

– Será que ainda há por aqui os temíveis *nyam-nyam*?

– Sem dúvida, esse é o nome geral de todos estes povos, e, sob o mesmo clima, as mesmas raças devem ter hábitos iguais.

– Credo! – fez Joe. – Mas, afinal, parece bem natural. Se os selvagens tivessem os mesmos gostos de um *gentleman*, onde estaria a diferença? Por exemplo, aí está um povo bravo que não hesitaria em comer o bife do escocês, ou ainda o próprio escocês!

Após essa reflexão sensata, Joe foi apanhar madeira, cortando-a o menos possível, para a fogueira da noite. Essas precauções foram felizmente inúteis, e todos, cada qual a seu turno, dormiram um sono profundo.

No dia seguinte, o tempo não mudou muito. Ele mantinha-se obstinadamente ensolarado. O balão permanecia imóvel, sem que nenhuma oscilação indicasse um sopro de vento.

O doutor começava a inquietar-se: se a viagem se prolongasse assim, os víveres seriam insuficientes. Após quase sucumbir por falta de água, morreriam de fome?

Entretanto, ao ver o mercúrio do barômetro descer sensivelmente, ele retomou a confiança; havia sinais evidentes de uma mudança atmosférica iminente; desse modo, ele resolveu fazer os preparativos de partida para aproveitarem-se da primeira oportunidade; a caixa de alimentação e a caixa-d'água foram ambas reabastecidas.

Em seguida, Fergusson teve de restabelecer o equilíbrio do aeróstato, e Joe foi obrigado a sacrificar uma parte notável de seu minério precioso. Com a saúde, a ambição havia retornado; ele fez mais de uma careta antes de obedecer a seu mestre, mas este lhe demonstrou que não podia carregar um peso tão considerável, e fê-lo escolher entre a água e o ouro. Joe não hesitou mais, e jogou na areia uma grande quantidade dessas pedras preciosas.

– Que fiquem para os que vierem depois de nós – disse. – Eles ficarão bem surpresos de encontrar essa fortuna em tal lugar.

– Eh! – fez Kennedy. – Acha que algum viajante ilustre viria até aqui para encontrar esses indícios...?

– Não duvide, meu caro Dick, que ele não fique muito surpreso e publique sua surpresa em vários jornais e revistas! Nós ouviremos falar algum dia de um jazigo de quartzo aurífero em meio às areias da África.

– E será Joe a causa.

A ideia de mistificar talvez algum estudioso consolou o bravo rapaz e o fez sorrir.

Durante o resto do dia, o doutor esperou em vão uma mudança na atmosfera. A temperatura subiu e, sem as sombras do oásis, ela teria sido insustentável. O termômetro marcou, ao sol, sessenta e nove graus. Uma verdadeira chuva de fogo atravessava o ar. Foi o maior calor que já haviam observado.

Joe montou, como na véspera, o bivaque vespertino, e, durante o período de vigia do doutor e de Kennedy, não se produziu nenhum novo incidente.

Mas, por volta das três horas da manhã, sob a vigia de Joe, a temperatura abaixou subitamente, o céu cobriu-se de nuvens, e a escuridão aumentou.

– Alerta! – exclamou Joe acordando seus companheiros. – Alerta! O vento chegou.

– Até que enfim! – disse o doutor considerando o céu. – É uma tempestade! Ao *Victoria*! Ao *Victoria*!

Já não era sem tempo. O *Victoria* curvava-se sob a força do furacão e arrastava o cesto que riscava a areia. Se, por acaso, uma parte do cesto tivesse sido lançada ao solo, o balão teria voado, e toda esperança de reencontrá-lo seria vã.

Mas Joe, muito veloz, correu e deteve o cesto, enquanto o aeróstato deitava-se sobre a areia, correndo o risco de romper-se. O doutor tomou seu lugar habitual, acendeu o maçarico, e jogou para fora o excesso de peso.

Os viajantes observaram uma última vez as árvores do oásis que se curvavam sob a tempestade, e, logo, apanhando o vento leste a duzentos pés do solo, desapareceram na noite.

XXIX. Sinais de vegetação – Ideia fantasiosa de um autor francês – País magnífico – O reino de Adamova – Explorações de Speke e Burton unidas às de Barth – Os montes Atlantika – O rio Benue – A cidade de Yola – O Bagele – O monte Mendif

Depois de partirem, os viajantes avançaram rapidamente; já era hora de deixar esse deserto que quase lhes fora funesto.

Por volta das nove horas da manhã, alguns sinais de vegetação foram avistados, plantas boiando no mar de areia e lhes anunciando, como a Cristóvão Colombo, a proximidade de terra; brotos verdes despontavam timidamente entre pedras, rochedos desse oceano.

Colinas ainda pouco íngremes ondulavam no horizonte; seus contornos, esfumados pela bruma, apareciam vagamente; a monotonia desaparecia.

O doutor saudava com alegria essa nova região, e, como um marinheiro de vigia, estava prestes a gritar:

– Terra! Terra à vista!

Uma hora mais tarde, o continente se deixava mostrar. Tinha um aspecto ainda selvagem, mas menos plano, menos nu, e algumas árvores se deixavam ver contra o céu acinzentado.

– Estamos finalmente em um país civilizado? – disse o caçador.

– Civilizado, senhor Dick? É um modo de dizer; ainda não vimos os habitantes.

– Nesse ritmo em que seguimos, não faltará muito para os vermos – respondeu Fergusson.

– Será que ainda estamos nas regiões dominadas pelos negros, senhor Samuel?

– Sim, Joe, enquanto não chegarmos aos países árabes.

– Árabes, senhor, árabes de verdade, com camelos e tudo?

– Não, sem camelos; esses animais são raros, para não dizer desconhecidos, nessas regiões. É preciso subir alguns graus ao norte para encontrá-los.

– Que pena.

– Por quê, Joe?

– Porque, se o vento se tornasse contrário, eles poderiam nos ajudar.

– Como?

– Senhor, é uma ideia que tive: nós poderíamos prendê-los ao cesto e sermos puxados por eles. Que me diz?

– Meu pobre Joe, essa ideia um outro já a teve, e ela foi explorada por um autor espiritualista francês...[31] em um romance, é verdade. Os viajantes se deixaram levar, em um balão, pelos camelos; aí, chega um leão que devora os camelos, engole o reboque e os puxa em seu lugar. Vê bem que tudo isso é da mais alta fantasia, e nada tem de similar ao nosso meio de locomoção.

Joe, um tanto humilhado por sua ideia já ter sido utilizada, procurou um animal que pudesse devorar o leão, mas não encontrou nenhum e se pôs novamente a examinar o país.

Um lago de extensão média estendia-se sob os olhos deles, com um anfiteatro de colinas que ainda não podiam ser chamadas montanhas; lá, serpenteavam inúmeros vales, fecundos, com suas matas impenetráveis e ricas; o dendê era a espécie dominante dessa região, carregando folhas de quinze pés de comprimento em seu caule crivado de espinhos afiados; o bombax dava ao vento que passava a penugem de suas sementes; os perfumes ativos do pandano, o "kenda" dos árabes, embalsamavam os ares até a zona que atravessava o *Victoria*; o abacateiro de folhas curvadas como a palma de uma mão, a estercúlia que produz a noz do Sudão, o baobá e as bananeiras completavam a flora luxuriante das regiões intertropicais.

– O país é soberbo – disse o doutor.

– Vejam! Animais! – fez Joe. – Os homens não devem estar longe.

– Ah! Magníficos elefantes! – exclamou Kennedy. – Seria possível caçar um pouco?

---

31. Joseph Méry. (N.A.)

– Como poderíamos parar, meu caro Dick, com uma corrente tão violenta? Não, este é o suplício de Tântalo, e deve suportá-lo! Mais tarde, será recompensado.

Havia ali, com efeito, o suficiente para excitar a imaginação de um caçador; o coração de Dick pulava no peito, e seus dedos roçavam o rifle Purdey.

A fauna do país valia tanto quanto a flora. O gado selvagem descansava em uma relva espessa sob a qual ele desaparecia completamente; manadas de elefantes cinza, escuros ou amarelos, enormes, passavam como uma tromba-d'água pelas árvores da floresta, quebrando, rompendo, saqueando, marcando sua passagem com devastação; na encosta cheia de árvores das colinas havia cascatas e cursos d'água que seguiam na direção norte; lá, os hipopótamos banhavam-se ruidosamente, e fêmeas de peixes-boi de doze pés de comprimento, de corpo pisciforme, deitavam nas margens, levantando aos céus suas mamas repletas de leite.

Toda uma coleção de animais em uma estufa maravilhosa, onde inúmeras aves, de mil cores, cintilavam entre plantas herbáceas.

Nessa fartura da natureza, o doutor reconheceu o reino soberbo de Adamova.

– Nós estamos entrando – disse ele – no terreno das descobertas modernas; retomamos a pista interrompida dos viajantes; é uma fatalidade feliz, meus amigos; nós poderemos unir os trabalhos dos capitães Burton e Speke às explorações do doutor Barth; nós deixamos os ingleses para nos encontrarmos com um hamburguês, e logo chegaremos ao ponto extremo alcançado por esse estudioso audaz.

– Parece-me – disse Kennedy – que entre essas duas explorações há uma vasta extensão de terra, a julgar pelo caminho que percorremos.

– É fácil de calcular; pegue o mapa e veja qual é a longitude da ponta meridional do lago Ukerewe alcançada por Speke.

– Ela fica quase no grau 37.

– E a cidade de Yola, que nós alcançaremos essa noite, e à qual Barth chegou, está situada onde?

– Em dez graus de latitude, mais ou menos.

– Então são vinte e sete graus; se contarmos sessenta milhas para cada um, temos mil e quinhentas milhas.

– Uma bela caminhada – fez Joe – para aqueles que a farão a pé.

– Pode confiar que isso será feito. Livingstone e Moffat seguem sempre em direção ao interior; o Nyassa, que eles descobriram, não está tão afastado do lago Tanganica, descrito por Burton. Antes do fim do século, essas regiões imensas serão certamente exploradas. Mas – acrescentou o doutor consultando sua bússola – lamento que o vento nos leve tanto a oeste; teria preferido seguir em direção ao norte.

Depois de doze horas de percurso, o *Victoria* encontrava-se sobre as regiões dominadas pelos negros. Os primeiros habitantes dessa terra, os árabes *chouas*, passaram por ela com seus rebanhos nômades. Os inúmeros picos dos montes Atlantika surgiam acima da linha do horizonte, montanhas que nenhum pé europeu pisou, e cuja altitude é estimada em cerca de mil e trezentas toesas. A encosta ocidental determina o escoamento de toda a água dessa parte da África ao oceano. São as montanhas da Lua dessa região.

Finalmente um rio verdadeiro apareceu aos viajantes, e, entre os inúmeros afluentes, o doutor reconheceu o Benue, um dos maiores afluentes do Níger, que os indígenas chamam "a fonte das águas".

– Esse rio – disse o doutor a seus companheiros – será um dia a via natural de comunicação com o interior dessa região; sob o comando de um dos nossos bravos capitães, o vapor *Pléiade* já o subiu até a cidade de Yola; percebem que estamos em um país conhecido.

Inúmeros escravos ocupavam-se com o trabalho dos campos, cultivando o sorgo, espécie de grão que forma a base de alimentação deles. À passagem do *Victoria*, que cruzava como um meteoro, sucediam pavor e surpresa. Ao anoitecer, ele detinha-se a quarenta milhas de Yola, e à sua frente, mas ao longe, erguiam-se os dois cones afiados do monte Mendif.

O doutor mandou jogar as âncoras e prendeu-se à copa de uma árvore alta; Mas um vento rigoroso balançava o *Victoria* ao ponto de deitá-lo horizontalmente, e por vezes tornava a posição do cesto extremamente perigosa. Fergusson não pregou os olhos durante a noite; mais de uma vez esteve a ponto de cortar a corda e fugir da tormenta. Finalmente a tempestade acalmou-se, e as oscilações do aeróstato não foram mais inquietantes.

No dia seguinte, o vento mostrou-se mais moderado, mas ele afastava os viajantes da cidade de Yola, que, reconstruída, excitava a curiosidade de Fergusson; no entanto, foi preciso resignar-se a seguir ao norte, e mesmo um pouco a leste.

Kennedy propôs uma parada para a caça; Joe sugeria que a necessidade de carne fresca se fazia sentir; mas os costumes selvagens desse país, a atitude da população, alguns tiros de fuzil disparados na direção do *Victoria*, tudo isso convenceu o doutor a continuar a viagem. Eles atravessavam então uma região, teatro de massacres e incêndios, onde lutas entre guerreiros são incessantes, e nas quais os sultões apostam o reino entre carnificinas atrozes.

Inúmeros vilarejos, populosos, com cabanas incessantes, estendiam-se entre o pasto espesso e repleto de flores violetas; as cabanas, que mais pareciam enormes colmeias, abrigavam-se atrás de grandes paliçadas. As encostas selvagens das colinas lembravam os *glen* das terras altas da Escócia, e Kennedy fez essa observação várias vezes.

Apesar de seus esforços, o doutor continuava na direção nordeste, rumo ao monte Mendif, que desaparecia entre as nuvens; seus picos altos separam a bacia do Níger da bacia do lago Chade.

Logo apareceu o Bagele, com seus dezoito vilarejos colados em suas margens, como uma ninhada de filhotes no seio da mãe, magnífico espetáculo para quem podia vê-lo do alto e abarcá-lo em conjunto; os barrancos estavam cobertos de campos de arroz e de amendoim.

Às três horas, o *Victoria* encontrava-se em frente ao monte Mendif. Não puderam evitá-lo, era preciso transpô-lo. O doutor, elevando a temperatura do gás até os cem graus centígrados, deu ao balão uma nova força ascensional de aproximadamente mil e seiscentas libras; ele elevou-se a mais de oito mil pés. Essa foi a maior altitude alcançada durante a viagem, e a temperatura caiu de tal modo que o doutor e seus companheiros tiveram de recorrer a suas cobertas.

Fergusson teve pressa em descer, pois o invólucro do aeróstato estava prestes a romper-se. Ele teve tempo, no entanto, de observar a origem vulcânica da montanha, cujas crateras dormentes não são mais que abismos profundos. Um grande acúmulo de excrementos de aves dava aos flancos do Mendif a aparência de rocha calcária, e havia ali o suficiente para estrumar as terras de todo o Reino Unido.

Às cinco horas, o *Victoria*, protegido dos ventos do sul, costeava docemente as encostas da montanha, e detinha-se em uma ampla clareira afastada de qualquer habitação; tão logo tocaram o solo, todas as precauções foram tomadas para prendê-lo fortemente, e Kennedy, empunhando seu fuzil, lançou-se na ladeira. Não demorou muito para retornar com meia dúzia de patos selvagens e uma espécie de narceja, que Joe preparou com todo o cuidado. A refeição foi agradável, e a noite ofereceu um repouso profundo.

XXX. Mosfeia – O xeique – Denham, Clapperton, Oudney – Vogel – A capital do Loggom – Toole – Calma acima do Karnak – O governador e sua corte – O ataque – Pombos incendiários

No dia seguinte, 11 de maio, o *Victoria* retomou seu caminho repleto de aventuras, e os viajantes tinham nele a confiança de um marinheiro em seu navio.

Furacões terríveis, calores tropicais, subidas perigosas, descidas ainda mais perigosas, ele havia enfrentado tudo e sempre saíra vencedor. Pode-se dizer que Fergusson o guiava sem esforço; aliás, mesmo sem conhecer o ponto de chegada, o doutor já não tinha dúvidas quanto ao sucesso da viagem. No entanto, nesse país de bárbaros e fanáticos, a prudência ainda o obrigava a tomar precauções severas, e recomendou a seus companheiros que mantivessem os olhos abertos a qualquer situação e a qualquer hora.

O vento os levava um pouco mais ao norte, e, por volta das nove horas, avistaram a grande cidade de Mosfeia, construída sobre um montículo premido entre duas montanhas altas, em uma posição inexpugnável; somente uma estrada estreita, entre um pântano e um bosque, dava-lhe acesso.

Nesse momento, um xeique, acompanhado de uma escolta a cavalo, vestido com cores vivas, precedido por trompetistas e corcéis que afastavam os galhos das árvores para que passasse, fazia sua entrada na cidade.

O doutor desceu, a fim de contemplar os indígenas de mais perto; mas, à medida que o balão aumentava de tamanho aos olhos dos indígenas, sinais de um terror profundo se manifestavam, e não tardaram a escapulir com toda a velocidade que as pernas e os cavalos permitiam.

Apenas o xeique não se moveu; ele sacou seu longo mosquete, carregou-o e esperou orgulhosamente. O doutor aproximou-se até cerca de cento e cinquenta pés do solo, e, com a melhor voz que possuía, saudou-o em árabe.

Mas, ao ouvir essas palavras enviadas do céu, o xeique desceu do cavalo, curvou-se ao chão, e o doutor não pôde distraí-lo dessa adoração.

– É impossível – disse ele – que essas pessoas não nos tomem por seres sobrenaturais, já que, à chegada dos primeiros europeus, eles os supuseram seres de uma raça sobre-humana. E quando o xeique falar desse encontro, não deixará de amplificar o acontecido com todos os recursos da imaginação árabe. Imaginem então o que as lendas farão de nós um dia.

– Talvez seja um problema – respondeu o caçador – do ponto de vista da civilização, seria melhor passarmos por meros homens; isso daria aos negros uma ideia bem diferente da capacidade europeia.

– De acordo, meu caro Dick, mas que podemos fazer? Explicar longamente o funcionamento de um aeróstato aos sábios do país, que não poderiam nos compreender, e admitiriam antes, sem dúvida, uma intervenção sobrenatural?

– O senhor falou – disse Joe – dos primeiros europeus que exploraram o país; quem são eles, por favor?

– Meu caro, nós estamos precisamente no caminho do major Denham; foi em Mosfeia mesmo que ele foi recebido pelo sultão do Mandara; ele havia deixado Bornu, acompanhado o xeique em uma expedição contra os felás, assistido ao ataque à cidade, que resistiu bravamente com suas flechas às balas árabes e repeliu as tropas do xeique; tudo isso causou mortes, pilhagens e razias; o major foi completamente despojado, deixado nu, e, sem seu cavalo, no ventre do qual havia se insinuado para fugir, não teria jamais chegado a Kouka, capital do Bornu.

– Mas quem era esse major Denham?

– Um inglês intrépido que, de 1822 a 1824, comandou uma expedição no Bornu acompanhado do capitão Clapperton e do doutor Oudney. Eles partiram de Trípoli no mês de março, chegaram a Murzuq, capital do Fezã, e, seguindo o caminho que mais tarde deveria tomar o doutor Barth para retornar à Europa, chegaram a Kouka no dia 16 de fevereiro de 1823, próximo ao lago Chade. Denham fez diversas explorações no Bornu, no Mandara, e nas margens orientais do lago; durante esse tempo, no dia 15 de dezembro de 1823, o capitão Clapperton e o doutor Oudney adentraram o Sudão até Sakatu, e Oudney morria de fadiga e exaustão na cidade de Murmur.

– Esta parte da África – perguntou Kennedy – pagou então um grande tributo de vítimas em nome da ciência?

– Sim, esta região é fatal! Nós seguimos diretamente até o reino de Barghimi, que Vogel atravessou em 1856 para penetrar no Ouaddai, onde desapareceu. Esse jovem rapaz, aos vinte e três anos, havia sido enviado para auxiliar nos trabalhos do doutor Barth; eles se encontraram no dia primeiro de dezembro de 1854, e depois Vogel começou as explorações do país. Em 1856, ele anunciou em suas últimas cartas a intenção de explorar o reino do Ouaddai, no qual nenhum europeu havia ainda penetrado; parece que ele chegou até Wara, a capital, onde foi feito prisioneiro segundo uns, morto segundo outros, por tentar subir uma montanha sagrada da região; mas não devemos admitir tão facilmente a morte dos viajantes, pois isso escusa que se vá em busca deles; assim, quantas vezes a morte do doutor Barth não foi oficialmente divulgada, o que lhe causou em diversas ocasiões uma irritação legítima! Portanto, é bem possível que Vogel seja prisioneiro do sultão de Ouaddai, e que este pretenda exigir um resgate em troca de sua liberdade. O barão de Neimans estava a caminho de Ouaddai quando morreu no Cairo em 1855. Hoje nós sabemos que de Heuglin, com a expedição enviada de Leipzig, lançou-se no encalço de Vogel. Assim, em breve deveremos saber mais sobre o destino desse viajante jovem e interessante.[32]

Mosfeia há tempos já havia desaparecido do horizonte. Mandara desenrolava aos olhos dos viajantes sua fertilidade estupenda com suas florestas de acácias, canônigos de flores vermelhas, e as plantas dos campos de algodão e indigueiros; o curso do Shari, que deságua oitenta milhas depois, no Chade, fluía impetuosamente.

O doutor fez seus companheiros seguirem-no também pelas cartas de Barth.

– Bem veem – disse ele – que os trabalhos desse erudito são de extrema precisão; nós nos dirigimos diretamente ao distrito de Loggoum,

---

32. Depois da partida do doutor, cartas enviadas de Al-Ubayyid pelo senhor Munzinger, o novo chefe da expedição, infelizmente já não deixam dúvidas da morte de Vogel. (N.A.)

e talvez também a Karnak, sua capital. Foi lá que morreu o pobre Toole, aos vinte e dois anos recém-completos: era um jovem inglês, porta-bandeira do octagésimo regimento, que havia se juntado ao major Denham há algumas semanas, na África, onde não tardou a encontrar a morte. Ah! Pode-se com muita justiça chamar essa terra de Cemitério dos Europeus!

Algumas canoas, de cinquenta pés de comprimento, desciam o curso do Shari; o *Victoria*, a mil pés do solo, atraía pouca atenção dos indígenas; mas o vento, que até ali soprava com certa força, começou a diminuir.

– Será que ficaremos presos novamente em uma calmaria? – disse o doutor.

– Bom, senhor, ao menos não temos de temer nem a falta de água nem o deserto.

Não, mas povos ainda mais temíveis.

– Vejam – disse Joe –, algo que parece uma cidade.

– É Karnak. Os últimos ventos nos levam lá, e, se nos convier, poderemos traçar um mapa exato do local.

– Não nos aproximaremos? – perguntou Kennedy.

– Nada mais fácil, Dick; nós estamos bem acima da cidade: permita-me apertar um pouco a válvula do maçarico, e não demorará a descermos.

O *Victoria*, meia hora mais tarde, mantinha-se imóvel a duzentos pés do solo.

– Agora estamos mais próximos de Karnak – disse o doutor – que de Londres estaria um homem empoleirado na cúpula da Catedral de São Paulo. Assim poderemos ver à vontade.

– Que barulho de maceta será esse que se ouve de todos os lados?

Joe observou atentamente, e viu que o barulho era produzido por inúmeros tecelões que batiam, ao ar livre, seus tecidos estendidos sobre enormes troncos de árvore.

A capital de Loggoum deixava-se ver em todos os detalhes, como um mapa aberto; era uma verdadeira cidade, com casas alinhadas e ruas bastante largas; no meio de uma praça ampla via-se um mercado de escravos; havia grande afluência de compradores, pois as mulheres de Mandara, de mãos e pés extremamente pequenos, são muito procuradas e valiosas.

Ao avistar o *Victoria*, o efeito tantas vezes produzido reproduziu-se uma vez mais: primeiro, gritos, depois, uma estupefação profunda; negócios foram abandonados, trabalhos foram suspensos; o ruído cessou. Os viajantes permaneceram em perfeita imobilidade e não perdiam um só detalhe dessa cidade populosa; chegaram mesmo a descer até sessenta pés do solo.

Então, o governador de Loggoum deixou sua habitação, desenrolando seu estandarte verde, e acompanhado de seus músicos, que sopravam cornos de búfalo quase a ponto de romper os próprios pulmões. A multidão reuniu-se em torno dele. O doutor Fergusson quis se fazer ouvir, mas não pôde.

Essa população de postura ereta, cabelos crespos, nariz quase aquilino, parecia orgulhosa e inteligente; mas a presença do *Victoria* a perturbava singularmente; viam-se cavaleiros correndo em todas as direções, e logo ficou claro que as tropas do governador organizavam-se para combater um inimigo extraordinário. Joe em vão abanou lenços de todas as cores, obtendo nenhum resultado.

Enquanto isso, o xeique, cercado por sua corte, reclamou silêncio e pronunciou um discurso do qual o doutor nada pôde compreender, dado o árabe misturado ao baguirmi; reconheceu somente, pela língua universal dos gestos, um convite expresso a ir embora; ele muito gostaria, mas, dada a falta de vento, era impossível. Sua imobilidade exasperou o governador, e seus cortesãos puseram-se a urrar para obrigar o monstro a fugir.

Eram personagens singulares esses cortesãos, com suas cinco ou seis camisas variegadas; possuíam ventres enormes, alguns dos quais pareciam postiços. O doutor surpreendeu seus companheiros ao lhes explicar que essa era a maneira de fazer a corte ao sultão. O abdômen rotundo indicava a ambição das pessoas. Os homens corpulentos gesticulavam e gritavam, sobretudo um deles, que deveria ser primeiro ministro, se seu tamanho encontrasse a devida recompensa nessas terras. A multidão de negros unia seus urros aos gritos da corte, repetindo seus gestos como o fazem os macacos, o que produzia um movimento único e instantâneo de dez mil braços.

A esses métodos de intimidação que foram considerados insuficientes, juntaram-se outros ainda mais temíveis. Soldados armados com arcos e flechas enfileiraram-se prontos para o combate, mas já o *Victoria* inflava-se e elevava-se tranquilamente para longe de seu alcance. O governador, apanhando então um mosquete, dirigiu-se ao balão. Mas Kennedy o observava e, com uma bala de sua carabina, partiu a arma na mão do xeique.

A esse acontecimento inesperado sucedeu uma desordem geral; todos retornaram o mais rápido possível a suas casas, e, durante o resto do dia, a cidade permaneceu absolutamente deserta.

Veio a noite. O vento não soprava mais. Foi preciso resignar-se e permanecer imóvel a trezentos pés do solo. Nem uma só luz brilhava na escuridão; reinava um silêncio mortal. O doutor redobrou a atenção, a calma podia esconder uma cilada.

E Fergusson tinha razão em manter-se alerta. Por volta da meia-noite, toda a cidade pareceu como em brasas; centenas de chamas cruzavam-se como foguetes, formando um emaranhado de linhas de fogo.

– Que coisa singular! – fez o doutor.

– Deus me perdoe – replicou Kennedy –, mas parece até que o incêndio sobe e aproxima-se de nós!

Com efeito, em meio ao som de gritos temíveis e disparos de mosquetes, essa massa de fogo elevava-se até o *Victoria*. Joe preparou-se para livrar-se do lastro. Fergusson não tardou a compreender o fenômeno.

Milhares de pombos, com certo material combustível aplicado nas caudas, tinham sido lançados contra o *Victoria*; apavorados, subiam pela atmosfera traçando seus zigue-zagues de fogo. Kennedy se pôs a descarregar todas as suas armas sobre esse grupo, mas que podia ele contra um exército tão numeroso? Logo os pombos rodeavam o cesto e o balão, cujo exterior, refletindo essa luz, parecia envolvido em uma rede de fogo.

O doutor não hesitou e, lançando um fragmento de quartzo, pôs-se fora do alcance dessas aves perigosas. Durante duas horas, puderam vê-las correndo para lá e para cá na noite; depois, pouco a pouco o número diminuiu, até que por fim se apagou.

– Agora podemos dormir tranquilos – disse o doutor.

– Nada mal para uns selvagens! – fez Joe.

– Sim, eles empregam com frequência os pombos para incendiar os colmos dos vilarejos; mas dessa vez o vilarejo voava ainda mais alto que as aves incendiárias!

– Decididamente, um balão não tem inimigo a temer – disse Kennedy.
– Mas de modo algum – replicou o doutor.
– Quais então?
– Os imprudentes que ele leva em seu cesto; portanto, meus amigos, vigilância a todo momento, vigilância sempre.

XXXI. Partida durante a noite – Todos os três – Os instintos de Kennedy – Precauções – O curso do Shari – O lago Chade – A água do lago – O hipopótamo – Uma bala perdida

Por volta das três horas da manhã, Joe, estando de vigia, viu enfim a cidade mover-se sob seus pés. O *Victoria* retomava sua marcha. Kennedy e o doutor despertaram.

O doutor consultou a bússola e notou com satisfação que o vento os levava na direção nor-nordeste.

– Nós estamos com sorte – disse ele. – Tudo vai a nosso favor; nós descobriremos o lago Chade ainda hoje.

– E ele é muito extenso? – perguntou Kennedy.

– Consideravelmente, meu caro Dick. Se levarmos em conta seu comprimento máximo e sua largura máxima, o lago pode medir cento e vinte milhas.

– Viajar sobre um lençol de água desses vai ser bom para variar um pouco nossa viagem.

– Parece-me que não temos de que nos queixar; ela foi bem variada, e, sobretudo, se passa nas melhores condições possíveis.

– Sem dúvida, Samuel; salvo as privações do deserto, não corremos nenhum perigo sério.

– É certo que nosso bravo *Victoria* comportou-se sempre maravilhosamente. Hoje é 12 de maio, e nós partimos no dia 18 de abril. Isso são vinte e cinco dias de percurso. Mais uns dez dias e chegaremos.

– Onde?

– Não sei dizer, mas que nos importa?

– Tem razão, Samuel. Confiemos à Providência a tarefa de nos dirigir e de nos manter em boa saúde, e lá estaremos nós! Nem parece que atravessamos os países mais pestilentos do mundo!

– Nós podíamos voar, e foi isso que fizemos.

— Viva as viagens aéreas! — exclamou Joe. — Cá estamos, após vinte e cinco dias, em boa saúde, bem alimentados, bem descansados, talvez descansados até demais, pois minhas pernas já estão até enferrujando, e não veria problema em acordá-las com uma caminhada de trinta milhas.

— Terá esse prazer nas ruas de Londres, Joe; mas, para concluir, nós partimos em três, como Denham, Clapperton, Overweg, como Barth, Richardson e Vogel, e, mais afortunados que nossos antecessores, continuamos todos os três juntos! E é bem importante não nos separarmos. Se, enquanto um de nós estivesse em terra, o *Victoria* levantasse voo para evitar um perigo súbito, imprevisto, quem sabe se jamais tornaríamos a vê-lo? Assim, digo-o francamente a Kennedy, não gosto que ele se afaste a pretexto de caçar.

— Mas, amigo Samuel, tenho certeza de que me desculpará esses desejos. Não há mal algum em renovar nossas provisões; além disso, antes de partirmos, fez-me entrever toda uma série de caças esplêndidas, e até aqui pouco fiz no caminho dos Anderson e dos Cumming.

— Meu caro Dick, ou a memória lhe falta ou a modéstia lhe faz esquecer suas proezas; parece-me que, sem falar dos animais menores, tem já um antílope, um elefante e dois leões na consciência.

— Bem, que é isso para um caçador africano que vê passar todos os animais da criação pela ponta do fuzil? Veja só essa manada de girafas!

— Oh, girafas! — fez Joe. — Mas são grossas como um punho...

— Porque estamos a mil pés acima delas; de perto, verá que têm três vezes sua altura.

— E que diz desse rebanho de gazelas? — retomou Kennedy. — E dos avestruzes que fogem rápido como o vento?

— Oh, avestruzes! — fez Joe. — São galinhas, galinhas de marca maior!

— Samuel, não podemos nos aproximar?

— Podemos, Dick, mas não demais. De que serviria, aliás, abater esses animais que não lhe seriam de nenhuma utilidade? Se se tratasse de um leão, um lince, uma hiena, eu compreenderia; seria um animal perigoso a menos; mas abater um antílope, uma gazela, a não ser a vã satisfação dos instintos de um caçador, não traz absolutamente nenhum benefício. Afinal de contas, meu amigo, nós nos manteremos a cem pés do solo, e, caso aviste algum animal feroz, poderá nos dar o prazer de lhe disparar uma bala no coração.

O *Victoria* desceu pouco a pouco e se manteve a uma altura segura. Nessa região selvagem e populosa, era preciso desconfiar de perigos inesperados.

Os viajantes seguiam então o curso do Shari; as margens encantadoras do rio desapareciam sob a folhagem de árvores de diferentes colorações; cipós e trepadeiras serpenteavam por toda parte e produziam um curioso emaranhado de cores. Os crocodilos descansavam sob o sol ou, com a vivacidade de um lagarto, mergulhavam sob as águas, e, despreocupadamente, aproximavam-se das ilhas arborizadas que interrompiam a corrente do rio.

Foi assim, em meio à natureza rica e verdejante, que passou o distrito de Maffatay. Por volta das nove horas da manhã, o doutor Fergusson e seus amigos chegaram enfim à margem meridional do lago Chade.

Aí estava finalmente esse mar Cáspio da África, cuja existência havia por tanto tempo sido desprezada como fábula, esse mar interior ao qual chegaram somente as expedições de Denham e de Barth.

O doutor tentou documentar a configuração atual, bem diferente daquela de 1847; com efeito, o mapa do lago era impossível de traçar; ele é cercado por pântanos e lamaçais quase intransponíveis, nos quais Barth julgou que morreria; de um ano para o outro, os pântanos, cobertos de caniços e papiros de quinze pés, tornam-se o próprio lago; amiúde, também os vilarejos estabelecidos em suas margens são submersos, como aconteceu em Ngornou em 1856, e agora os hipopótamos e os crocodilos mergulham nos lugares mesmos onde antes estavam as habitações de Bornu.

O sol deitava seus raios resplandecentes sobre essa água tranquila, e ao norte dois elementos confundiam-se em um mesmo horizonte.

O doutor quis averiguar a natureza da água, que por muito tempo se julgou salgada; não havia nenhum perigo aproximar-se da superfície do lago, e o cesto veio rasá-lo como uma ave, a cinco pés de distância.

Joe mergulhou uma garrafa, e a puxou quase cheia; a água foi provada e julgada pouco potável, com certo gosto de natrão.

Enquanto o doutor anotava o resultado de sua experiência, um tiro de fuzil ressoou ao seu lado. Kennedy não pôde resistir ao desejo de disparar uma bala contra um hipopótamo monstruoso; este, que respirava tranquilamente, desapareceu com o som da detonação, e a bala do caçador não pareceu perturbá-lo muito.

– Teria sido melhor arpoá-lo – disse Joe.

– Como?

– Com uma de nossas âncoras. Seria um gancho conveniente para um tal animal.

– Mas, vejam – disse Kennedy –, Joe tem realmente uma boa ideia...

– Que eu imploro não seja posta em prática! – replicou o doutor. – O animal rapidamente nos arrastaria a lugares que não precisamos ir.

– Sobretudo agora que verificamos a qualidade da água do Chade. Será que é comestível aquele peixe lá, senhor Fergusson?

– Seu peixe, Joe, é simplesmente um mamífero da espécie dos paquidermes; a carne é excelente, dizem, e é importante no comércio entre as tribos lacustres.

– Então lamento que o tiro de fuzil do senhor Dick não tenha tido melhores resultados.

– Esse animal é vulnerável apenas no ventre e entre as coxas; a bala de Dick não o terá nem mesmo perfurado. Mas, se o terreno me parecer propício, nós pararemos na extremidade setentrional do lago; lá, Kennedy se sentirá como em um jardim zoológico, e poderá divertir-se à vontade.

– Muito bem! – disse Joe. – Que o senhor Dick cace os hipopótamos! Eu adoraria provar a sua carne. Não é mesmo natural que se vá até o centro da África para viver de narcejas e perdizes como na Inglaterra!

XXXII. A capital de Bornu – As ilhas dos Biddiomahs – Os abutres – As inquietudes do doutor – Suas precauções – Um ataque em pleno ar – Invólucro despedaçado – A queda – Dedicação sublime – A costa setentrional do lago

Ao chegar ao lago Chade, o *Victoria* havia encontrado uma corrente que se inclinava mais a oeste; algumas nuvens temperavam o calor do dia, e era possível sentir um pouco de ar sobre essa vasta extensão de água; mas, por volta da uma hora, o balão, tendo atravessado obliquamente essa parte do lago, avançou novamente sobre terreno firme por um espaço de sete ou oito milhas.

O doutor, incialmente um pouco preocupado com essa direção, já não pensou mais em lamentar-se quando avistou a cidade de Kouka, a célebre capital do Bornu; ele pôde entrevê-la por um instante, cercada por suas muralhas de argila branca; algumas mesquitas muito grandes elevavam-se conspicuamente sobre as casas árabes, que mais parecem com dados de jogo. Nos jardins das casas e nas praças públicas grassam palmeiras e seringueiras, coroadas por um domo de folhas a mais de cem pés do solo. Joe observou que esses imensos para-sóis eram proporcionais ao ardor dos raios solares, tirando disso conclusões muito amáveis da Providência.

Kouka na verdade compõe-se de duas cidades distintas, separadas pelo *dendal*, largo bulevar de trezentas toesas, então coberto de pedestres e cavaleiros. De um lado, empertiga-se a cidade rica, com suas casas altas e aéreas; de outro, avia-se a cidade pobre, aglomeração triste de cabanas baixas e cônicas onde vegeta uma população indigente, pois Kouka não é nem comerciante nem industrial.

Kennedy viu alguma semelhança com Edimburgo, que se estende em uma planície com suas duas cidades perfeitamente determinadas.

Mas, mal os viajantes olharam a cidade de relance, e, com a mobilidade que caracteriza as correntes dessa região, um vento contrário atingiu-os bruscamente e os carregou por umas quarenta milhas sobre o Chade.

Produziu-se então outro espetáculo; eles podiam contar as múltiplas ilhas do lago, habitadas pelos Biddiomahs, piratas sanguinários muito temidos, e cuja localidade é tão temida quanto a dos tuaregues do Saara. Esses selvagens preparavam-se para receber corajosamente o *Victoria* com flechas e pedras, mas este passou rapidamente pelas ilhas, sobre as quais parecia adejar como um escaravelho gigantesco.

Nesse momento, Joe observava o horizonte, e, dirigindo-se a Kennedy, disse-lhe:

– O senhor que gosta tanto de caçar terá agora um prato cheio, palavra!

– Que foi, Joe?

– E, dessa vez, meu senhor não se oporá aos seus tiros de fuzil.

– Mas que há?

– Veja lá um bando de aves enormes que se dirige até nós.

– Aves! – fez o doutor pegando sua luneta.

– Eu as vejo – replicou Kennedy –, e há ao menos uma dúzia.

– Catorze, se me permite – respondeu Joe.

– Peço aos céus que elas sejam de uma espécie perversa o bastante para que o terno Samuel não tenha nada a me objetar!

– Não terei nada a dizer – respondeu Fergusson –, mas preferiria ver essas aves longe de nós!

– Tem medo de aves! – fez Joe.

– São abutres, Joe, e dos maiores que há; e, se nos atacarem...

– Bem, nós nos defenderemos, Samuel! Nós temos um arsenal para recebê-los! Não penso que estes animais sejam assim tão temíveis!

– Quem sabe? – respondeu o doutor.

Dez minutos depois, o bando havia chegado ao alcance do fuzil; as catorze aves faziam retinir o ar com seus gritos roucos; elas avançavam em direção ao *Victoria*, mais irritadas que assustadas com sua presença.

– Como gritam! – fez Joe. – Que alvoroço! Então provavelmente não gostam que nos metamos em seus domínios, e que nos permitamos voar assim como elas?

– A bem dizer – disse o caçador –, elas têm um ar terrível, e eu as julgaria muito temíveis se estivessem armadas com uma carabina Purdey Moore!

– Elas não precisam de uma – respondeu Fergusson, que começava a ficar cada vez mais sério.

Os abutres voavam traçando círculos imensos, e as órbitas aproximavam-se pouco a pouco do *Victoria*; elas riscavam o céu com uma rapidez fantástica, precipitando-se por vezes com a velocidade de um tiro de canhão, e quebrando a projeção do movimento com um ângulo brusco e ousado.

O doutor, inquieto, resolveu subir na atmosfera para escapar desses vizinhos perigosos; ele dilatou o hidrogênio do balão, que não demorou a elevar-se.

Mas os abutres subiram com ele, pouco dispostos a abandoná-lo.

– Eles têm um ar de que nos odeiam – disse o caçador armando-se com sua carabina.

Com efeito, as aves aproximavam-se, e mais de uma, chegando a meros cinquenta pés do balão, pareceram desafiar as armas de Kennedy.

– Tenho uma vontade furiosa de disparar contra elas – disse este.

– Não, Dick, não! Não as deixemos mais furiosas sem razão! Seria incitá-las a nos atacar.

– Mas eu poderia atingi-las facilmente.

– Engana-se, Dick.

– Temos uma bala para cada uma delas.

– E se elas se lançarem contra a parte superior do balão, como as atingirá? Acha que está em presença de um bando de leões, em terra, ou de tubarões em pleno oceano? Para aeronautas, a situação é perigosa.

– Fala seriamente, Samuel?

– Muito seriamente, Dick.

– Aguardemos então.

– Espere. Fique a postos para atacá-las, mas não abra fogo sem minha ordem.

As aves agrupavam-se a uma distância mínima; distinguia-se perfeitamente o pescoço pelado e tenso sob o esforço dos gritos que lançavam, a crista cartilaginosa, munida de papilas violetas, furiosamente de pé. Elas eram de um tamanho enorme; o corpo passava dos três pés de comprimento, e a parte de baixo das asas brancas resplandecia ao sol; dir-se-ia tubarões alados, com os quais tinham uma semelhança formidável.

– Elas nos seguem – disse o doutor vendo-as subir com ele –, e não adianta subir, pois podem ir ainda mais alto que nós!

– Bem, e que faremos? – perguntou Kennedy.

O doutor não respondeu.

– Escute, Samuel – retomou o caçador –, são catorze aves; nós temos dezessete disparos à nossa disposição; se dispararmos com todas as nossas armas, não há um meio de destruí-las ou dispersá-las? Posso me encarregar de um dado número dentre elas.

– Não duvido da sua capacidade, Dick; conto como mortas aquelas que passarem na frente de sua carabina; mas, repito, por pouco que ataquem o hemisfério superior do balão, não conseguirá vê-las; elas romperão o invólucro que nos sustenta, e nós estamos a três mil pés de altura!

Nesse instante, uma das aves mais ferozes dirigiu-se diretamente sobre o *Victoria*, bico aberto, pronto para morder, pronto para despedaçar.

– Fogo! Fogo! – exclamou o doutor.

Mal havia terminado de falar, e a ave, atingida mortalmente, caía em círculos pelos ares.

Kennedy havia pegado um dos fuzis de dois disparos. Joe empunhava o outro.

Assustados com a detonação, os abutres afastaram-se por um instante; mas quase imediatamente retornaram ao ataque com uma ira extrema; Kennedy, com um primeiro disparo, cortou o pescoço do mais próximo. Joe atingiu a asa do outro.

– Mais onze – disse.

Mas então as aves mudaram de tática, e, de comum acordo, elevaram-se acima do *Victoria*. Kennedy virou-se para Fergusson.

Apesar de sua energia e sua impassibilidade, ele ficou pálido. Houve um momento de silêncio pavoroso. Depois, um rasgo estridente foi ouvido como o de uma seda sendo despedaçada, e o cesto caiu sob os pés dos três viajantes.

– Estamos perdidos – exclamou Fergusson levando os olhos ao barômetro que subia com rapidez. Depois acrescentou: – O lastro!

Em alguns segundos todos os fragmentos de quartzo haviam desaparecido.

– Ainda estamos caindo...! Esvaziem as caixas-d'água! Joe, está me ouvindo? Estamos caindo no lago!

Joe obedeceu. O doutor inclinou-se. O lago parecia ir até ele como uma maré que invade a praia; os objetos aumentavam de tamanho; o cesto não estava a duzentos pés da superfície do Chade.

– As provisões, as provisões! – exclamou o doutor.

E a caixa que as guardava foi jogada no ar.

– Joguem! Joguem tudo! – exclamou uma última vez o doutor.

– Não há mais nada – disse Kennedy.

– Há, sim! – respondeu de forma lacônica Joe, persignando-se rapidamente.

E desapareceu jogando-se sobre a murada do cesto.

– Joe! Joe! – fez o doutor aterrorizado.

Mas Joe já não podia ouvi-lo. O *Victoria* deslastrado retomava sua marcha ascensional, subia a mil pés nos ares, e o vento, entranhando-se no invólucro esvaziado, levava-o na direção da costa setentrional do lago.

– Está perdido! – disse o caçador em um gesto de desespero.

– Perdido para nos salvar! – respondeu Fergusson.

E esses homens tão intrépidos sentiram duas lágrimas grandes correrem dos olhos. Eles inclinaram-se, procurando avistar algum sinal do pobre Joe, mas já estavam longe.

– Que faremos? – perguntou Kennedy.

– Vamos descer, tão logo for possível, Dick, e depois esperar.

Após um percurso de sessenta milhas, o *Victoria* deixou-se cair em uma costa deserta, ao norte do lago. As âncoras pegaram em uma árvore não muito alta, e o caçador as fixou fortemente.

Veio a noite, mas nem Fergusson nem Kennedy puderam pregar os olhos.

XXXIII. Conjecturas – Restabelecimento do equilíbrio do *Victoria* – Novos cálculos do doutor Fergusson – Caça de Kennedy – Exploração completa do lago Chade – Tangalia – Retorno – Lari

No dia seguinte, 13 de maio, os viajantes fizeram antes de tudo o reconhecimento da parte da costa que ocupavam. Era uma espécie de ilha em terra firme no meio de um pântano imenso. Ao redor desse pedaço de terra sólida elevavam-se caniços, grandes como árvores europeias, e que se estendiam a perder de vista.

O lodaçal intransponível tornava a posição do *Victoria* segura, era preciso vigiar apenas a costa do lago; a vasta extensão d'água alargava-se continuamente, sobretudo no leste, e nada aparecia no horizonte, nem continente nem ilhas.

Os dois amigos ainda não haviam ousado falar sobre o desafortunado companheiro. Kennedy foi o primeiro a partilhar suas conjecturas com o doutor.

– Joe talvez não esteja perdido – disse. – Ele é um jovem ágil, um nadador como poucos. Ele não tinha dificuldades para atravessar o *Frith of Forth* em Edimburgo. Nós o veremos novamente; ignoro como ou quando, mas, de nossa parte, façamos tudo para lhe dar a oportunidade de nos reencontrar.

– Deus lhe ouça, Dick – respondeu o doutor com a voz trêmula. – Faremos todo o possível para reencontrar nosso amigo! Orientemo-nos, então. Mas, antes de tudo, tiremos o invólucro exterior do *Victoria*, que não é mais útil. Com isso nos livramos de um peso considerável, seiscentas e cinquenta libras, o que faz valer a pena.

O doutor e Kennedy se puseram ao trabalho, e tiveram grandes dificuldades. Foi preciso arrancar peça por peça desse tafetá tão resistente e cortá-lo em tiras pequenas para soltá-lo do tecido da rede. O rasgo produzido pelo bico da ave de rapina estendia-se por vários pés.

Essa operação levou ao menos quatro horas; mas, ao cabo, o balão interior, inteiramente solto, não parecia ter sofrido nenhum dano. O *Victoria* estava agora um quinto mais leve. A diferença foi perceptível o bastante para surpreender Kennedy.

– Será o suficiente? – perguntou ao doutor.

– Não tenho nenhum receio quanto a isso, Dick; restabelecerei o equilíbrio, e, se nosso pobre Joe retornar, poderemos retomar com ele nosso caminho de costume.

– No momento de nossa queda, Samuel, se minhas memórias estão corretas, não devíamos estar longe de uma ilha.

– De fato, lembro-me disso; mas essa ilha, como todas as outras do Chade, são habitadas por piratas e assassinos; os selvagens certamente testemunharam nossa catástrofe, e, se Joe cair em suas mãos, a menos que a superstição o proteja, que será dele?

– Ele é capaz de sair dessa enrascada, repito. Tenho confiança nas suas habilidades e na sua inteligência.

– Eu espero. Agora, Dick, cace nas proximidades, sem se afastar muito; é urgente que renovemos nossos víveres, cuja maior parte foi sacrificada.

– Muito bem, Samuel; não me ausentarei por muito tempo.

Kennedy pegou seu fuzil de cano duplo e avançou pela relva até uma mata próxima; detonações frequentes logo disseram ao doutor que a caça seria frutuosa.

Enquanto isso, este último ocupou-se de fazer o levantamento dos objetos que permaneciam no cesto e estabelecer o equilíbrio do segundo aeróstato; restava cerca de trinta libras de *pemmican*, algumas provisões de chá e de café, cerca de um galão e meio de aguardente, uma caixa-d'água totalmente vazia; toda a carne curada havia desaparecido.

O doutor sabia que, com a perda do hidrogênio do primeiro balão, sua força ascensional seria reduzida em novecentas libras aproximadamente; ele teve então de basear-se nessa diferença para reconstituir seu equilíbrio. O novo *Victoria* tinha capacidade para sessenta e sete mil pés cúbicos e continha trinta e três mil quatrocentos e oitenta pés cúbicos de gás. O aparelho de dilatação parecia estar em bom estado: nem a pilha nem a serpentina haviam sido danificadas.

A força ascensional do novo balão era, portanto, de três mil libras aproximadamente; reunindo o peso do aparelho, dos viajantes, da provisão de água, do cesto e de seus acessórios, embarcando cinquenta galões de água e cem libras de carne fresca, o doutor chegava a um total de duas mil oitocentas e trinta libras. Ele poderia, assim, levar cento e sessenta libras de lastro para imprevistos, e o aeróstato estaria então em equilíbrio com o ar ambiente.

Todas as medidas foram tomadas com base nesses cálculos, e o peso de Joe foi substituído por um lastro suplementar. Ele levou o dia inteiro realizando esses preparativos, e estes já terminavam quando Kennedy retornou. O caçador tivera uma boa caça; trazia um verdadeiro carregamento de gansos, de patos selvagens, de narcejas, de cercetas e de tarambolas, e tratou de prepará-lo e defumá-lo. Cada animal, perfurado por um espeto fino, foi suspenso acima de uma fogueira. Quando a preparação pareceu ao ponto para Kennedy, que sabia bem o que estava fazendo, tudo foi estocado no cesto.

O caçador completaria o aprovisionamento no dia seguinte.

A noite surpreendeu os viajantes no meio dos trabalhos. A ceia foi composta de *pemmican*, biscoitos e chá. A fadiga, após lhes dar apetite, deu-lhes sono. Cada um, cumprindo seu turno, interrogou a escuridão, julgando por vezes ouvir a voz de Joe; mas, infelizmente, estava muito longe essa voz que tanto queriam ouvir!

Ao raiar do dia, o doutor acordou Kennedy.

– Meditei longamente – disse-lhe – sobre o que devemos fazer para reencontrar nosso companheiro.

– Qualquer que seja o plano, Samuel, estou de acordo; diga.

– Antes de tudo, é importante que Joe tenha notícias nossas.

– Sem dúvida. E se esse jovem tão digno imaginasse que o abandonamos?!

– Jamais! Conhece-nos bem. Nunca tal ideia lhe passaria pela cabeça. Mas é preciso que ele saiba onde nós estamos.

– Como faremos isso?

– Nós vamos retornar ao cesto e nos elevarmos.

– E se o vento nos levar?

– Felizmente, isso não acontecerá. Veja, Dick; a brisa nos leva até o lago, e essa circunstância, que teria sido prejudicial ontem, hoje é propícia.

Nossos esforços, portanto, serão limitados a nos mantermos sobre essa vasta extensão de água durante o dia. Joe não poderá deixar de nos ver lá, para onde sua atenção deve estar incansavelmente dirigida. Talvez possa até nos informar sua posição.

– Se estiver só, livre, ele o fará com toda a certeza.

– E, se estiver prisioneiro – retomou o doutor –, não sendo hábito dos indígenas encarcerar os cativos, ele nos verá e compreenderá o objetivo de nossas buscas.

– Mas, afinal – retomou Kennedy –, pois se deve prever todas as circunstâncias, e se não encontrarmos nenhum traço, e se ele não tiver deixado nenhum indício de sua passagem, que faremos?

– Tentaremos retornar à parte setentrional do lago, mantendo-nos o mais à vista possível; lá, esperaremos e exploraremos as margens, investigaremos a orla, a qual Joe certamente tentará alcançar, e não sairemos de lá sem antes fazermos tudo para reencontrá-lo.

– Partamos, então – respondeu o caçador.

O doutor calculou a posição exata do pedaço de terra de que ia sair; ele estimou, segundo seu mapa, que se encontrava no norte do Chade, entre a cidade de Lari e a cidade de Ingemini, visitadas ambas pelo major Denham. Enquanto isso, Kennedy completou as provisões de carne fresca. Ainda que o pântano circundante tivesse marcas de rinocerontes, peixes-boi e hipopótamos, não teve oportunidade de encontrar um só desses animais enormes.

Às sete horas da manhã, não sem as grandes dificuldades que Joe sabia superar facilmente, a âncora foi desatrelada da árvore. O gás dilatou-se e o novo *Victoria* alcançou os duzentos pés de altitude. Inicialmente, ele hesitou, girando sobre o próprio eixo; mas, finalmente, pego em uma corrente forte, avançou até o lago e logo foi levado com uma velocidade de vinte milhas por hora.

O doutor manteve-se a uma altura que variava entre duzentos e quinhentos pés. Kennedy atirava por vezes com sua carabina. Acima das ilhas, os viajantes aproximavam-se, até imprudentemente, destrinchando com os olhos as matas, as moitas espessas, os arbustos, folhagem ou as fendas das rochas, tudo aquilo que poderia dar abrigo ao companheiro. Eles desciam próximos às pirogas que sulcavam o lago. Os pescadores, ao verem-nos, precipitavam-se na água e voltavam à ilha com as demonstrações de pavor mais realistas.

– Não vemos nada – disse Kennedy após duas horas de busca.

– Esperemos, Dick, e não percamos o ânimo; não devemos estar muito longe do local do acidente.

Às onze horas, o *Victoria* havia avançado noventa milhas; ele reencontrou então uma nova corrente que, quase sob um ângulo reto, levou-o na direção leste por umas sessenta milhas. Ele planava sobre uma ilha enorme e muito populosa que o doutor julgou ser Farram, onde se encontra a capital dos Biddiomahs. Ele esperava ver Joe surgir de cada arbusto, fugindo, chamando-o. Livre, tê-lo-iam apanhado sem dificuldade; prisioneiro, repetindo a manobra empregada com o missionário, logo teria se juntado com seus amigos; mas nada surgiu, nada se mexeu! Era desesperador.

O *Victoria*, às duas e meia, podia avistar Tangalia, vilarejo situado na margem oriental do Chade, e que marcou o ponto extremo alcançado por Denham à época de sua exploração.

O doutor passou a preocupar-se com a direção persistente do vento. Ele se sentia repelido na direção leste, enxotado até o centro da África, em direção a desertos intermináveis.

– É absolutamente necessário parar – disse ele – e mesmo retornar ao solo; em nome de Joe, sobretudo, temos de retornar ao lago; mas, antes, tratemos de encontrar uma corrente oposta.

Durante mais de uma hora, ele a procurou em diferentes alturas. O *Victoria* derivava sempre em direção à terra firme; mas, felizmente, a mil pés um sopro violento o levou na direção noroeste.

Não era possível que Joe estivesse preso em uma das ilhas do lago; ele certamente teria encontrado um método de manifestar sua presença; talvez tivessem-no levado a terra firme. Foi esse o raciocínio do doutor quando viu novamente a margem setentrional do Chade.

Quanto a pensar que Joe houvesse se afogado, isso era inadmissível. Mas uma ideia horrível cruzou a mente de Fergusson e Kennedy: os caimãs são muito numerosos nessa região! Mas nem um nem outro teve coragem de formular essa apreensão. No entanto, ela veio tão manifestamente ao pensamento que o doutor disse sem preâmbulos:

– Não se encontram crocodilos senão nas margens das ilhas ou do lago; Joe saberia como evitá-los; além disso, são pouco perigosos, e os africanos banham-se impunemente sem temer nenhum ataque.

Kennedy não respondeu; preferia calar-se a discutir essa possibilidade terrível.

O doutor avistou a cidade de Lari por volta das cinco horas. Os habitantes trabalhavam na colheita de algodão junto às cabanas de caniços trançados, em meio a tapadas muito bem mantidas. A reunião de cinquenta cabanas ocupava uma leve depressão de terreno em um vale localizado entre duas pequenas montanhas. A violência do vento os levava mais do que convinha ao doutor; mas ele fez mudanças por uma segunda vez e retornou precisamente ao ponto de partida, nessa espécie de "ilha firme" onde haviam passado a noite precedente. A âncora, em vez de encontrar galhos de árvore, foi fixada entre caniços presos ao lodo espesso do pântano, de resistência considerável.

O doutor teve muita dificuldade em controlar o aeróstato, mas o vento acalmou-se com a noite, e os dois amigos fizeram juntos a vigia, quase desesperados.

XXXIV. O furacão – Partida forçada – Perda de uma âncora – Reflexões tristes – Decisão tomada – A tromba-d'água – A caravana engolida – Vento contrário e favorável – Retorno ao sul – Kennedy em seu posto

Às três horas da manhã, o vento esfuziava, e soprava com uma violência tal que o *Victoria* não podia permanecer próximo ao solo sem perigos; os caniços roçavam contra seu invólucro, que corria o risco de rasgar.

– Precisamos partir, Dick – fez o doutor. – Não podemos permanecer nesta situação.

– E Joe, Samuel?

– Não o abandono! De modo algum! E, se me levasse o furacão cem milhas ao norte, eu voltaria! Mas aqui nós comprometemos a segurança de todos.

– Partir sem ele! – exclamou o escocês com uma profunda dor na entonação.

– Acredita então – retomou Fergusson – que o meu peito doa menos que o seu? Não estou apenas obedecendo a uma necessidade imperiosa?

– Estou às ordens – respondeu o caçador. – Partamos.

Mas a partida apresentava grandes dificuldades. A âncora, enleada profundamente, resistia a todos os esforços, e o balão, sendo levado na direção contrária, aumentava ainda mais a tensão da corda. Kennedy não conseguiu arrancá-la; além disso, na posição atual, a manobra tornava-se muito perigosa, pois o *Victoria* corria o risco de partir sem que Kennedy estivesse de volta.

O doutor, não querendo se expor a esse perigo, chamou o escocês ao cesto e resignou-se a cortar a corda da âncora. O *Victoria* deu um salto de trezentos pés no ar e seguiu diretamente ao norte.

Fergusson não podia senão obedecer à tormenta, cruzar os braços e deixar-se absorver por reflexões tristes.

Após alguns instantes de silêncio profundo, ele se voltou a Kennedy não menos taciturno.

– Talvez tenhamos afrontado Deus – disse. – Não cabia aos homens empreender uma tal viagem!

E um suspiro de dor escapou de seu peito.

– Há apenas alguns dias – respondeu o caçador –, felicitávamo-nos por escapar de outros perigos! Apertávamos os três as mãos uns dos outros!

– Pobre Joe, de natureza boa, excelente! Coração bravo e franco! Num instante cegado por riquezas, noutro fazia de bom grado o sacrifício do tesouro! E agora longe de nós! E o vento nos leva com uma velocidade irresistível!

– Vejamos, Samuel. Admitindo que ele tenha encontrado abrigo entre as tribos do lago, não poderia fazer como os viajantes que as visitaram antes de nós, como Denham, como Barth? Este retornaram aos seus países.

– Ah, meu pobre Dick! Joe não conhece uma só palavra da língua! Está só e sem recursos! Os viajantes de que fala não avançavam senão enviando inúmeros presentes aos líderes. E mesmo assim não podiam evitar sofrimentos e provações da pior espécie. Que será de nosso desafortunado companheiro? É horrível imaginar, e essa é uma das maiores tristezas que já senti!

– Mas nós retornaremos, Samuel.

– Retornaremos, Dick, nem que tenhamos de abandonar o *Victoria*, retornar ao lago Chade a pé, e entrar em contato com o sultão de Bornu! Os árabes não podem ter conservado uma memória tão ruim dos primeiros europeus.

– E o seguirei, Samuel – respondeu o caçador com energia –, pode contar comigo! Renunciaremos à viagem se preciso for! Joe sacrificou-se por nós; nós nos sacrificaremos por ele!

Essa decisão trouxe algum ânimo ao coração dos dois homens. Sentiram que estavam ambos determinados. Fergusson fez todos os preparativos para cair em uma corrente contrária que pudesse aproximá-los do lago Chade; mas era impossível, e a descida mesmo tornava-se impraticável em um terreno aberto e com um furacão de tal violência.

O *Victoria* atravessou então o país dos Tibus; cruzou Belad el Jerid, deserto na ponta do Sudão, e penetrou noutro deserto de areia, sulcado por longas caravanas; a última linha de vegetação confundia-se com o céu ao sul, não longe do principal oásis dessa parte da África, cujos cinquenta poços ficam na sombra de árvores magníficas; mas foi impossível parar. Um acampamento árabe, tendas de tecido listrado, alguns camelos flutuando suas cabeças de víbora sobre a areia davam vida à desolação; mas o *Victoria* passou como uma estrela cadente, e percorreu uma distância de sessenta milhas em três horas sem que Fergusson conseguisse controlar o ritmo.

– Não podemos parar! – disse ele. – Não podemos descer! Nem uma só árvore, nem um só acidente geográfico! Teremos então de atravessar o Saara? Decididamente, o céu está contra nós!

Assim falava ele, com uma raiva desesperada, quando viu ao norte as areias do deserto levantarem-se, em meio a uma poeira espessa, e turbilhonar sob o impulso de correntes opostas.

Em meio ao turbilhão, rompida, tombada, uma caravana inteira desaparecia sob a avalanche de areia; os camelos lançavam gemidos surdos e lastimosos; gritos, urros saíam dessa bruma sufocante. Por vezes, uma vestimenta matizada destacava-se com suas cores vivas nesse caos, e os ruídos da tempestade pairavam sobre a cena de destruição.

Logo a areia acumulou-se em massas compactas e, lá onde há pouco havia uma planície una, elevava-se uma colina ainda agitada, imensa tumba de uma caravana engolida.

O doutor e Kennedy, pálidos, assistiam ao terrível espetáculo; e não podiam manobrar o balão, que turbilhonava em meio às correntes contrárias e não obedecia às diferentes dilatações do gás. Enlaçado no torvelinho de ar, ele turbilhonava com uma velocidade vertiginosa; o cesto descrevia largas oscilações; os instrumentos suspensos sob a tenda chocavam-se entre si até quebrar, os tubos da serpentina curvavam-se até romper, as caixas-d'água moviam-se com estrondo; a dois pés um do outro, os viajantes não podiam ouvir-se, e, com as mãos fechadas agarradas às cordas, tentavam manter-se em pé contra o furor do furacão.

Kennedy, descabelado, observava sem falar; o doutor havia retomado sua audácia com o perigo, e nada deixava transparecer de emoção, nem mesmo quando, após um último movimento, o *Victoria* encontrou-se subitamente estático em uma calma inesperada; o vento do norte retornava e o afastava na direção contrária ao vento da manhã com uma rapidez não menor.

– Aonde estamos indo? – exclamou Kennedy.

– Deixemos agir a Providência, meu caro Dick; fiz mal em duvidar dela; ela sabe melhor que nós o que convém, e ei-nos aqui retornando a locais que já não esperávamos rever.

O solo tão plano, tão igual durante a ida, estava agora alvoroçado como as ondas após uma tempestade; uma sequência de pequenos montículos nem tão imóveis demarcava o deserto; o vento soprava com violência, e o *Victoria* voava pelos ares.

A direção seguida pelos viajantes diferia um pouco daquela que haviam seguido pela manhã; assim, por volta das nove horas, em vez de reencontrar as margens do Chade, viram ainda o deserto estender-se sob eles.

Kennedy fez essa observação.

– Pouco importa – respondeu o doutor. – O importante é retornar ao sul; reencontraremos as cidades de Bornu, e não hesitarei em parar por lá.

– Se estiver satisfeito, eu o sigo – respondeu o caçador –, mas permitam os céus que não tenhamos de atravessar o deserto como esses árabes infelizes! O que vimos é horrível.

– E acontece frequentemente, Dick. As travessias do deserto são ainda mais perigosas que as do oceano; o deserto abrange todos os riscos do mar, mesmo o de ser engolido, e, ainda, cansaços e privações insustentáveis.

– Parece-me – disse Kennedy – que o vento tende a acalmar-se; a poeira das areias está menos compacta, as ondulações diminuem, o horizonte ilumina-se.

– Tanto melhor! É preciso examiná-lo atentamente com a luneta, e que nem um só ponto escape de nossa vista!

– Encarrego-me disso, Samuel, e a primeira árvore não aparecerá sem que seja informado.

E Kennedy, luneta à mão, pôs-se na dianteira do cesto.

XXXV. A história de Joe – A ilha dos Biddiomahs – Adoração – A ilha engolida – As margens do lago – A árvore das serpentes – Viagem a pé – Sofrimentos – Mosquitos e formigas – Fome – Passagem do *Victoria* – Desaparição do *Victoria* – Desespero – O pântano – Um último grito

Que acontecera a Joe durante a busca vã de seu mestre?

Quando ele precipitou-se no lago, seu primeiro movimento ao chegar à superfície foi levantar os olhos aos céus; ele viu o *Victoria*, já a uma altura bem acima do lago, subir com velocidade, diminuir pouco a pouco, e, pego em uma corrente rápida, desaparecer ao norte. Seu mestre, seus amigos estavam salvos.

– Que bom – disse ele a si mesmo – que tive essa ideia de jogar-me no Chade; ela certamente ocorreu ao senhor Kennedy, que naturalmente não teria hesitado em fazer como eu, pois é bem natural que um homem se sacrifique para salvar outros dois. É matemático.

Tranquilizado quanto a isso, Joe pôs-se a pensar em si; estava no meio de um lago imenso, cercado por povos desconhecidos e provavelmente ferozes. Mais um motivo para que contassem com ele para sair daquela enrascada; ele não teve motivos para ter medo.

Antes do ataque das aves de rapina, que, segundo ele, haviam se comportado como abutres de verdade, ele havia avistado uma ilha no horizonte; resolveu, portanto, dirigir-se a ela, e, após livrar-se da parte mais incômoda de suas roupas, passou a pôr em prática todos os seus conhecimentos da arte da natação; ele pouco se importaria com um estirão de cinco ou seis milhas; assim, enquanto esteve no lago, não se preocupou senão em nadar vigorosamente e em linha reta.

Ao cabo de uma hora e meia, a distância que o separava da ilha era muito menor.

Mas, à medida que se aproximava dela, um pensamento a princípio fugidio, agora tenaz, apoderava-se de seu espírito. Ele sabia que as margens do lago são ocupadas por crocodilos enormes, e ele conhecia a voracidade desses animais.

Apesar de sua mania de julgar tudo muito natural, o digno rapaz sentia-se invencivelmente perturbado. Ele temia que a carne branca fosse particularmente do gosto dos crocodilos e avançava com extrema atenção, muito alerta. Joe já estava a vinte braçadas de uma margem repleta de árvores quando um sopro de ar carregado do odor penetrante do almíscar chegou até ele.

– Bom – disse ele –, era isso que eu temia! O caimão não está longe.

E mergulhou rapidamente, mas não o bastante para evitar o contato com um corpo enorme cuja epiderme escamada tocou-o de passagem; ele se julgou perdido, e pôs-se a nadar a uma velocidade desesperada; retornou à superfície, respirou, e desapareceu de novo. Teve aí um quarto de hora de uma angústia inefável que sua filosofia não pôde superar, e julgava ouvir atrás de si o som dessa mandíbula enorme pronta para abocanhá-lo. Ele nadava o mais suavemente possível, nem muito ao fundo nem à superfície, quando sentiu algo pegá-lo no braço, e depois no torso.

Pobre Joe! Teve um último pensamento em seu mestre e se pôs a lutar com desespero, sentindo-se puxado não em direção ao fundo do lago, como os crocodilos têm o hábito de fazer para devorar suas presas, mas à superfície mesma.

Mal teve a chance de respirar e abrir os olhos, e se viu entre dois negros de um escuro de ébano; os africanos seguravam-no vigorosamente e soltavam gritos estranhos.

– Ora essa! – Joe não pôde deixar de exclamar. – Negros em vez de crocodilos! Prefiro isso mil vezes, palavra! Mas como esses gaiatos ousam banhar-se nessas paragens?!

Joe ignorava que os habitantes das ilhas do Chade, como muitos outros negros, nadam impunemente nas águas infestadas de crocodilos sem se preocuparem com sua presença; os répteis desse lago têm uma reputação bem merecida de sáurios inofensivos.

Mas não teria Joe evitado um perigo apenas para cair em outro? Foi o que ele deixou para ser decidido eventualmente, e, já que não podia fazer nada, deixou-se conduzir até a margem sem demonstrar nenhum temor.

– Evidentemente – dizia ele a si mesmo – essas pessoas viram o *Victoria* rasando as águas do lago como um monstro aéreo; foram testemunhas distantes da minha queda e não puderam deixar de preocupar-se com um homem caído do céu! Deixarei que se preocupem!

Joe estava tomado por essas reflexões quando chegou a uma multidão ruidosa, de todos os sexos, de todas as idades, mas não de todas as cores. Ele encontrava-se em meio a uma tribo de Biddiomahs de uma cor negra soberba. E nem teve de enrubescer dado o estado de suas roupas; ele estava "despido" com a última moda do país.

Mas antes que tivesse tempo de entender a situação em que se encontrava, não pôde deixar de enganar-se quanto às adorações de que era objeto. O que não deixou de tranquilizá-lo, ainda que a história de Kazeh lhe viesse à memória.

"Pressinto que vou me tornar um Deus, um filho da Lua qualquer! Bem, antes essa ocupação que outra, quando não se pode escolher. O que importa é que eu ganhe tempo. Se o *Victoria* passar por aqui de novo, aproveitarei minha nova posição para dar aos meus adoradores o espetáculo de uma ascensão miraculosa."

Enquanto Joe refletia nesses termos, a multidão aproximava-se cada vez mais dele; ela prosternava-se, urrava, apalpava-o, tornava-se familiar; mas, ao menos, teve a sensibilidade de oferecer-lhe um banquete magnífico, composto de leite coalhado com arroz e mel; o digno rapaz, aceitando tudo isso, teve então uma das melhores refeições de sua vida, e deu a seu povo uma alta ideia do modo com que os deuses alimentam-se em grandes ocasiões.

Quando a noite chegou, os feiticeiros da ilha tomaram-no respeitosamente pela mão e conduziram-no a uma espécie de cabana cercada de talismãs; antes de entrar, Joe lançou um olhar assaz inquieto às ossadas que se acumulavam em volta desse santuário; ele teve bastante tempo para refletir sobre a situação quando foi fechado em sua cabana.

Durante o resto da noite e uma parte da madrugada, ele ouviu cantos festivos, ecos de uma espécie de tambor, e um ruído, suave para ouvidos africanos, de ferragem. Versos cantados acompanharam danças intermináveis que enlaçavam a cabana sagrada com suas contorções e caretas.

Joe podia ouvir esse conjunto ensurdecedor através das paredes de lama e caniço da cabana; talvez, em outras circunstâncias, tivesse certo prazer com essas cerimônias estranhas; mas seu espírito passou a atormentar-se com uma ideia bem desagradável. Mesmo pensando pelo lado bom de tudo isso, ele julgava estúpido e mesmo triste estar perdido nessa região selvagem, em meio a povos assim. Daqueles que ousaram aventurar-se em tais regiões, poucos viajantes haviam visto novamente a sua pátria. Além disso, podia confiar nessas adorações de que era objeto? Ele tinha boas razões para crer na vaidade humana, e se perguntava se, nesse país, a adoração não ia até o ponto de se comer o adorado!

Apesar dessa perspectiva incômoda, após algumas horas de reflexão, o cansaço venceu as ideias negativas, e Joe caiu em um sono muito profundo, que sem dúvida teria se prolongado até o nascer do dia, se uma umidade inesperada não o tivesse despertado dessa sonolência.

Logo a umidade se fez água, e essa água subiu de tal modo que Joe a teve até a cintura.

– Que é isso? – disse ele. – Uma inundação! Uma tromba-d'água! Mais um suplício desses negros! Já estou por aqui com eles, palavra!

E, dizendo isso, rompeu a parede com uma ombrada e viu-se onde? Em pleno lago! Da ilha já não se via nada! Submersa durante a noite! E, em seu lugar, a imensidão do Chade!

– Triste país para os proprietários! – disse Joe, e retomou com vigor o exercício de suas faculdades natatórias.

Um desses fenômenos tão frequentes no lago Chade havia libertado o bravo jovem; mais de uma ilha desapareceu assim, mesmo as que pareciam ter a solidez de uma rocha, e as populações ribeirinhas tinham amiúde de ajudar os infelizes que escapavam dessa catástrofe terrível.

Joe ignorava essa particularidade, mas não deixou de aproveitá-la. Ele avistou uma barca errante e foi rapidamente até ela. Era um tronco de árvore grosseiramente trabalhado. Um par de remos felizmente também estava ali, e Joe, aproveitando uma corrente rápida, deixou-se derivar.

– Orientemo-nos – disse ele. – A estrela polar, que convenientemente cumpre seu ofício de indicar a direção norte a todo o mundo, não deixará de me ajudar.

Ele percebeu com satisfação que a corrente o levava até a margem setentrional do Chade, e deixou-a fazê-lo. Por volta das duas horas da madrugada, ele pisava em um promontório coberto de caniços espinhosos que pareceram muito inoportunos, mesmo a um filósofo; mas lá estava uma árvore cujo único propósito era oferecer-lhe um leito em seus galhos. Joe escalou-a, por questão de segurança, e lá esperou, sem muito dormir, o raiar do dia.

Chegada a manhã com a rapidez particular das regiões equatoriais, Joe deu uma olhada na árvore que o havia abrigado durante a noite; um espetáculo inesperado o horrorizou. Os galhos dessa árvore estavam literalmente cobertos de serpentes e camaleões; a folhagem atrás deles; dir-se-ia uma árvore de nova espécie, que produzia répteis; sob os primeiros raios de sol, tudo rastejava e contorcia-se. Joe experimentou um sentimento de terror e desgosto, e lançou-se ao solo em meio ao silvo dos animais.

– Eis aí uma coisa em que ninguém jamais acreditará – disse ele.

Ele não sabia que as últimas cartas do doutor Vogel haviam dado a conhecer essa singularidade das margens do Chade, onde os répteis são mais numerosos que em qualquer país do mundo. Após o que acabara de ver, Joe decidiu ser mais cuidadoso no futuro, e, orientando-se pelo sol, pôs-se em movimento na direção nordeste. Ele evitava com o maior cuidado possível cabanas, choças, tocas, em uma palavra, tudo o que pode servir de receptáculo à raça humana.

Quantas vezes seus olhos se voltaram aos céus! Ele esperava avistar o *Victoria*, e, ainda que o tivesse procurado em vão durante todo esse dia de caminhada, isso não diminuiu a confiança em seu mestre; era-lhe necessária uma grande força de caráter para tomar sua situação tão filosoficamente. A fome juntava-se à fadiga, pois alimentar-se de raízes, de medula de plantas, ou de frutos de palmeiras não mantém um homem de pé; e, no entanto, segundo seus cálculos, ele avançou cerca de trinta milhas na direção oeste. Seu corpo trazia em vinte locais diferentes os vestígios de milhares de espinhos dos caniços do lago, de acácias e de mimosas, e os pés ensanguentados tornavam a marcha extremamente dolorosa. Mas, afinal, pôde reagir contra o sofrimento e, chegada a noite, decidiu passá-la na margem do Chade.

Lá, teve de suportar as picadas atrozes de uma miríade de insetos: moscas, mosquitos e formigas de quase uma polegada de comprimento literalmente cobriam o solo. Ao cabo de duas horas, restavam apenas alguns trapos das poucas roupas que cobriam Joe; os insetos haviam devorado tudo! Foi uma noite terrível, que não deu nem uma hora de sono ao viajante fatigado; enquanto isso, os javalis, os búfalos selvagens, o *ajoub*, espécie de peixe-boi muito perigosa, prosseguiam com seus modos de vida ameaçadores, seja entre os arbustos ou embaixo das águas do lago; o concerto de animais ferozes ecoou noite afora. Joe não ousou fazer nenhum movimento. Sua resignação e sua paciência tiveram dificuldades ao enfrentar tal situação.

Mas o dia brilhou novamente. Joe levantou-se precipitadamente, e que se imagine o asco que sentiu ao ver qual animal imundo havia dividido a cama com ele: um sapo! Mas um sapo de cinco polegadas de largura, um animal monstruoso, repugnante, que o olhava com grandes olhos redondos. Joe sentiu o coração sobressaltar, e, tomando alguma força de sua repugnância, correu a passos largos em direção às águas do lago. O banho acalmou um pouco a coceira que o torturava, e, após mastigar algumas folhas, retomou seu caminho com obstinação, uma pertinácia de que mal se dava conta; já não percebia a emoção em suas atitudes, mas, no entanto, sentia em si uma força superior ao desespero.

Entretanto, uma fome terrível o torturava; seu estômago, menos resignado que ele, queixava-se; foi obrigado a atar fortemente um cipó em volta do corpo; felizmente, sua sede podia ser saciada facilmente, e, lembrando dos sofrimentos do deserto, via uma felicidade relativa em não ter de sofrer os tormentos dessa necessidade imperiosa.

– Onde pode estar o *Victoria*? – perguntava-se. – O vento sopra do norte! Ele deveria voltar ao lago! Sem dúvida o senhor Samuel terá tido de realizar um novo equilíbrio, mas o dia de ontem deve ter bastado para fazê-lo; portanto, não seria impossível que hoje... Mas ajamos como se eu nunca mais fosse revê-lo. Afinal de contas, se consigo chegar a uma das grandes cidades do lago, estarei na posição dos viajantes de que meu mestre falava. Por que não me safaria dessa assim como eles? Houve quem retornasse, diabos! Vamos, coragem!

Ora, assim falando e andando sempre, o intrépido Joe terminou em plena floresta, em meio a um grupo de selvagens. Ele parou a tempo e não foi visto. Os negros ocupavam-se de envenenar suas flechas com suco de eufórbia, ocupação típica dos povos dessa região, e que se faz em uma cerimônia solene.

Joe, imóvel, prendendo a respiração, escondia-se em meio à mata, quando, levantando os olhos, avistou, por uma abertura na folhagem, o *Victoria*, o *Victoria* em carne e osso, dirigindo-se ao lago a cerca de cem pés acima dele. Impossível se fazer ouvir, impossível se fazer ver!

Uma lágrima lhe veio aos olhos, não de desespero, mas de gratidão: seu mestre estava à sua procura! Seu mestre não o abandonara! Foi preciso esperar que os negros fossem embora; então, pôde deixar seu esconderijo e correr até as margens do Chade.

Mas então o *Victoria* já se perdia ao longe. Joe resolveu esperá-lo: ele certamente passaria ali novamente! E passou, de fato, mas mais a leste. Joe correu, gesticulou, gritou... em vão! Um vento violento levava o balão com uma velocidade irresistível!

Pela primeira vez a energia, a esperança faltavam ao coração do pobre desafortunado; ele se viu perdido; imaginou seu mestre partindo sem retorno; já não ousava pensar, já não queria refletir.

Como um louco, os pés em sangue, o corpo ferido, andou durante o dia inteiro e uma parte da noite. Ele se arrastava, ora sobre os joelhos, ora com as mãos; via chegar o momento em que a força lhe faltaria e onde não restaria senão morrer.

Avançando assim, terminou por encontrar-se em um pântano, ou antes em um local que mais tarde soube tratar-se de um pântano, pois a noite viera já havia algumas horas; caiu inopinadamente em uma lama tenaz; apesar de seus esforços, apesar de sua resistência desesperada, sentia-se afundar pouco a pouco no terreno vasento; alguns minutos mais tarde ela chegava à cintura.

– Eis aqui a morte! – disse – e que morte...!

Debateu-se com fúria; mas os esforços serviam apenas para prendê-lo ainda mais nessa tumba que o infeliz cavava ele mesmo. Nem um só pedaço de madeira que pudesse ajudá-lo, nem um só caniço para segurar! Compreendeu então que era o seu fim...! Seus olhos se fecharam.

– Mestre! Mestre! Aqui...! – exclamou ele.

E essa voz desesperada, isolada, sufocada já, perdeu-se na noite.

XXXVI. Um grupo no horizonte – Um bando de árabes – A perseguição – É ele! – Queda do cavalo – O árabe estrangulado – Uma bala de Kennedy – Manobra – Pego durante o voo – Joe salvo

Desde que Kennedy havia retornado ao seu posto de observação na dianteira do cesto, não cessara de observar o horizonte com grande atenção.

Após algum tempo, voltou-se ao doutor e disse:

– Se não me engano, há lá um grupo em movimento, homens ou animais; ainda é impossível distingui-los. Em todo caso, agitam-se violentamente, pois levantam uma nuvem de poeira...

– Não seria um vento contrário – disse Samuel –, uma rajada que virá nos levar ao norte?

E levantou-se para examinar o horizonte.

– Não creio, Samuel – respondeu Kennedy. – É um bando de gazelas ou de gado selvagem.

– Talvez, Dick, mas esse grupo está ao menos a nove ou dez milhas de nós, e, de minha parte, mesmo com a luneta, não consigo distinguir nada daquilo.

– De qualquer modo, não o perderei de vista; há ali algo de extraordinário que me intriga; parece por vezes uma manobra de cavalaria... Ah! Não me engano! São mesmo cavaleiros, veja!

O doutor observou com atenção o grupo indicado.

– Creio que tenha razão – disse. – É um destacamento de árabes ou de Tibus; estão fugindo na mesma direção que nós, mas nós estamos mais rápidos e os alcançaremos facilmente. Em meia hora seremos capazes de ver e julgar o que teremos de fazer.

Kennedy havia pegado sua luneta e olhava atentamente. O conjunto de cavaleiros era agora mais visível. Alguns deles se isolavam.

– É evidentemente – retomou Kennedy – uma manobra ou uma caça. Dir-se-ia que essa gente persegue alguma coisa. Gostaria de saber o quê.

– Paciência, Dick. Em pouco tempo nós os alcançaremos e até os ultrapassaremos, se continuarem nesse caminho. Nós seguimos com uma velocidade de vinte milhas por hora, e não há cavalo que possa sustentar tal ritmo.

Kennedy retornou à sua observação e, após alguns minutos, disse:

– São árabes galopando a toda velocidade. Distingo-os perfeitamente agora. São uns cinquenta. Vejo os albornozes deles sacudindo com o vento. É um exercício de cavalaria; o líder vai cem passos à frente, e eles seguem-no.

– De qualquer modo, Dick, não temos de temê-los, mas, se for necessário, subiremos.

– Espere, Samuel!

– É singular – acrescentou Dick após um novo exame. – Há algo que não entendo. Pelo esforço que fazem e pela irregularidade do percurso, esses árabes parecem antes perseguir que seguir alguém.

– Está certo disso, Dick?

– Evidentemente. Não estou enganado! É uma caça, mas uma caça a um homem! Não é um líder que vai à frente deles, é um fugitivo.

– Um fugitivo! – disse Samuel com emoção.

– Sim!

– Não os percamos de vista.

Facilmente encurtaram a distância em três ou quatro milhas dos cavaleiros, que, no entanto, prosseguiam com uma velocidade prodigiosa.

– Samuel! Samuel! – exclamou Kennedy com a voz trêmula.

– Que há, Dick?

– É uma alucinação? Será possível?

– Que quer dizer?

– Espere.

E o caçador enxugou rapidamente a lente da luneta e se pôs a observar.

– E? – fez o doutor.

– É ele, Samuel!

– Ele! – exclamou este último.

"Ele" dizia tudo! Não havia necessidade de nomeá-lo.

– É ele a cavalo! A menos cem passos de seus inimigos! Está fugindo!

– É mesmo Joe! – disse o doutor empalidecendo.

– Ele não consegue nos ver enquanto foge!

– Ele nos verá – respondeu Fergusson abaixando a chama do maçarico.
– Mas como?
– Em cinco minutos estaremos a cem pés do solo; em quinze, estaremos acima dele.
– É preciso preveni-lo com um tiro de fuzil!
– Não! Não o deixariam dar meia-volta.
– Que fazer então?
– Esperar.
– Esperar! E os árabes?
– Nós os alcançaremos! Nós os ultrapassaremos! Estamos a menos de duas milhas deles, e desde que o cavalo de Joe aguente...
– Deus do céu! – fez Kennedy.
– Que há?

Kennedy havia soltado um grito de desespero ao ver Joe cair no chão. Seu cavalo, evidentemente rendido, esgotado, desabara completamente.

– Ele nos viu – exclamou o doutor. – Fez-nos um sinal ao levantar-se!
– Mas os árabes vão alcançá-lo! Que ele está esperando? Ah! Que jovem corajoso! Hurra! – fez o caçador que já não se continha.

Joe, levantando-se imediatamente após a queda, no momento em que um dos cavaleiros mais rápidos precipitava-se sobre ele, pulou como uma pantera, esquivou-se com um passo para o lado, jogou-se na garupa, pegou o árabe pelo pescoço, e, com suas mãos nervosas, com seus dedos de ferro, estrangulou-o, jogou-o na areia, e continuou sua fuga apavorante.

Um grito enorme vindo dos árabes ecoou pelos ares; mas, focados que estavam na perseguição, não haviam visto o *Victoria* quinhentos pés atrás deles, e a apenas trinta pés do solo; e eles mesmos não estavam a mais de vinte cavalos de distância do fugitivo.

Um deles aproximou-se perigosamente de Joe, e ia perfurá-lo com sua lança quando Kennedy, o olhar fixo, a mão firme, deteve-o com uma bala, derrubando-o no chão.

Joe nem se voltou ao ouvir esse som. Uma parte do grupo suspendeu a perseguição e ficou de queixo caído ao ver o *Victoria*; a outra continuou no encalço de Joe.

– Mas o que Joe está fazendo? – exclamou Kennedy. – Ele não para!
– Ele fez melhor que isso, Dick. Ele compreendeu! Ele continua na direção do aeróstato. Ele conta com nossa inteligência! Ah, esse bravo

rapaz! Nós o pegaremos debaixo do nariz desses árabes! Nós já estamos a duzentos passos.

– Que temos de fazer? – perguntou Kennedy.
– Deixe o fuzil de lado.
– Pronto – fez o caçador soltando a arma.
– Consegue segurar nos braços cento e cinquenta libras de lastro?
– Até mais.
– Não, isso basta.

E sacos de areia foram empilhados pelo doutor nos braços de Kennedy.

– Fique na traseira do cesto e esteja pronto para jogar o lastro de uma só vez. Mas, pelo amor de Deus, não o faça antes de eu mandar!
– Fique tranquilo!
– Sem isso, Joe nos escaparia, e estaria perdido!
– Conte comigo!

O *Victoria* estava então acima do bando de cavaleiros que se lançavam a galope atrás de Joe. O doutor, na dianteira do cesto, tinha a escada a postos, pronto para lançá-la no momento necessário. Joe mantivera a distância de cerca de cinquenta pés entre ele e seus perseguidores. O *Victoria* ultrapassou-os.

– Atenção! – disse Samuel a Kennedy.
– Estou pronto.
– Joe! Tenha cuidado...! – gritou o doutor com sua voz tonitruante ao jogar a escada, cujos primeiros degraus levantaram a poeira do solo.

Ao sinal do doutor, Joe, sem parar o cavalo, virara-se; a escada chegou próxima a ele, e, no momento em que ele se agarrava a ela:

– Jogue – gritou o doutor a Kennedy.
– Pronto.

E o *Victoria*, deslastrado de um peso superior ao de Joe, elevou-se a cento e cinquenta pés de altura.

Joe prendeu-se fortemente à escada durante as amplas oscilações que ela descreveu; em seguida, fazendo um gesto indescritível aos árabes, e subindo com a agilidade de um palhaço, chegou até seus companheiros, que o receberam em seus braços.

Os árabes soltaram gritos de surpresa e fúria. O fugitivo acabava de ser pego por um objeto voador, e o *Victoria* afastava-se rapidamente.

– Mestre! Senhor Dick! – disse Joe.

E, sucumbindo à emoção, à fadiga, desmaiara, enquanto Kennedy, quase em delírio, exclamava:

– Salvo! Está salvo!

– Por Deus! – fez o doutor, que havia retomado sua impassibilidade tranquila.

Joe estava quase nu; seus braços ensanguentados, seu corpo coberto de ferimentos, tudo isso comunicava os sofrimentos por que passara. O doutor tratou as feridas e deitou-o na tenda.

Joe recuperou-se logo do desmaio e pediu um copo de aguardente, que o doutor não julgou ter de negar, não sendo Joe um homem a tratar como todos os outros. Após beber, apertou a mão de seus dois companheiros e declarou-se pronto a contar sua história.

Mas não o permitiram falar, e o bravo jovem caiu novamente em um sono profundo, do qual parecia ter grande necessidade.

O *Victoria* seguia então obliquamente na direção oeste. Sob um vento forte, pôde rever o deserto e algumas palmeiras curvadas ou derrubadas pela tempestade; e, tendo percorrido quase duzentas milhas desde o resgate de Joe, passou o décimo grau de longitude ao anoitecer.

XXXVII. O caminho ocidental – Joe acorda – Sua teimosia – Fim da história de Joe – Tagelel – Inquietude de Kennedy – Caminho do norte – Uma noite perto de Ágade

O vento diminuiu durante a noite, como se descansando das violências do dia, e o *Victoria* permaneceu tranquilamente acima da copa de um sicômoro. O doutor e Kennedy cumpriram seus turnos de vigia, e Joe aproveitou para dormir um sono ininterrupto de vinte e quatro horas.

– Eis aí o remédio de que precisa – disse Fergusson. – A natureza se encarregará de curá-lo.

De dia, o vento retornou forte, mas caprichoso; jogou-se bruscamente ora a norte, ora a sul, mas, afinal, o *Victoria* foi levado na direção oeste.

O doutor, com o mapa à mão, reconheceu o reino de Damerghou, terreno onduloso de grande fertilidade, com as cabanas dos vilarejos feitas de longos caniços entrelaçados com ramos de asclepiadáceas; as medas dos grãos elevavam-se, nos campos cultivados, sobre pequenas estruturas destinadas a protegê-las da invasão de camundongos e dos cupins.

Logo chegaram à cidade de Zinder, reconhecível graças à sua ampla praça de execuções; ao centro elevava-se a "árvore da morte"; ao lado fica o carrasco, e quem quer que passe sob sua sombra é imediatamente enforcado!

Consultando sua bússola, Kennedy não pôde deixar de dizer:

– E estamos de novo na direção norte!

– Que importa? Se ela nos levar a Tombuctu, não teremos de que nos queixar. Nunca uma viagem terá sido feita em melhores condições!

– Nem em melhor saúde – replicou Joe – que mostrava seu rosto bom e alegre através da cortina da tenda.

– Nosso bravo amigo! – exclamou o caçador. – Nosso salvador! Como vai?

– Muito naturalmente, senhor Kennedy, muito naturalmente! Nunca estive melhor! Nada melhor a um homem que uma pequena excursão precedida de um banho no Chade! Não é, meu mestre?

– Que coração digno! – respondeu Fergusson apertando-lhe a mão. – Quanta angústia e inquietude nos causou!

– Bem, e os senhores?! Acreditam que eu estava tranquilo quanto ao futuro do *Victoria*? Podem certamente orgulhar-se de me causar um medo tremendo!

– Não nos entenderemos jamais, Joe, se continua a levar as coisas dessa maneira.

– Vejo que a queda não o mudou em nada – acrescentou Kennedy.

– Sua dedicação é sublime, meu jovem, e ela nos salvou, pois o *Victoria* caía no lago, e, uma vez lá, ninguém poderia tirá-lo.

– Mas, se minha dedicação, como prefere chamar minha cambalhota, salvou os senhores, será que também não salvou a mim, já que aqui estamos os três, em perfeita saúde? Consequentemente, em tudo isso, não temos nada a nos censurar.

– Não nos entenderemos nunca com esse rapaz – disse o caçador.

– O melhor meio de nos entendermos – replicou Joe – é não falando mais nisso. O que está feito está feito! Bom ou mal, não temos de voltar a esse assunto.

– Teimoso! – fez o doutor rindo. – Quer ao menos nos contar sua história?

– Se realmente quiserem! Mas, antes, vou cozinhar este belo ganso, pois vejo que o senhor Dick não perde seu tempo.

– Como quiser, Joe.

– Bem! Veremos como se comporta este animal africano em um estômago europeu.

O ganso foi logo grelhado na chama do maçarico, e, pouco depois, devorado. Joe pegou dele a parte cabível a um homem que não comia havia dias. Após o chá e o grogue, contou suas aventuras aos companheiros; ele falou com certa emoção, sempre examinando os eventos conforme sua filosofia habitual. O doutor não pôde deixar de apertar sua mão muitas vezes quando viu seu digno criado preocupando-se mais com a saúde de seu mestre que com sua própria; a respeito da submersão da ilha dos Biddiomahs, ele lhe explicou a frequência do fenômeno no lago Chade.

Enfim, Joe, prosseguindo seu relato, chegou ao momento em que, submerso no pântano, lançou um último grito de desespero.

– Eu me via perdido, mestre – disse ele – e meus pensamentos dirigiam-se ao senhor. Comecei a debater-me. Como? Não lhe direi. Estava bem decidido a não me deixar engolir sem discussão quando, a dois passos de mim, avisto o quê? A ponta de uma corda recém-cortada; faço um último esforço e, de algum modo, alcanço-a; puxo-a; ela resiste; puxo-me e, finalmente, eis-me em terra firme! Na ponta da corda encontro uma âncora...! Ah, meu mestre! Tenho bem o direito de chamá-la corda da salvação, se não vir nisso nenhum inconveniente! Eu a reconheço! Uma âncora do *Victoria*! O senhor havia estado ali, naquele local! Sigo a direção da corda que me dava a sua direção e, após alguns esforços, saio do atoleiro. Havia recuperado as forças junto com meu ânimo, e marchei durante parte da noite, afastando-me do lago. Cheguei enfim à clareira de uma floresta imensa. Lá, em uma tapada, cavalos passeavam despreocupadamente. Há momentos em nossa existência em que todo mundo sabe andar a cavalo, não é mesmo? Não perdi um minuto refletindo, saltei nas costas de um desses quadrúpedes e lá estávamos nós correndo na direção norte a toda velocidade. Não lhes falarei das cidades que não vi nem dos vilarejos que evitei. Não. Atravessei os campos cultivados, saltei sobre as moitas, escalei paliçadas, aticei o animal até o limite! Até que cheguei ao fim das terras cultivadas. Bom, o deserto! Sem problema, verei melhor o que há em frente, e mais longe. Esperava avistar o *Victoria* indo e vindo, no alto, a me esperar. Mas nada. Ao cabo de três horas, caí como um pato em um acampamento de árabes! Ah, que caça...! Veja, senhor Kennedy, um caçador não sabe o que é uma caça até ter sido ele mesmo caçado! E, no entanto, se me permite, dou-lhe o conselho de nunca experimentar algo parecido! Meu cavalo estava já exausto; chegaram perto de mim; eu caí; saltei na garupa de um árabe! Não queria fazê-lo, mas espero que ele não guarde rancor por eu tê-lo estrangulado! Mas eu lhes havia avistado...! E o resto, já sabem. O *Victoria* correu no meu encalço, e os senhores me pegaram durante o voo, como um cavaleiro de circo faz com um anel. Não estava eu certo em contar com os senhores? Muito bem! Vê como foi tudo muito simples, senhor Samuel. Nada mais natural! Estou pronto para recomeçar, se ainda posso ser de alguma utilidade! E, além disso, como lhe dizia, meu mestre, não é algo de que valha a pena falar.

– Meu bravo Joe! – respondeu o doutor com emoção. – Não estávamos errados em confiar na sua inteligência e nas suas habilidades!

– Ah, senhor! É preciso apenas seguir os acontecimentos, e se escapa deles facilmente! O mais certo, vejam bem, é ainda aceitar as coisas como elas se apresentam.

Durante a história de Joe, o balão havia rapidamente atravessado uma longa extensão de terra. Kennedy logo observou um conjunto de cabanas que parecia formar uma cidade. O doutor consultou o mapa e reconheceu o pequeno burgo de Tagelel, em Damerghou.

– Aqui – disse ele – encontramo-nos com o caminho de Barth. Foi aqui que ele se separou de seus dois companheiros, Richardson e Overweg. O primeiro devia seguir no caminho de Zinder, o segundo, no de Maradi, e, certamente estão lembrados, Barth foi o único a rever a Europa.

– Então – disse o caçador, seguindo no mapa a direção do *Victoria* – estamos indo diretamente ao norte?

– Diretamente, meu caro Dick.

– E isso não o inquieta um pouco?

– Por quê?

– É que este caminho nos leva a Trípoli e acima do grande deserto.

– Ah, não iremos tão longe, meu amigo! Espero que não, ao menos.

– Mas onde pretende parar?

– Veremos, Dick. Não estaria curioso para visitar Tombuctu?

– Tombuctu?

– Sem dúvida – retomou Joe. – Não se pode vir à África e não visitar Tombuctu!

– Será o quinto ou sexto europeu a ver essa cidade misteriosa!

– A Tombuctu!

– Então nos deixe chegar entre o décimo sétimo e o décimo oitavo graus de latitude, e lá procuraremos um vento favorável que possa nos carregar na direção oeste.

– Muito bem – respondeu o caçador –, mas ainda temos um longo caminho a percorrer na direção norte?

– Ao menos cento e cinquenta milhas.

– Então – replicou Kennedy – vou dormir um pouco.

– Durma, senhor – respondeu Joe. – O senhor mesmo, meu mestre, imite o senhor Kennedy; deve estar precisando de um descanso, pois o fiz permanecer acordado de um modo até indiscreto.

O caçador deitou-se sob a tenda; mas Fergusson, a quem a fadiga pouco havia afetado, permaneceu em seu posto de observação.

Três horas depois, o *Victoria* atravessava com grande velocidade um terreno pedregoso, com algumas cordilheiras de base granítica; certos picos isolados alcançavam até quatro mil pés de altura; girafas, antílopes, avestruzes saltavam com uma agilidade maravilhosa em meio a florestas de acácias, mimosas, *souahs* e tamareiras; após a aridez do deserto, a vegetação voltava a dominar. Era o país dos *kailuas*, que tapam o rosto com uma banda de algodão, assim como seus vizinhos perigosos, os tuaregues.

Às dez horas da noite, após uma travessia soberba de duzentas e cinquenta milhas, o *Victoria* deteve-se sobre uma cidade importante; a lua deixava entrever uma parte quase em ruínas; os domos de algumas mesquitas mostravam-se aqui e ali, tocados por um raio branco de luz; o doutor calculou a altura das estrelas e reparou que se encontrava na latitude de Ágade.

Essa cidade, outrora o centro de um comércio intenso, estava já em ruínas na época da visita do doutor Barth.

O *Victoria*, não sendo percebido na escuridão, desceu à terra a duas milhas acima de Ágade, em um vasto campo de milhete. A noite foi muito tranquila e desapareceu por volta das cinco horas da manhã, enquanto um vento leve impelia o balão na direção oeste, e mesmo um pouco ao sul.

Fergusson prontamente tirou proveito do feliz acaso, elevou o *Victoria* rapidamente e deixou-se ir no rastro dos longos raios de sol.

XXXVIII. Travessia rápida – Resoluções prudentes – Caravanas – Aguaceiros constantes – Gao – O Níger – Golberry, Geoffroy, Gray – Mungo-Park – Laing – René Caillié – Clapperton – John e Richard Lander

O dia 17 de maio foi tranquilo e isento de qualquer acidente; o deserto recomeçava; um vento moderado levava o *Victoria* na direção sudoeste sem desviar nem à direita nem à esquerda; sua sombra traçava na areia uma linha rigorosamente reta.

Antes de partir, o doutor havia prudentemente renovado sua provisão de água. Ele temia não poder descer ao solo nessas regiões infestadas por tuaregues. O planalto, a mil e oitocentos pés acima do nível do mar, deprimia-se na direção sul. Os viajantes, cortando o caminho de Ágade em Murzuq, muito batido pelas patas dos camelos, chegaram ao 16° de latitude e ao 4° 55' de longitude ao anoitecer, após atravessar cento e oitenta milhas de longa monotonia.

Durante o dia, Joe preparou as últimas peças do cardápio, que haviam até ali recebido apenas uma preparação sumária; ele serviu um espetinho de narcejas muito apetitoso para a ceia. Estando bom o vento, o doutor decidiu continuar a viagem durante uma noite em que a lua, quase cheia, estava resplandecente. O *Victoria* elevou-se a uma altura de quinhentos pés e, durante essa travessia noturna de cerca de sessenta milhas, nem mesmo o sono leve de uma criança teria sido interrompido.

Domingo pela manhã, nova mudança na direção do vento; ele dirigiu-se a noroeste; alguns corvos voavam no céu e, no horizonte, um bando de abutres felizmente mantinha-se afastado.

Avistar as aves fez Joe cumprimentar seu mestre pela ideia dos dois balões.

– Onde estaríamos nós – disse ele – com um só invólucro? O segundo balão é como o barco salva-vidas de um navio; em caso de naufrágio, sempre se poderá usá-lo para salvar-se.

– Tem razão, meu amigo; mas o barco salva-vidas me inquieta um pouco; ele não faz jus à embarcação.

– Que quer dizer? – perguntou Kennedy.

– Quero dizer que o novo *Victoria* não faz jus ao antigo. Seja porque seu tecido foi muito exigido, seja porque a guta-percha derreteu com o calor da serpentina, constato certa perda de gás; nada de mais até aqui, mas, de qualquer modo, é perceptível; temos uma tendência a descer e, para nos mantermos, sou forçado a dilatar ainda mais o hidrogênio.

– Diabos! – fez Kennedy. – Vejo poucas soluções para isso.

– Não há nenhuma, meu caro Dick; é por isso que faríamos bem em nos apressarmos, evitando as paradas durante a noite.

– Ainda estamos longe da costa? – perguntou Joe.

– Qual costa, meu jovem? Por acaso sabemos aonde o destino nos conduzirá? Tudo que posso dizer é que Tombuctu ainda está a quatrocentas milhas a oeste.

– E quanto tempo levaremos para chegar lá?

– Se o vento não nos afastar demais do caminho, pretendo encontrar a cidade terça-feira ao anoitecer.

– Então – fez Joe indicando uma longa fila de animais e homens que serpenteava no deserto – chegaremos antes desta caravana.

Fergusson e Kennedy inclinaram-se e avistaram uma vasta aglomeração de seres de todas as espécies; havia ali mais de cento e cinquenta camelos, daqueles que, por doze *mutkals* de ouro,[33] vão de Tombuctu a Tafilete com uma carga de cento e cinquenta libras nas costas; todos carregavam sob a cauda um pequeno saco destinado a receber seus excrementos, o único combustível com o qual se pode contar no deserto.

Os camelos dos tuaregues são da melhor espécie; eles podem passar de três a sete dias sem beber, e dois dias sem comer; a velocidade é superior à dos cavalos, e eles obedecem com inteligência à voz do *khabir*, o líder da caravana. São conhecidos no país sob o nome de *mehari*.

Tais foram os detalhes fornecidos pelo doutor, enquanto seus companheiros consideravam a multidão de homens, mulheres, crianças andando com dificuldade sobre uma areia relativamente movediça,

---

33. Cento e vinte e cinco francos. (N.A.)

mal contida por alguns cardos, algumas plantas murchas e alguns arbustos debilitados. O vento apagava os sinais de sua passagem quase instantaneamente.

Joe perguntou como os árabes conseguiam guiar-se no deserto e chegar aos poços esparsos dessa imensidão desolada.

– Os árabes – respondeu Fergusson – receberam da natureza um instinto maravilhoso para encontrar o caminho certo; lá onde um europeu estaria desorientado, eles não hesitam jamais; uma pedra insignificante, um seixo qualquer, uma moita, a coloração diferente das areias bastam-lhes para prosseguir com confiança; durante a noite, eles se guiam pela estrela polar; também não fazem mais de duas milhas por hora, e repousam durante os calores insuportáveis do meio-dia; então imaginem o tempo que levam para atravessar o Saara, um deserto de mais de novecentas milhas.

Mas o *Victoria* já havia desaparecido sob os olhares atônitos dos árabes, que deviam invejar sua rapidez. Ao anoitecer, ele passava pelo 2º 20' de longitude,[34] e, durante a noite, atravessou ainda mais de um grau.

O tempo mudou completamente na segunda-feira; a chuva começou a cair com grande violência; foi preciso resistir a esse dilúvio e ao acréscimo de peso que ele incumbia ao balão e ao cesto; o aguaceiro infindável explicava os pântanos e os lamaçais que compunham unicamente a superfície do país; a vegetação reaparecia ali com mimosas, baobás e tamarindos.

Esse era o *Sonray*, com seus vilarejos repletos de tetos invertidos como barretes armênios; havia poucas montanhas ali, apenas colinas suficientes para formar alguns barrancos e reservatórios, que as pintadas e as narcejas marcavam com seus voos; lá e cá uma torrente impetuosa cortava os caminhos; os indígenas a atravessavam agarrando-se a um cipó estendido de uma árvore a outra; as florestas davam lugar a selvas em que viviam crocodilos, hipopótamos e rinocerontes.

– Não tardaremos a ver o Níger – disse o doutor –, a região se transforma nas proximidades dos grandes rios. São verdadeiros caminhos vivos, segundo uma expressão muito justa, atraindo a eles primeiro a vegetação, bem como fazem mais tarde com a civilização. Assim, em

---

34. O meridiano zero de Paris. (N.A.)

seu percurso de mais de duas mil e quinhentas milhas, o Níger deu origem, em suas margens, às cidades mais importantes da África.

– Isso me lembra – disse Joe – a história de um grande admirador da Providência, que a louvava pelo trabalho que tivera em fazer passar os rios através das cidades!

Ao meio-dia, o *Victoria* sobrevoava um pequeno vilarejo, uma reunião de choças miseráveis, Gao, que fora outrora uma grande capital.

– Foi aqui – disse o doutor – que Barth atravessou o Níger ao retornar de Tombuctu; aqui está o famoso rio da Antiguidade, o rival do Nilo, ao qual a superstição pagã conferiu uma origem celeste; como ele, também suscitou a atenção de geógrafos de todas as épocas; assim como a do Nilo, e ainda mais, sua exploração custou a vida de muitas pessoas.

O Níger corria entre duas margens largamente separadas; as águas rolavam na direção sul com certa violência; mas os viajantes, levados pelo vento, mal puderam examinar seus contornos curiosos.

– Mal quis lhes falar desse rio – disse Fergusson –, e lá vai ele já longe de nós! Com os nomes de Dhioleba, Mayo, Egghirreou, Quorra e outros, ele rivaliza com o Nilo em comprimento. Todos esses nomes significam simplesmente "o rio", de acordo com as regiões que atravessa.

– E o doutor Barth seguiu por esse caminho? – perguntou Kennedy.

– Não, Dick; ao deixar o lago Chade, ele passou pelas principais cidades do Bornu e veio cortar o Níger em Say, quatro graus abaixo de Gao; em seguida, penetrou no seio das regiões inexploradas que o Níger contorna, e, após oito meses de novos sofrimentos, chegou a Tombuctu; o que faríamos em apenas três dias, com um vento assim tão rápido.

– E as fontes do Níger já foram descobertas? – perguntou Joe.

– Há muito tempo – respondeu o doutor. – O estudo do Níger e de seus afluentes atraiu inúmeras explorações, e posso lhes apontar as principais. De 1749 a 1758, Adamson fez um reconhecimento do rio e visitou Goreia; de 1785 a 1788, Golberry e Geoffroy percorreram os desertos da Senegâmbia e chegaram até o país dos mauros, que assassinaram Saugnier, Brisson, Adam, Riley, Cochelet e muitos outros desafortunados. Veio então o ilustre Mungo-Park, amigo de Walter Scott, escocês como ele. Enviado em 1795 pela Sociedade Africana de Londres, chegou a Bambarra, viu o Níger, percorreu quinhentas milhas com um comerciante de escravos, fez o reconhecimento do rio da

Gâmbia e retornou à Inglaterra em 1797; partiu novamente, em 30 de janeiro de 1805, com seu cunhado Anderson, um desenhista chamado Scott e um grupo de trabalhadores; chegou em Goreia, juntou-se a um destacamento de trinta e cinco soldados, viu novamente o Níger em 19 de agosto; mas, após muitos sofrimentos, privações, maus-tratos, inclemências, insalubridade do país, não restaram mais que onze vivos de quarenta europeus; no dia 16 de novembro chegaram as últimas cartas de Mungo-Park à sua mulher, e, um ano mais tarde, descobriu-se, por meio de um traficante do país, que, chegado a Bussa, no Níger, no dia 23 de dezembro, o pobre viajante viu seu barco virar nas cataratas do rio, e que fora ele próprio massacrado por indígenas.

– E esse fim horrível não desencorajou os exploradores?

– Ao contrário, Dick; pois agora tinham não apenas de fazer o reconhecimento do rio, mas também reencontrar os papéis do viajante. Em 1816, uma expedição foi organizada em Londres, na qual tomou parte o major Gray; ela chegou ao Senegal, penetrou na Fouta Djalon, visitou as populações fulas e mandingas, e retornou à Inglaterra sem grandes resultados. Em 1822, o major Laing explorou toda a parte da África ocidental vizinha às possessões inglesas, e foi ele quem chegou primeiro às fontes do Níger; segundo seus documentos, a fonte desse rio imenso não teria mais de dois pés de largura.

– Fácil de pular – disse Joe.

– Ah, fácil! – replicou o doutor. – Se levarmos em conta as tradições, quem quer que tente transpor a fonte saltando sobre ela é imediatamente tragado; quem tenta tirar água daqui se sente repelido por uma mão invisível.

– E é permitido não acreditar em uma só palavra disso? – perguntou Joe.

– É permitido. Cinco anos mais tarde, o major Laing iria atravessar o Saara, ingressar até Tombuctu, e morrer estrangulado a algumas milhas dali pelos *oulad-shiman*, que queriam fazê-lo muçulmano.

– Mais uma vítima! – disse o caçador.

– Foi então que um jovem corajoso empreendeu, com seus poucos recursos, a mais formidável das viagens modernas, e teve sucesso. Estou falando do francês René Caillié. Após diversas tentativas em 1819 e em 1824, partiu novamente, em 19 de abril de 1827, do rio Nunez; no dia 3 de agosto, chegou de tal modo exausto e doente em Time que só pôde continuar a viagem em janeiro de 1828, seis meses depois; ele juntou-se então a uma caravana, protegido por uma vestimenta oriental, alcançou o Níger no dia 10 de março, ingressou na cidade de Djenné, subiu em uma embarcação e desceu o rio até Tombuctu, onde chegou no dia 30 de abril. Outro francês, Imbert, em 1670, e um inglês, Robert Adams, em 1810, talvez tivessem visto essa cidade curiosa; mas René Caillié seria o primeiro europeu a trazer dados exatos de lá; no dia 4 de maio, ele deixou a Rainha do Deserto; no dia 9, fez o reconhecimento do local exato onde foi assassinado o major Laing; no dia 19, chegou a Araouane e a deixou para atravessar, passando por inúmeros perigos, as vastas soledades que ficam entre o Sudão e as regiões setentrionais da África; depois, foi a Tanger e, no dia 28 de setembro, embarcou para Toulon; em dezenove meses, apesar de cento e oitenta dias doente, havia atravessado a África de oeste a norte. Ah! Se Caillié tivesse nascido na Inglaterra, teria sido considerado o viajante mais intrépido dos tempos modernos, assim como Mungo-Park! Mas, na França, seu valor não é bem apreciado.[35]

– Era um camarada audacioso – disse o caçador. – E que fim teve?

– Morreu aos trinta e nove anos, em razão desses sofrimentos; julgaram suficiente dar-lhe o prêmio da Sociedade de Geografia em 1828; na Inglaterra, as maiores honras lhe seriam oferecidas! De resto, enquanto completava essa viagem maravilhosa, um inglês concebia o mesmo empreendimento e o tentava com a mesma coragem, se não com a mesma felicidade. Falo do capitão Clapperton, companheiro de Denham. Em 1829, ele retornou à África pela costa oeste do golfo do Benim; seguiu os passos de Mungo-Park e de Laing, encontrou em Bussa documentos referentes à morte do primeiro, e chegou em Sackatou no dia 20 de agosto, onde, feito prisioneiro, teve o último suspiro entre os braços de seu doméstico fiel Richard Lander.

– E que fim teve esse Lander? – perguntou Joe muito interessado.

– Ele conseguiu alcançar a costa e retornou a Londres, trazendo consigo os papéis do capitão e um relato exato de sua viagem; ofereceu

---

[35]. O doutor Fergusson, como inglês, talvez exagere; no entanto, devemos reconhecer que René Caillié não goza na França de uma fama digna de sua dedicação e de sua coragem. (N.A.)

então seus serviços ao governo para completar o reconhecimento do Níger; juntou-se a seu irmão John, o segundo filho de um pobre casal da Cornualha, e, de 1829 a 1831, ambos desceram o rio, partindo de Bussa até sua embocadura, descrevendo-o vilarejo por vilarejo, milha por milha.

– Então os dois irmãos escaparam do destino usual? – perguntou Kennedy.

– Sim, pelo menos durante essa exploração, pois em 1833 Richard empreendeu uma terceira viagem ao Níger, e faleceu atingido por uma bala inesperada próximo à embocadura do rio. Podem ver então, meus amigos, que o país que atravessamos foi testemunha de esforços muito nobres, que muitas vezes não tiveram senão a morte por recompensa!

XXXIX. O país contornado pelo Níger – Vista fantástica dos montes Hombori – Kabra – Tombuctu – Mapa do doutor Barth – Decadência – Aonde queira o céu

O dia passava maçante na segunda-feira, e o doutor Fergusson distraía-se dando a seus companheiros mil detalhes das regiões que atravessavam. O solo muito plano não mostrava nenhum obstáculo ao progresso que faziam. A única preocupação do doutor era causada por esse maldito vento do nordeste que soprava com fúria e o afastava da latitude de Tombuctu.

O Níger, após subir ao norte até essa cidade, curva-se como um imenso jato de água e cai no Oceano Atlântico dispersando-se em várias direções; abaixo dessa curva, o país é muito diverso, ora de uma fertilidade luxuriante, ora de extrema aridez; planícies incultas sucedem campos de milho, que se revezam com terrenos enormes cobertos de giestas; todas as espécies de tendência aquática, pelicanos, cercetas, martins-pescadores, vivem em bandos numerosos nas margens das torrentes e pântanos.

De tempos em tempos aparecia um campo de tuaregues, abrigados sob suas tendas de couro, enquanto as mulheres ocupavam-se com os trabalhos exteriores, ordenhando camelos e fumando cachimbos.

O *Victoria*, por volta das oito horas da noite, havia avançado mais de duzentas milhas a oeste, e os viajantes foram então testemunhas de um espetáculo magnífico.

Alguns raios de luz da lua abriram caminho em uma fissura entre as nuvens e, deslizando entre as gotas de chuva, foram cair sobre os montes Hombori. Nada mais estranho que essas cristas de aparência basáltica; elas mostravam-se com silhuetas fantásticas sobre o céu escurecido; dir-se-ia as ruínas lendárias de uma cidade enorme na Idade Média, assim como, nas noites escuras, as banquisas dos mares glaciais apresentam ao olhar atônito.

– Eis aí um local típico d'Os Mistérios de Udolpho – disse o doutor.
– Ann Radcliff não teria descrito essas montanhas sob um aspecto mais temível.

– Palavra! – respondeu Joe. – Eu não gostaria de passear sozinho à noite neste país de fantasmas. Veja, meu mestre, se não fosse tão pesada, eu levaria toda essa paisagem até a Escócia. Ficaria bem nas margens do lago Lomond, e os turistas correriam aos montes para vê-la.

– Nosso balão não é grande o bastante para permitir essa fantasia. Mas parece-me que estamos mudando de direção. Bom! Os duendes do local são muito amáveis; sopram-nos um pequeno vento de sudeste que vai nos pôr novamente no bom caminho.

Com efeito, o *Victoria* retomava uma direção mais ao norte, e no dia 20, pela manhã, passava acima de uma rede inextricável de canais, de torrentes, de pequenos rios, o conjunto completo de afluentes do Níger. Muitos dos canais, cobertos por muitas plantas, assemelhavam-se a grandes pradarias. Lá, o doutor reencontrou o caminho de Barth, quando este embarcou sobre o rio para descê-lo até Tombuctu. Com uma largura de oitocentas toesas, o Níger corria entre duas margens ricas de cruciferas e de tamarindos; os bandos saltitantes de gazelas entravam com seus cornos anelados no meio dessas plantas, entre as quais crocodilos espreitavam em silêncio.

Longas filas de mulas e camelos carregados com mercadorias de Djenné avançavam sob árvores maravilhosas; logo um anfiteatro de casas pequenas apareceu em uma curva do rio; sobre os tetos estava toda a forragem recolhida nas regiões vizinhas.

– É Kabra – exclamou alegremente o doutor. – É o porto de Tombuctu; a cidade está a menos de cinco milhas daqui!

– Então se sente satisfeito, senhor? – perguntou Joe.

– Encantado, meu jovem.

– Muito bem, tudo sempre concorre para o melhor possível.

Com efeito, às duas horas, a Rainha do Deserto, a misteriosa Tombuctu, que teve, como Atenas e Roma, suas escolas de sábios e academias de filosofia, estendeu-se sob os olhos dos viajantes.

Fergusson seguia seus menores detalhes em um mapa traçado por Barth em pessoa, e pôde constatar sua tremenda exatidão.

A cidade forma um grande triângulo inscrito em uma planície imensa de areia branca; sua ponta dirige-se ao norte, perfurando um canto do deserto; nada nas redondezas; apenas algumas gramíneas, algumas mimosas anãs e arbustos mirrados.

Quanto ao aspecto de Tombuctu, que se imagine um amontoado de bolas de bilhar e dados de jogo; este é o efeito produzido sobre as aves; as ruas, muito estreitas, são costeadas por casas de apenas um andar, construídas com tijolos cozidos sob o sol, e choças de palha e caniços, estas cônicas, aquelas quadradas; nas calçadas passam despreocupadamente alguns habitantes em vestimentas chamativas, à mão uma lança ou um mosquete; mulheres, nenhuma, ao menos a essa hora do dia.

– Mas as dizem belas – acrescentou o doutor. – Vejam as três torres das três mesquitas, únicas remanescentes de um grande número. A cidade perdeu bastante de seu esplendor! No extremo do triângulo eleva-se a mesquita de Sankore com suas extensas galerias sustentadas por arcadas de um desenho puríssimo; mais longe, próxima ao distrito de Sane-Gungu, a mesquita de Sidi-Yahia e algumas casas de dois andares. Não procurem nem palácios nem monumentos, o xeique é um mero traficante, e sua residência real, um balcão de negócios.

– Parece – disse Kennedy – haver muralhas caídas.

– Elas foram destruídas pelos fulas em 1826; então a vila era um terço maior, pois Tombuctu, desde o século XI, objeto de cobiça geral, pertenceu sucessivamente ao tuaregues, aos sonrayas, aos marroquinos e aos fulas; e esse grande centro de civilização, onde um sábio como Ahmed Baba possuía no século XVI uma biblioteca de seiscentos manuscritos, é hoje apenas um entreposto comercial na África Central.

A cidade parecia entregue, de fato, a um enorme descaso; ela acusava sinais da despreocupação epidêmica típica às cidades que se deixam deteriorar; escombros imensos acumulavam-se nos subúrbios e formavam, com a colina do mercado, os únicos acidentes do terreno.

Ao passar o *Victoria*, produziu-se algum movimento, bateu-se o tambor; mas por pouco tempo, se tanto, pôde o último sábio do local observar o curioso fenômeno; os viajantes, levados pelo vento do deserto, retomaram o curso do rio sinuoso e logo Tombuctu tornou-se apenas mais uma das rápidas lembranças da viagem.

– E agora – disse o doutor – o céu nos conduzirá aonde bem entender!

– Desde que seja na direção oeste! – replicou Kennedy.

– Ah! – fez Joe. – Por mim, podíamos retornar a Zanzibar pelo mesmo caminho e atravessar o oceano até a América, não teria nenhum problema com isso!

– Primeiro seria preciso podê-lo – Joe.

– E o que nos falta para isso?

– Gás, meu jovem; a força ascensional do balão diminui perceptivelmente, e será preciso muitos cuidados para que ele nos leve até a costa. Vou mesmo ser forçado a nos livrar do lastro. Estamos um pouco pesados.

– É nisso que dá não fazer nada, mestre! Passando o dia inteiro deitado como um preguiçoso em sua rede, engorda-se e fica-se pesado. É uma viagem preguiçosa essa nossa, e, na volta, estaremos terrivelmente grandes e gordos.

– Reflexões dignas de Joe – respondeu o caçador –, mas esperemos o fim da viagem; sabe por acaso o que o céu nos reserva? Estamos ainda longe do fim. Onde pensa encontrar a costa africana, Samuel?

– Teria dificuldades em responder, Dick. Estamos à mercê de ventos muito caprichosos; mas, enfim, estaria feliz se chegasse entre Serra Leoa e Portendick; há lá certa extensão de terra onde encontraríamos amigos.

– E será ótimo poder lhes apertar as mãos; mas seguimos, ao menos, na direção desejada?

– Não muito, Dick; veja a agulha magnética; estamos seguindo ao sul, e subimos o Níger até suas fontes.

– Uma ótima oportunidade para descobri-las, respondeu Joe, se já não forem conhecidas. Será que, a rigor, não poderíamos descobrir outras fontes suas?

– Não, Joe; mas fique tranquilo, não pretendo ir até lá.

Ao cair da noite, o doutor jogou os últimos sacos de lastro; o *Victoria* elevou-se; o maçarico, embora funcionasse a toda potência, mal podia sustentá-lo; ele estava então a sessenta milhas ao sul de Tombuctu, e, no dia seguinte, acordava sobre as margens do Níger, não longe do lago Debo.

XL. Inquietudes do doutor Fergusson – Direção persistente ao sul – Uma nuvem de gafanhotos – Vista de Djenné – Vista de Sego – Mudança do vento – Lamentos de Joe

Ali, grandes ilhas criavam, no rio, ramificações estreitas de corrente muito rápida. Sobre uma dessas ilhas havia algumas casas de pastores; mas foi impossível fazer um levantamento exato, pois a velocidade do *Victoria* aumentava sem parar. Infelizmente, ele inclinava-se ainda ao sul e atravessou, em alguns instantes, o lago Debo.

Fergusson procurou em diversas alturas, forçando extremamente sua dilatação, outras correntes na atmosfera, mas em vão. Abandonou então essa manobra, que aumentava ainda mais a dispersão do gás, pressionando-o contra a estrutura exausta do aeróstato.

Nada disse, mas ficou muito inquieto. A obstinação do vento em levá-lo à parte meridional da África frustrava seus cálculos. Não sabia mais com quem ou o que contar. Se não chegasse aos territórios ingleses ou franceses, o que seria deles em meio aos bárbaros que infestam as costas da Guiné? Como esperar um navio lá para retornar à Inglaterra? E a direção atual do vento empurrava-o na direção do reino de Daomé, entre os povos mais selvagens, à mercê de um rei que, nas celebrações públicas, sacrifica milhares de vítimas humanas! Lá estariam perdidos.

Por outro lado, o balão esgotava-se visivelmente, e o doutor sentia-o faltar-lhe! No entanto, melhorando um pouco o tempo, ele esperava que o fim da chuva levasse a uma mudança nas correntes atmosféricas.

Portanto, foi ainda mais desagradável ouvir esta reflexão de Joe:

– Bem – disse este último –, parece que a chuva vai redobrar e, dessa vez, será um dilúvio, a julgar pela nuvem que se aproxima!

– Mais uma nuvem! – disse Fergusson.

– E uma daquelas! – respondeu Kennedy.

– Como nunca vi antes – replicou Joe – com ângulos bem retos!

– Respiro aliviado – disse o doutor após observá-la com a luneta. – Não é uma nuvem.

– Ora essa! – fez Joe.

– Não, é uma nuvem!

– É?

– Mas de gafanhotos.

– De gafanhotos!

– Bilhões de gafanhotos que vão passar sobre o país como uma tromba. Pobre dele, pois, se descerem, será devastado!

– Gostaria de ver isso!

– Espere um pouco, Joe; em dez minutos, essa nuvem terá chegado até nós, e poderá julgar com seus próprios olhos.

Fergusson estava certo; a nuvem espessa, opaca, de muitas milhas de extensão, chegava com um ruído ensurdecedor, trazendo ao solo uma sombra imensa; era uma legião inumerável de gafanhotos, também chamados acrídeos. A cem passos do *Victoria*, abateram-se sobre um país verdejante; um quarto de hora mais tarde, a massa retomava seu voo, e os viajantes podiam ainda perceber de longe as árvores, os arbustos inteiramente desnudados, as pradarias como ceifadas. Dir-se-ia que um inverno súbito acabara de mergulhar o campo na mais profunda esterilidade.

– E então, Joe?

– Bem, senhor, é muito curioso, mas muito natural. Aquilo que um gafanhoto faria em pequena escala, bilhões o fazem em larga escala.

– É uma chuva pavorosa essa – disse o caçador –, é ainda mais terrível que as devastações das chuvas de granizo.

– E é impossível proteger-se contra ela – respondeu Fergusson. – Algumas vezes, os habitantes tiveram a ideia de incendiar florestas, ou mesmo colheitas, para deter o voo desses insetos; mas as primeiras fileiras, jogando-se contra as chamas, apagavam-nas, e o resto do bando passava sem resistência. Felizmente, nessas regiões, há uma espécie de compensação a essas devastações; os indígenas recolhem esses insetos em grande número e os comem com prazer.

– São camarões aéreos – disse Joe, que, "para instruir-se", disse ele, lamentava não poder experimentá-los.

O país tornou-se mais pantanoso ao anoitecer; as florestas deram lugar a bosques de árvores isoladas; nas margens dos rios, distinguiam-

-se algumas plantações de tabaco e pântanos repletos de forragem. Em uma grande ilha apareceu então a cidade de Djenné, com os dois minaretes de sua mesquita de terra, e o odor infecto que escapava de milhões de ninhos de andorinhas acumulados nas paredes. As copas de baobás, mimosas e tamareiras despontavam entre as casas; mesmo à noite, a atividade parecia muito grande. Djenné é, de fato, uma cidade comerciante; ela provê todas as necessidades de Tombuctu; seus barcos pelo rio, suas caravanas pelos caminhos sombreados transportam até lá os diversos produtos de sua indústria.

– Se não fosse prolongar nossa viagem – disse o doutor –, tentaria descer nessa cidade; deve haver ali mais de um árabe que tenha viajado à França ou à Inglaterra, e ao qual nossa locomoção peculiar não seria estranha. Mas não seria prudente.

– Deixemos essa visita para a nossa próxima excursão – disse Joe rindo.

– Além disso, se não me engano, meus amigos, o vento está tendendo a soprar do leste. Não devemos desperdiçar tal ocasião.

O doutor livrou-se de alguns objetos agora inúteis, como garrafas vazias e uma caixa de carne que já não servia para nada; ele conseguiu manter o *Victoria* em uma zona conveniente a seus planos. Às quatro horas da manhã, os primeiros raios de sol iluminaram Sego, a capital de Bambara, perfeitamente reconhecível pelas quatro cidades que o compõem, com suas mesquitas e com o vaivém incessante das barcaças que transportam os habitantes pelos diversos bairros. Mas os viajantes não viram mais do que foram vistos; eles seguiam rapidamente na direção noroeste, e as inquietudes do doutor acalmaram um pouco.

– Mais dois dias nessa direção e com essa velocidade, chegaremos ao rio do Senegal.

– E estaremos em país amigo? – perguntou o caçador.

– Não completamente; a rigor, se o *Victoria* viesse a faltar conosco, poderíamos chegar a estabelecimentos franceses! Mas, se puder manter-se por mais algumas centenas de milhas, chegaremos sem fadiga, sem temor, sem perigos até a costa ocidental.

– E será o fim! – fez Joe. – Bem, tanto pior! Se não fosse o prazer de contar essa história, não precisaria nunca mais pisar no chão! Pensa que acreditarão em nossos relatos, mestre?

– Quem sabe, meu bravo Joe? De qualquer modo, haverá sempre um fato incontestável: mil testemunhas nos viram partir de uma costa da África; mil testemunhas nos verão chegar à outra costa.

– Nesse caso – respondeu Kennedy –, parece-me difícil dizer que não a atravessamos!

– Ah, senhor Samuel! – retomou Joe com um profundo suspiro. – Lamentarei mais de uma vez minhas pedras de ouro maciço! Eis aí algo que teria dado peso a nossas histórias, e verossimilhança a nossos relatos. Com um grama de ouro por ouvinte, eu comporia uma bela multidão para me ouvir e me admirar!

XLI. Aproximando-se do Senegal – O *Victoria* baixa cada vez mais – Livram-se de mais e mais coisas – O marabuto El-Hadji – Os senhores Pascal, Vincent e Lambert – Um rival de Maomé – As montanhas difíceis – As armas de Kennedy – Uma manobra de Joe – Parada acima de uma floresta

No dia 27 de maio, por volta das nove horas da manhã, o país apresentou-se sob um novo aspecto: a inclinação constante do terreno agora se transformava em colinas, pressagiando montanhas próximas; teriam de transpor a cordilheira que separa a bacia do Níger da bacia do Senegal e que determina o escoamento das águas, seja no golfo da Guiné, seja na baía do Cabo Verde.

Até o Senegal, essa parte da África é vista como perigosa. O doutor Fergusson sabia-o dados os relatos de seus predecessores; eles haviam sofrido mil privações e corrido mil perigos em meio aos negros bárbaros; o clima funesto devorou a maior parte dos companheiros de Mungo-Park. Fergusson decidiu-se mais que nunca a não pisar nessa região nada hospitaleira.

Mas não teve nenhum momento de descanso; o *Victoria* perdia altitude de modo sensível; foi preciso jogar mais uma vez uma sequência de objetos mais ou menos inúteis, sobretudo no momento de transpor o pico. E foi assim durante mais de cento e vinte milhas; cansaram-se de subir e descer; o balão, esse novo rochedo de Sísifo, continuava a cair; a forma do aeróstato mostrava-se desinflada e esgalgava-se ainda mais; ele alongava-se, e o vento formava cavidades em seu invólucro distenso.

Kennedy não pôde deixar de fazer essa observação.

– Será que o balão tem alguma fissura? – disse.

– Não – respondeu o doutor –, mas a guta-percha evidentemente soltou-se ou derreteu sob o calor, e o hidrogênio escapa através do tafetá.

– Como podemos impedir esse escapamento?

– É impossível. Fiquemos mais leves, é o único jeito. Joguemos fora tudo que pudermos jogar.

– Mas o quê? – fez o caçador vendo o cesto já muito vazio.

– Livremo-nos da tenda, cujo peso é considerável.

Joe, a quem a ordem se dirigia, subiu acima do círculo que reunia as cordas da rede; de lá, conseguiu facilmente soltar a cortina espessa da tenda, e a jogou para fora do balão.

– Eis aí algo que fará a felicidade de uma tribo – disse ele. – Há ali o bastante para vestir mil indígenas, já que eles são tão econômicos com o uso de tecido.

O balão subira um pouco, mas logo se tornou evidente que continuava a aproximar-se do solo.

– Desçamos – disse Kennedy – e vejamos o que pode ser feito com o invólucro.

– Repito-lhe, Dick, não temos como repará-lo.

– Então como faremos?

– Sacrificaremos tudo o que não seja totalmente indispensável; quero a todo preço evitar uma parada nesse local; as florestas pelas quais estamos passando neste momento também não são nada seguras.

– Ora! Há leões? Hienas? – fez Joe com desprezo.

– Pior, meu jovem, homens, e dos mais cruéis que existem na África.

– Como se sabe?

– Pelos viajantes que nos precederam; e depois os franceses, que ocuparam a colônia do Senegal e tiveram necessariamente contatos com os povos vizinhos; sob o comando do coronel Faidherbe, missões de reconhecimento foram organizadas até pontos avançados no interior do país; oficiais, tais como os senhores Pascal, Vincent, Lambert, produziram documentos preciosos acerca das expedições. Eles exploraram as regiões conformadas pelo rio Senegal, onde guerras e pilhagens não deixaram mais que ruínas.

– Que se passou lá?

– O seguinte. Em 1854, um marabuto do líder senegalês chamado Al-Hadji, dizendo-se inspirado como Maomé, organizou todas as tribos em uma guerra contra os infiéis, isto é, os europeus. Ele levou à destruição e à desolação da região entre o rio Senegal e seu afluente Falémé. Três hordas de fanáticos guiados por ele atravessaram o país de modo a não poupar nem vilas nem vilarejos nem cabanas, pilhando e massacrando; ele chegou mesmo ao vale do Níger, até a cidade de Sego, que esteve ameaçada por muito tempo. Em 1857, subiu ao norte e investiu contra o forte de Medina, construído pelos franceses nas margens do rio. Esse estabelecimento francês foi defendido por um herói, Paul Holl, que, durante meses, sem alimentos e quase sem munição, suportou até o momento em que o coronel Faidherbe veio libertá-lo. Al-Hadji e seu bando retornaram ao Senegal e foram a Kaarta continuar seus massacres e rapinagens. Ora, aqui está a região para a qual ele fugiu e em que se refugiou com sua horda de bandidos, e afirmo que não seria bom cair em suas mãos.

– Não cairemos – disse Joe – nem que tenhamos de sacrificar nossos sapatos para levantar o *Victoria*.

– Não estamos longe do rio – disse o doutor –, mas prevejo que nosso balão não poderá nos levar além dele.

– Vamos até a margem – replicou o caçador –, já é um começo.

– É o que tentamos fazer – disse o doutor –, mas uma coisa me inquieta.

– O quê?

– Teremos de passar por algumas montanhas, e isso será difícil, já que não posso aumentar a força ascensional do aeróstato, mesmo produzindo o calor mais forte possível.

– Vamos esperar – fez Kennedy –, e então veremos.

– Pobre *Victoria*! – fez Joe. – Passei a vê-lo como um marinheiro vê seu navio; não me separarei dele sem dificuldade! Ele já não é o que era quando partimos, mas que seja! Não devemos desprezá-lo! Ele nos prestou serviços importantíssimos, e para mim será uma dor abandoná-lo!

– Fique tranquilo, Joe! Se o abandonarmos, será porque fomos forçados. Ele nos servirá até que não tenha mais forças. Peço-lhe mais vinte e quatro horas.

– Ele está esgotado – fez Joe analisando-o –, emagreceu, sua vida lhe escapa. Pobre balão!

– Se não me engano – disse Kennedy –, as montanhas de que falava estão no horizonte, Samuel.

– São elas mesmas – disse o doutor após examiná-las com sua luneta –, elas parecem-me muito elevadas, teremos dificuldade para atravessá-las.

– Não poderíamos evitá-las?

– Não creio, Dick. Veja o espaço imenso que ocupam; quase metade do horizonte!

– Elas têm mesmo um jeito de que se fecham em torno de nós – disse Joe –, ganham espaço à direita e à esquerda.

– É absolutamente necessário passar por cima delas.

Esses obstáculos tão perigosos pareciam aproximar-se com uma velocidade extrema, ou, para dizer melhor, o vento forte precipitava o *Victoria* até os picos afiados. Era preciso elevar-se a todo preço, sob pena de atingi-los.

– Esvaziemos nossa caixa-d'água – disse Fergusson. – Vamos reservar apenas o necessário para o dia.

– Pronto! – disse Joe.

– O balão sobe? – perguntou Kennedy.

– Um pouco, uns cinquenta pés – respondeu o doutor sem tirar os olhos do barômetro. – Mas não é o bastante.

De fato, os altos picos chegavam aos viajantes como se estivessem jogando-se contra eles; estavam longe de alcançar a altura necessária; era preciso mais quinhentos pés.

A provisão de água do maçarico foi também jogada do balão; conservaram apenas algumas pintas,[36] mas também foi insuficiente.

– É preciso passar de qualquer modo – disse o doutor.

– Joguemos as caixas, já que estão vazias – disse Kennedy.

– Joguem-nas.

– Pronto! – fez Joe. – É triste despedir-se de pedaço em pedaço.

– Por favor, Joe, não vá repetir seu ato de extrema dedicação do outro dia! Que quer que aconteça, prometa-me que não nos deixará.

– Fique tranquilo, mestre, não nos separaremos.

O *Victoria* havia ganhado vinte toesas de altura, mas o topo da montanha ainda estava acima dele. Era uma aresta bem regular que terminava em uma verdadeira muralha quase perpendicular. Ela estava ainda a aproximadamente duzentos pés acima dos viajantes.

---

36. Unidade de medida de capacidade anglo-saxã para líquidos e sólidos, equivalente à oitava parte de um galão. (N.E.)

– Em dez minutos – disse o doutor – nosso cesto se chocará contra as rochas se não conseguirmos passá-las!

– E então, senhor Samuel? – fez Joe.

– Não conserve senão nossa provisão de *pemmican*, e jogue toda essa carne, que é pesada.

O balão foi deslastrado de mais cinquenta libras; ele elevou-se perceptivelmente, mas pouco importava se não conseguisse passar acima da cordilheira. A situação era apavorante; o *Victoria* corria com grande velocidade; sentiam que ele se faria em pedaços; o choque seria realmente terrível.

O doutor olhou em torno de si no cesto.

Ele estava quase vazio.

– Se for preciso, Dick, terá de sacrificar as armas.

– Sacrificar minhas armas! – respondeu o caçador com emoção.

– Meu amigo, peço-lhe, será necessário.

– Mas Samuel! Samuel!

– As armas, o chumbo e a pólvora podem nos custar a vida.

– Estamos nos aproximando! – exclamou Joe.

Dez toesas! A montanha estava ainda dez toesas acima do *Victoria*!

Joe pegou as cobertas e as jogou. Sem nada dizer a Kennedy, jogou igualmente vários sacos de balas e de chumbo.

O balão subiu, passou o cume perigoso, e a ponta superior iluminou-se com raios de sol. Mas o cesto ainda estava um pouco abaixo das rochas, contra as quais iria inevitavelmente chocar-se.

– Kennedy! Kennedy! – exclamou o doutor. – Jogue as armas, ou estaremos perdidos.

– Espere, senhor Dick! – fez Joe. – Espere!

E Kennedy, voltando-se, viu-o desaparecer para fora do cesto.

– Joe! Joe! – exclamou.

– O infeliz! – fez o doutor.

O topo da montanha tinha nesse local vinte pés de largura, e, do outro lado, a ladeira apresentava um declive menor. O cesto chegou ao nível desse planalto, relativamente uniforme, e deslizou por um solo composto de pedras afiadas que notaram sua passagem com um enorme ruído.

– Passamos! Passamos! – exclamou uma voz que fez saltar o coração de Fergusson.

O intrépido rapaz segurava-se com as duas mãos à parte inferior do cesto enquanto corria pela montanha, deslastrando assim o balão da totalidade de seu peso; e tinha de segurá-lo com força, pois ele tentava lhe escapar.

Quando chegou ao lado oposto, e o abismo mostrou-se a ele, Joe, com um puxão forte do braço, levantou-se e prendeu-se às cordas, chegando novamente até seus companheiros.

– Bem fácil – disse ele.

– Meu bravo Joe! Meu amigo! – disse o doutor comovido.

– Ah! O que fiz – respondeu ele – não é pelos senhores; é pela carabina do senhor Dick! Estava devendo-lhe desde o caso com o árabe! Adoro pagar minhas dívidas, e agora estamos quites – acrescentou apresentando ao caçador sua arma preferida. – Não teria conseguido vê-lo separar-se dela!

Kennedy apertou-lhe a mão vigorosamente sem poder dizer palavra.

O *Victoria* tinha agora apenas que descer, e isso lhe seria fácil; logo chegou a duzentos pés do solo, e ficou em equilíbrio. O terreno parecia convulsionado; ele apresentava inúmeros acidentes que seriam muito difíceis de desviar durante a noite, ainda mais com um balão que já não obedecia. A noite chegou rapidamente, e, apesar de muita contrariedade, o doutor foi forçado a parar até o dia seguinte.

– Vamos procurar um local favorável para pararmos – disse ele.

– Ah! – respondeu Kennedy. – Então decidiu?

– Sim, meditei longamente um plano que poremos em execução; agora são apenas seis horas, então temos tempo. Jogue as âncoras, Joe.

Joe obedeceu, e as duas âncoras penderam sob o cesto.

– Vejo longas florestas – disse o doutor. – Nós vamos varar acima delas e nos prender a alguma árvore. Por nada nesse mundo consentiria passar a noite no solo.

– Poderemos descer? – perguntou Kennedy.

– Com que finalidade? Repito que seria perigoso nos separarmos. Além disso, preciso da sua ajuda para um trabalho difícil.

O *Victoria*, que rasava florestas imensas, não tardou a parar bruscamente; suas âncoras estavam presas; o vento acalmou-se com o anoitecer, e ele permaneceu quase imóvel acima de um vasto campo de sicômoros.

XLII. Disputa de generosidade – O último sacrifício – O aparelho de dilatação – Habilidade de Joe – Meia-noite – O turno do doutor – O turno de Kennedy – Ele dorme – O incêndio – Uivos – Fora de alcance

O doutor Fergusson primeiro verificou sua posição segundo a altura das estrelas; ele estava a apenas vinte e cinco milhas do Senegal.

– Tudo que podemos fazer, meus amigos – disse ele apontando para o mapa –, é passar esse rio; mas como não há ponte nem barcas, é preciso passá-lo a todo preço de balão; para isso, devemos ficar ainda mais leves.

– Mas não vejo como conseguiríamos isso – respondeu o caçador temendo pelas suas armas –; a menos que um de nós decida sacrificar--se, ficar para trás... e, por minha vez, reclamo esta honra.

– Ora essa! – respondeu Joe. – Por acaso não sou eu que tenho o hábito de...

– Não é o caso de jogar-se do balão, meu amigo, mas de chegar à costa a pé. Sou um bom andarilho, um bom caçador...

– Jamais consentiria! – replicou Joe.

– Essa disputa de generosidade é inútil, meus bravos amigos – disse Fergusson. – Espero que não tenhamos de chegar a esse extremo; além disso, se fosse preciso, longe de nos separarmos, nós permaneceríamos juntos para atravessar o país.

– Falou, está falado – fez Joe. – Um pequeno passeio não nos faria mal.

– Mas antes – retomou o doutor – nós vamos utilizar um último modo de diminuir o peso do *Victoria*.

– Qual? – fez Kennedy. – Estou curioso para conhecê-lo.

– É preciso nos livrarmos das caixas do maçarico, da pilha de Bunsen e da serpentina. Estamos levando quase novecentas libras nisso tudo.

– Mas, Samuel, como fará depois para obter a dilatação do gás?
– Não a obterei; vamos abrir mão dela.
– Enfim...
– Escutem-me, meus amigos; calculei com extrema exatidão o que nos resta de força ascensional; ela é suficiente para transportar-nos todos com o pouco de objetos que nos resta; juntos mal fazemos um peso de quinhentas libras, contando com nossas duas âncoras que pretendo conservar.
– Meu caro Samuel – respondeu o caçador –, nessa matéria, é mais competente que nós; é o único juiz da situação. Diga-nos o que deve ser feito, e nós o faremos.
– Às ordens, mestre.
– Repito, meus amigos, por mais grave que seja essa determinação, é preciso sacrificar nosso aparelho.
– Pois o sacrifiquemos! – replicou Kennedy.
– Mãos à obra! – fez Joe.
Não foi pouco trabalho; tiveram de desmontar o aparelho peça por peça; pegaram primeiro a caixa de mistura, depois a do maçarico, e, por fim, a caixa onde se operava a decomposição da água; foi necessária a força inteira dos três viajantes para arrancar os recipientes do fundo do cesto, onde estavam embutidos; mas Kennedy era tão forte, Joe tão hábil, Samuel tão engenhoso, que tiveram sucesso na empreitada. As diversas peças foram sendo sucessivamente jogadas fora, e elas desapareceram abrindo enormes buracos na folhagem dos sicômoros.
– Os negros ficarão bem surpresos – disse Joe – ao encontrar objetos assim no bosque; são capazes de idolatrá-los!
Em seguida, tiveram de ocupar-se dos tubos engatados no balão e que se prendiam à serpentina. Joe conseguiu cortar, a alguns pés acima do cesto, as articulações de borracha; mas, quanto aos tubos, foi mais difícil, pois eles estavam presos pela extremidade superior e fixados por tiras de latão junto às válvulas.
Foi então que Joe fez uso de sua destreza maravilhosa; de pés descalços, para não esgarçar o invólucro, ele conseguiu, com a ajuda da rede e apesar das oscilações, chegar até o topo do aeróstato; lá, após mil dificuldades, agarrado com uma das mãos a essa superfície deslizante, desprendeu as porcas exteriores que prendiam os tubos. Estes, então,

soltaram-se facilmente, e foram retirados pelo apêndice inferior, que foi de novo fechado hermeticamente com uma ligadura.

O *Victoria*, livre desse peso considerável, aprumou-se no ar, tensionando fortemente a corda da âncora.

À meia-noite, os trabalhos terminavam com sucesso, ao preço de muita fadiga. Tomaram uma refeição rápida de *pemmican* e grogue frio, pois o doutor não tinha mais fogo para pôr à disposição de Joe.

Este e Kennedy, aliás, caíam de cansaço.

– Deitem e durmam, meus amigos – disse-lhes Fergusson. – Fico com o primeiro turno; às duas horas, acordo Kennedy; às quatro horas, Kennedy acorda Joe; às seis horas, partiremos, e que o céu vele por nós durante este último dia!

Os dois companheiros do doutor não se fizeram de rogados e foram deitar no fundo do cesto; adormeceram rápida e profundamente.

A noite foi tranquila; algumas nuvens se acumulavam sobre a lua, cujos raios indecisos mal conseguiam romper a escuridão. Fergusson, apoiado na murada do cesto, observava tudo a seu redor; ele vigiava com atenção a cortina escura de folhas que se estendia sob seus pés, limitando-lhe a visão do solo; o menor ruído lhe parecia suspeito, e tentava encontrar a causa até da mais leve agitação nas folhas.

Ele estava nessa disposição de espírito que a solitude torna ainda mais sensível, e durante a qual se pode sofrer com terrores muito vagos. Ao fim de uma viagem assim, após superar tantos obstáculos, no momento de alcançar o objetivo final os temores são mais vivos, as emoções são mais fortes, e o ponto de chegada parece escapar entre os dedos.

Além disso, a situação atual não era nada reconfortante, no meio de um país bárbaro e com um meio de transporte que, definitivamente, poderia falhar de uma hora para outra. O doutor já não contava totalmente com seu balão; o tempo em que o manobrava com audácia, porque confiava plenamente nele, havia passado.

Sob essas impressões, o doutor julgou ouvir alguns ruídos indeterminados na floresta; julgou mesmo ver, por um instante, uma chama brilhar entre as árvores; ele observou com atenção e apontou sua luneta noturna nessa direção; mas nada apareceu ali, e se fez mesmo um silêncio ainda mais profundo.

Fergusson havia sem dúvida tido uma alucinação; ele escutou sem apreender nenhum ruído; tendo passado seu tempo de vigia, acordou Kennedy, recomendou-lhe extrema vigilância, e tomou seu lugar ao lado de Joe, que dormia com todas as suas forças.

Kennedy acendeu tranquilamente seu cachimbo, sempre esfregando os olhos, que tinha dificuldades para manter abertos; inclinou-se sobre a murada do cesto e se pôs a fumar vigorosamente para espantar o sono.

O silêncio mais absoluto reinava em volta dele; uma brisa leve agitava a copa das árvores e balançava suavemente o cesto, convidando o caçador a um sono que o invadia contra todos seus esforços; ele quis resistir, abriu várias vezes as pálpebras, mergulhou os olhos na noite sem nada perceber e, enfim, sucumbindo à fadiga, adormeceu.

Por quanto tempo esteve mergulhado nesse estado de inércia? Ele não pôde dar-se conta dele senão ao despertar, o que foi bruscamente provocado por uma crepitação inesperada.

Kennedy esfregou os olhos e levantou-se. Um calor intenso projetava-se contra seu rosto. A floresta parecia em chamas.

– Fogo! Fogo! – exclamou sem muito compreender o fenômeno.

Seus dois companheiros despertaram.

– Que foi? – perguntou Samuel.

– Um incêndio! – fez Joe. – Mas quem poderia...

Nesse momento, uivos irromperam em meio à folhagem violentamente iluminada.

– Ah, os selvagens! – exclamou Joe. – Puseram fogo na floresta para nos incendiar com mais certeza!

– Os talibas! São os marabutos de Al-Iladji, sem dúvida! – disse o doutor.

Um círculo de fogo envolvia o *Victoria*; o crepitar do bosque em chamas se confundia com os gemidos das folhas; os cipós, a folhagem, toda a parte viva da vegetação contorcia-se sob esse elemento destruidor; a vista não alcançava nada além de chamas; as árvores maiores apareciam negras nessa fornalha, com seus galhos cobertos de carvão incandescente; essa massa viva em brasa era refletida nas nuvens, e os viajantes se viram envolvidos em uma esfera de fogo.

– Precisamos fugir! – exclamou Kennedy. – Vamos descer ao solo, é nossa única chance!

Mas Fergusson segurou-o firmemente e, precipitando-se sobre a corda da âncora, cortou-a com um golpe de machado. As chamas, estendendo-se na direção do balão, tocaram o cesto iluminado; mas o *Victoria*, livre da âncora, subiu a mais de mil pés de altura.

Gritos pavorosos irromperam sob as folhas das árvores, junto com detonações violentas de armas de fogo; o balão, pego em uma corrente que surgia junto com o dia, foi levado na direção oeste.

Eram quatro horas da manhã.

XLIII. Os talibas – Perseguição – Um país devastado – Vento moderado – O *Victoria* desce – Últimas provisões – Saltos do *Victoria* – Defesa a tiros de fuzil – O vento aumenta – O rio do Senegal – Cataratas de Gouina – Ar quente – Travessia do rio

– Se não tivéssemos tomado a precaução de ficarmos mais leves ontem à noite – disse o doutor –, estaríamos perdidos.

– É por isso que se deve fazer as coisas na hora certa – replicou Joe –, assim, estamos sempre protegidos, e nada é mais natural.

– Ainda não estamos fora de perigo – replicou Fergusson.

– Preocupa-se com o que agora? – perguntou Dick. – O *Victoria* não pode descer sem sua permissão. Quando descerá?

– Quando for a hora. Dick, olhe!

Acabavam de chegar à clareira da floresta, e ali puderam ver cerca de trinta cavaleiros, vestidos com calças largas e albornozes ao vento; estavam todos armados, uns com lanças, outros com longos mosquetes; os cavalos seguiam num trote rápido a direção do *Victoria*, que avançava com uma velocidade moderada.

Ao avistar os viajantes, soltaram gritos selvagens, brandindo as armas; a cólera e as ameaças podiam ser vistas em seus rostos bronzeados, que uma barba rala mas dura tornava ainda mais feroz. Eles atravessavam sem dificuldade os declives e aclives do terreno senegalês.

– São mesmo eles! – disse o doutor. – Os cruéis talibas, os ferozes marabutos de Al-Hadji! Preferiria mil vezes estar em plena floresta, cercado de animais selvagens, em vez de cair nas mãos desses bandidos.

– Eles não estão muito satisfeitos! – disse Kennedy. – E parecem fortes e saudáveis!

– Felizmente esses animais não voam – respondeu Joe. – Já é algo.

– Vejam! – disse Fergusson. – Os vilarejos em ruínas, as cabanas queimadas! Isto é obra deles; e, aonde antes havia terra cultivada, eles levaram aridez e devastação.

– Bom, eles não podem nos alcançar – replicou Kennedy – e, se conseguirmos pôr o rio entre eles e nós, estaremos em segurança.

– Perfeitamente, Dick; mas não podemos cair – respondeu o doutor verificando o barômetro.

– Em todo caso, Joe – retomou Kennedy –, não vejo mal em preparar nossas armas.

– Isso só pode fazer bem, senhor Dick; fizemos bem em não jogá-las pelo caminho.

– Minha carabina! – exclamou o caçador. – Espero nunca me separar dela!

E Kennedy carregou-a com o maior cuidado; restavam ainda pólvora e balas em quantidade suficiente.

– A que altura estamos? – perguntou ele a Fergusson.

– A cerca de setecentos e cinquenta pés; mas não temos mais a capacidade de procurar correntes favoráveis subindo ou descendo; estamos à mercê do balão.

– É um problema – retomou Kennedy. – O vento está quase insignificante, e, se tivéssemos encontrado um furacão igual ao de alguns dias atrás, há muito esses bandidos estariam fora de alcance.

– Estes patifes nos seguem sem preocupação – disse Joe –, trotando, um verdadeiro passeio.

– Se estivéssemos a uma boa distância – disse o caçador –, poderia me divertir desmontando-os dos cavalos um a um.

– Certamente! – respondeu Fergusson. – No entanto eles estariam também a uma boa distância de nós, e nosso *Victoria* seria um alvo fácil para as balas dos seus mosquetes longos; ora, se eles o rompessem, pode imaginar qual seria nossa situação.

A perseguição dos talibas durou toda a manhã. Por volta das onze horas da manhã, os viajantes mal haviam percorrido quinze milhas na direção oeste.

O doutor olhava atentamente as menores nuvens do horizonte. Ele temia ainda uma mudança atmosférica. Se fosse jogado na direção do Níger, que seria deles? Além disso, percebia que o balão tendia a descer sensivelmente; desde que partiram, havia já perdido mais de trezentos pés de altitude, e o Senegal devia estar a doze milhas dali; com a velocidade atual, contava levar ainda três horas de viagem.

Nesse momento, novos gritos chamaram sua atenção; os talibas estavam agitados, apressando os cavalos.

O doutor consultou o barômetro e compreendeu a causa dos urros:

– Estamos descendo – disse Kennedy.

– Sim – respondeu Fergusson.

"Diabo!", pensou Joe.

Após um quarto de hora, o cesto não estava a mais de cento e cinquenta pés do solo, mas o vento soprava com mais força.

Os talibas aceleraram o ritmo, e logo uma descarga de mosquetes foi ouvida.

– Longe demais, imbecis! – exclamou Joe. – Parece-me conveniente manter estes pulhas a distância.

E, mirando um dos cavaleiros mais avançados, disparou. O taliba rolou pelo chão; seus companheiros pararam e o *Victoria* ganhou distância.

– Eles são prudentes – disse Kennedy.

– Porque estão certos de que nos alcançarão – respondeu o doutor. – Se descermos mais um pouco, terão sucesso! É absolutamente necessário nos elevarmos!

– Mas que jogar?! – perguntou Joe.

– Tudo o que nos resta da provisão de *pemmican*! Estaremos nos livrando de trinta libras.

– Está feito, senhor! – disse Joe obedecendo às ordens do mestre.

O cesto, que quase tocava o solo, elevou-se em meio aos gritos dos talibas; porém, cerca de meia hora mais tarde, o *Victoria* voltava a descer com rapidez. O gás fugia pelos poros do invólucro.

Logo o cesto veio rasar o solo; os negros de Al-Hadji precipitaram-se até ele; mas, como acontece nessas circunstâncias, mal tocara no solo e o *Victoria* elevou-se de um salto, para cair novamente uma milha depois.

– Não escaparemos! – disse Kennedy irritado.

– Jogue nossa reserva de aguardente, Joe – exclamou o doutor –, e nossos instrumentos, tudo que possa ter algum peso, e nossa última âncora, já que é necessário!

Joe arrancou os barômetros e os termômetros; mas isso era pouco, e o balão, que subiu por um instante, caiu novamente em direção ao solo. Os talibas voavam em seu encalço e estavam a apenas duzentos pés dele.

– Jogue os fuzis! – exclamou o doutor.

– Não antes de descarregá-los, ao menos – respondeu o caçador.

E quatro tiros sucessivos atingiram o grupo de cavaleiros; quatro talibas caíram entre gritos frenéticos do bando.

O *Victoria* elevou-se novamente, e dava saltos de grande extensão, como uma imensa bola de borracha quicando no solo. Estranho espetáculo era esse. Os infelizes tentavam fugir entre grandes pernadas, e, assim como Anteu, pareciam recuperar todas as forças tão logo tocavam o solo! Mas inevitavelmente a situação tinha de ter um fim. Era quase meio-dia. O *Victoria* exauria-se, esvaziava-se, alongava-se; seu invólucro tornava-se flácido e murcho. As dobras do tafetá distendido roçavam umas nas outras.

– O céu nos abandona – disse Kennedy. – Certamente cairemos!

Joe não respondeu, ele observava seu mestre.

– Não – disse este. – Ainda temos mais cento e cinquenta libras para jogar!

– Quê?! – perguntou Kennedy, temendo que o doutor estivesse ficando louco.

– O cesto! – respondeu este. – Vamos nos agarrar à rede! Podemos nos segurar na malha e chegar até o rio! Rápido, rápido!

E esses homens audaciosos não hesitaram em tentar uma manobra assim tão perigosa. Suspenderam-se na malha da rede, assim como havia indicado o doutor, e Joe, segurando-se com uma mão, cortou as cordas do cesto; ele caiu no momento em que o aeróstato ia definitivamente cair.

– Hurra! – exclamou enquanto o balão deslastrado subia trezentos pés pelos ares.

Os talibas excitavam os cavalos, que corriam a uma velocidade extrema; mas o *Victoria*, reencontrando um vento mais ativo, afastou-se e seguiu rapidamente em direção a uma colina que dividia o horizonte a oeste. Esta foi uma circunstância favorável para os viajantes, pois puderam transpô-la enquanto a horda de Al-Hadji era forçada a seguir na direção norte para contornar o obstáculo.

Os três amigos mantinham-se agarrados à rede; eles puderam fechá-la em torno deles, e ela formava uma espécie de bolso flutuante.

Após atravessarem a colina, o doutor exclamou subitamente:

– O rio! O rio! O Senegal.

A duas milhas dali, com efeito, corria o enorme volume de água do rio; a margem oposta, baixa e fértil, oferecia um retiro seguro e um local favorável para operarem a descida.

– Mais um quarto de hora – disse Fergusson –, e estaremos salvos!

Mas não era assim que tinha de ser; o balão vazio caía pouco a pouco sobre um terreno quase inteiramente desprovido de vegetação. Havia longos aclives e planícies rochosas; apenas alguns arbustos, e uma relva espessa e ressecada sob o calor do sol.

O *Victoria* tocou o solo e ergueu-se novamente algumas vezes; os saltos diminuíam em altura e em extensão; por último, ele prendeu a parte superior da rede nos galhos elevados de um baobá, a única árvore no meio da região deserta.

– É o fim – disse o caçador.

– E a cem passos do rio – disse Joe.

Os três infelizes desceram até o solo, e o doutor levou os dois companheiros até o Senegal.

Naquele local, o rio produzia um bramido prolongado; chegando na margem, Fergusson reconheceu as quedas d'água de Gouina! Nenhum barco na margem; nenhum ser animado.

Com uma largura de dois mil pés, o Senegal jogava-se de uma altura de cento e cinquenta, com um barulho retumbante. Ele corria de leste a oeste, e a linha de rochas que continha seu curso estendia-se de norte a sul. No meio da queda erguiam-se rochedos de formas estranhas, como animais antediluvianos petrificados sobre a água.

A impossibilidade de atravessar o sorvedouro era evidente. Kennedy não pôde conter um gesto de desespero.

Mas o doutor Fergusson, com um tom de audácia enérgica, exclamou.

– Nem tudo está perdido!

– Já sabia – disse Joe com essa confiança em seu mestre que não perdia jamais.

Ao ver a relva ressecada, o doutor havia tido uma ideia ousada. Era a única chance de se salvarem. Ele levou seus companheiros apressadamente até o invólucro do aeróstato.

– Temos ao menos uma hora de vantagem sobre esses bandidos – disse ele. – Não percamos tempo, meus amigos; juntem uma grande quantidade dessa relva seca; preciso de ao menos cem libras.

– Para fazer o quê? – perguntou Kennedy.

– Bem, não tenho mais gás, então atravessarei o rio com ar quente!

– Ah, meu bravo Samuel! – exclamou Kennedy. – É mesmo um grande homem!

Joe e Kennedy puseram-se ao trabalho, e logo uma enorme meda foi empilhada perto do baobá.

Enquanto isso, o doutor havia aumentado o orifício do aeróstato cortando-o na parte inferior; ele teve o cuidado antes de esvaziar o que podia restar de hidrogênio pela válvula; depois, empilhou certa quantidade de relva seca sob o invólucro, e pôs fogo nela.

Foi preciso pouco tempo para inflar o balão com o ar quente; um calor de cem graus centígrados bastou para diminuir à metade o peso do ar que ele encerrava; assim, o *Victoria* começou a retomar sua forma arredondada; relva não faltava; o fogo crescia com a ajuda do doutor, e o aeróstato crescia a olhos vistos.

Faltavam então quinze minutos para a uma.

Nesse momento, duas milhas ao norte, apareceu o bando dos talibas. Podiam ouvir os gritos e o galope dos cavalos lançados a toda velocidade.

– Estarão aqui em vinte minutos – fez Kennedy.

– Mais relva, Joe! Em dez minutos estaremos voando!

– Aqui, senhor.

O *Victoria* estava dois terços inflado.

– Meus amigos, temos de nos prender na rede, como fizemos antes!

– Está feito – respondeu o caçador.

Após dez minutos, algumas oscilações do balão indicaram sua tendência a levantar voo. Os talibas aproximavam-se e já estavam a apenas quinhentos passos.

– Segurem-se firme! – exclamou Fergusson.

– Não é preciso ter medo, senhor!

E com o pé o doutor jogou uma nova quantidade de relva até o fogo.

O balão, completamente dilatado pelo aumento de temperatura, alçou voo.

– Em marcha! – gritou Joe.

Uma descarga dos mosquetes respondeu-lhe, e uma bala atingiu-o de raspão no ombro; mas Kennedy, inclinando-se e descarregando sua carabina com uma das mãos, jogou mais um inimigo ao chão.

Gritos de fúria impossíveis de descrever contestaram a partida do aeróstato, que subiu a quase oitocentos pés. Ele então foi pego em um vento rápido e descreveu oscilações bem inquietantes, enquanto o intrépido doutor e seus companheiros contemplavam o sorvedouro das cataratas aberto sob eles.

Dez minutos depois, sem terem trocado uma só palavra, os intrépidos viajantes desciam pouco a pouco até a outra margem do rio.

Lá, surpreso, maravilhado, apavorado, estava um grupo de cerca de dez homens que vestiam um uniforme francês. Que se lhes imagine a surpresa quando viram o balão erguendo-se da margem direita do rio. Não estavam muito longe de crer em um fenômeno celeste. Mas o líder deles, um tenente da marinha, soubera da audaciosa tentativa do doutor Fergusson pelos jornais da Europa, e logo compreendeu o que se passava.

O balão, desinflando pouco a pouco, caía com os corajosos aeronautas presos à rede; mas era duvidoso que ele pudesse chegar à terra; assim, os franceses lançaram-se ao rio e receberam os três ingleses entre os braços, no momento mesmo em que o *Victoria* caía a algumas toesas da margem esquerda do Senegal.

– O doutor Fergusson! – exclamou o tenente.

– Ele mesmo – respondeu tranquilamente o doutor –, e seus dois amigos.

Os franceses retiraram os viajantes do rio, enquanto o balão, quase vazio, e levado por uma corrente rápida, continuou voando, como uma bolha imensa, para finalmente mergulhar nas águas do Senegal, nas cataratas de Gouina.

– Pobre *Victoria*! – lamentou-se Joe.

O doutor não pôde conter uma lágrima; ele abriu os braços, e seus dois amigos foram até ele dominados por uma grande emoção.

XLIV. Conclusão – Registro – Os estabelecimentos franceses – O posto de Medina – *Basilic* – São Luís – A fragata inglesa – Retorno a Londres

A expedição que estava na margem do rio havia sido enviada pelo governador do Senegal; ela era composta por dois oficiais, os senhores Dufraisse, tenente de infantaria da marinha, e Rodamel, segundo-tenente da marinha; um sargento e sete soldados. Havia dois dias eles estavam procurando o local mais favorável para o estabelecimento de um posto em Gouina, quando foram testemunhas da chegada do doutor Fergusson.

Pode-se facilmente imaginar como os três viajantes foram cobertos de abraços e felicitações. Os franceses, tendo tido um papel tão fundamental para o sucesso de tão audacioso projeto, eram agora as testemunhas naturais de Samuel Fergusson.

Assim, o doutor lhes pediu antes de tudo que constatassem oficialmente sua chegada às cataratas de Gouina.

– Os senhores poderiam assinar um registro oficial? – perguntou ao tenente Dufraisse.

– Às ordens – respondeu este.

Os ingleses foram conduzidos a um posto provisório estabelecido na margem do rio; lá, encontraram os cuidados mais atentos e provisões em abundância. E foi então que redigiram nos seguintes termos o registro oficial que figura hoje nos arquivos da Real Sociedade Geográfica de Londres:

> Nós, abaixo-assinados, declaramos que, neste dia, vimos chegar, suspensos na rede de um balão, o doutor Fergusson e seus dois companheiros, Richard Kennedy e Joseph Wilson; balão este que caiu a alguns passos de nós no próprio leito do rio, e, levado pela corrente, perdeu-se nas cataratas de Gouina. Junto com os supracitados, e para os devidos fins de direito, assinamos e damos fé. Feito nas cataratas de Gouina, 24 de maio de 1862.

Samuel Fergusson, Richard Kennedy, Joseph Wilson; Dufraisse, tenente de infantaria da marinha; Dufays, sargento; Flippeau, Mayor, Pélissier, Lorois, Rascagnet, Guillon, Lebel, soldados

Aqui termina a extraordinária travessia do doutor Fergusson e de seus bravos companheiros, constatada por testemunhos irrecusáveis; agora estavam com amigos e entre tribos mais hospitaleiras, cujas relações são mais frequentes com os estabelecimentos franceses.

Haviam chegado ao Senegal no sábado, 24 de maio, e, no dia 27 do mesmo mês, chegavam ao posto de Medina, situado um pouco mais ao norte, próximo ao rio.

Lá, os oficiais franceses os receberam de braços abertos, e lhes ofereceram todos os recursos da hospitalidade francesa; o doutor e seus companheiros puderam embarcar quase imediatamente em um pequeno vapor chamado *Basilic*, que desceria o Senegal até sua foz.

Catorze dias depois, 10 de junho, chegavam a São Luís, onde o governador os recebeu magnificamente; eles já estavam completamente recuperados das fadigas e emoções por que passaram. Além disso, Joe dizia a quem quisesse ouvir:

– Viagem bem ordinária essa nossa, afinal de contas. E, se alguém estiver ávido por emoções, não recomendo que a empreenda; torna-se muito fastidiosa no final. Sem as aventuras do lago Chade e do Senegal, creio realmente que teríamos morrido de tédio!

Uma fragata inglesa estava de partida, e os três viajantes tomaram seus lugares a bordo; no dia 25 de junho, chegavam a Portsmouth, e no dia seguinte, a Londres.

Não descreveremos o acolhimento que receberam da Real Sociedade Geográfica nem todos os cuidados de que foram objeto. Kennedy partiu imediatamente para Edimburgo com sua famosa carabina; queria tranquilizar logo sua velha governanta.

O doutor Fergusson e seu fiel Joe permaneceram os mesmos homens que conhecemos. No entanto, sem que percebessem, produzira-se neles uma mudança.

Tornaram-se amigos.

Os jornais de toda a Europa não pouparam elogios aos dois audaciosos exploradores, e o *Daily Telegraph* teve uma tiragem de novecentos e setenta e sete mil exemplares no dia em que publicou uma narrativa da viagem.

O doutor Fergusson fez, em sessão pública na Real Sociedade Geográfica, um relato completo de sua expedição aeronáutica, e obteve para ele e para seus dois companheiros a medalha de ouro destinada a recompensar a mais notável exploração do ano de 1862.

Antes de tudo, a viagem do doutor Fergusson teve por resultado constatar da maneira mais precisa possível os fatos e levantamentos geográficos apresentados pelos senhores Barth, Burton, Speke e outros. Graças às expedições atuais dos senhores Speke e Grant, de Heuglin e Munzinger, que investigam as fontes do Nilo ou dirigem-se até o centro da África, poderemos em breve melhor compreender as descobertas do próprio doutor Fergusson, realizadas na imensa região compreendida entre os 14º e 33º graus de longitude.

Este livro foi impresso pela Gráfica Grafilar
em fonte Minion Pro sobre papel Book Cream LD 70 g/m²
para a Via Leitura no verão de 2021.